i
imaginist

想象另一种可能

理想国
imaginist

阅读的故事

唐 诺

九州出版社
JIUZHOUPRESS

图书在版编目(CIP)数据

阅读的故事 / 唐诺著. -- 北京：九州出版社，2020.3（2020.10重印）

ISBN 978-7-5108-9054-3

Ⅰ.①阅… Ⅱ.①唐… Ⅲ.①散文集—中国—当代
Ⅳ.①I267

中国版本图书馆CIP数据核字(2020)第042199号

阅读的故事

作　　者	唐诺 著
出版发行	九州出版社
地　　址	北京市西城区阜外大街甲35号（100037）
发行电话	（010）68992190/3/5/6
网　　址	www.jiuzhoupress.com
电子信箱	jiuzhou@jiuzhoupress.com
印　　刷	山东韵杰文化科技有限公司
开　　本	850mm×1168mm　1/32
印　　张	12.375
字　　数	237千
版　　次	2020年4月第1版
印　　次	2020年10月第3次印刷
书　　号	ISBN 978-7-5108-9054-3
定　　价	58.00元

★ 版权所有　侵权必究 ★

前　言

这本书，本来是善意的，但最终的结果只能是诚实的。

这个原初的善意，至今仍保留在每一篇章的题名里头，比方说书读不懂怎么办、没时间读书怎么办云云。这些篇章名如同一架侏罗纪的恐龙化石骸首，证明它千真万确存在过——

它原本，不仅试着要劝诱人阅读，还想一个一个极实际地帮人解决阅读途中可能遭遇的常见难题，想得很美。

然而，真写下去之后，我总是骇然地发现，这些阅读的寻常难题，尽管本身往往只是个不难去除的迷思而已，却无可回避地总是联通着阅读巨大的、本质性的困境，你要假装这根本困境不存在吗？要看着每一个相信你的好人傻傻走到此处一头撞上去狼狈不堪吗？果真阅读的灰头土脸地狱是用善意铺成的对吗？然后我们可以凉凉地站一旁一手指他另一手捧腹哈哈大笑可以这样吗?

我只能诚实地去正视,去描述,并无可奈何地把自己有限的思考、有限的因应解决之道给"提供"(或应该用"暴露")出来;也把这本仍叫"阅读的故事"一书,写成了"自己仔细想清楚到底要不要阅读的故事"。

如斯状态下,我近些年来断续地、好心情定下的一些有关阅读的文字,便只能让它们全数凋落化为尘土(只勉强保留了"书籍构筑成人的基因之海"这个我以为蛮美丽的想法,因为舍不得);更麻烦是,我得另外找思考路径,甚至找完全不同以往的"形式",因为原来那些兴高采烈的路及远能力有限,我势必得另辟蹊径,甚至把自己逼入某一个陌生的书写形式里头,看看这样有没有机会叫出来过往叫不出来的新东西——如果我们人的思维形状真的像他们所说跟冰山一样,我们总还有一些我们自己并不知道的记忆、思维材料乃至于潜能是沉在意识的海平面底下。

我一直相信困难对人的强大作用力量,我也一直相信人甚至得自讨苦吃,记得一阵子就把自己逼到某种孤立无援的绝境里去。

这就是《迷宫中的将军》之于这本书的意义及所扮演的角色——我试着在每一个话题开始时,由加西亚·马尔克斯的美好(但极节制)文字带我走一小截,有时它线性地伸手指出一道隐约可见的往下思考路径,有时它直接无情跳到远方某处,在那儿闪闪发光,引诱你想办法突围寻路去和它会合；有时候它什么也不做，它只给你一个温暖的好心情，给你一个"世界"而已，为你在蔓草丛生的前行路上，召唤来加勒比的自由海风，还有马格达莱纳河的带着死亡新鲜腥气和汩汩时间的流逝计算声音。

为什么是《迷宫中的将军》这一本呢？这当然不是任意选择的，它得是非常非常好的一本书，但老实说，我抓取时并没想太多，只好把它归诸于某种偶然或者说人生命中无尽的鬼使神差。如今，我想的是，如果不是《迷宫中的将军》，而是契诃夫，是纳博科夫，甚至是塞万提斯的《堂·吉诃德》，那事情又会如何？又可能叫出什么不大一样的东西？我相信，换某一本一样非常非常好的书，这个书写尝试仍是可以成立的，它们俱是来不及实现因此可惜隐没的他种无尽可能，只是这一刻长途跋涉过来人有点累了，暂时还思考不起，想休息打个盹而已。

我只记得，我直觉地不想选用和"阅读"一事距离太近的好书，文论的、议论的，我直觉地希望是一部小说，我感觉某种空间是我需要的；还有，有些具体的、独特的、有经验材料细节的东西也是我需要的，我不得不依赖并诉诸某种程度的想象，好对抗我对阅读一事根本困境的思维空白，而想象，是活在实体世界里的。

这本《阅读的故事》，如果可能，我希望它第一个读者是我昔日的同事黄秀如小姐，她理应是这本书的编辑人，但偶然和我个人书写的迟滞，让这书和她擦身而过，如今秀如转到一家更好的出版公司任职。但季札一般，我一直耿耿于怀最原初的承诺，尽管这个可能性也隐没了，但我仍希望她第一个读，也好让我提心吊胆地问她："怎样，依你看这本书还可以出吗？"

目 录

前言 / i

0　书与册　一间本雅明的、不整理的房间 / 001
1　好书是不是愈来愈少了？　有关阅读的持续问题 / 023
2　意义之海，可能性的世界　有关阅读的整体图像 / 045
3　书读不懂怎么办？　有关阅读的困惑 / 069
4　第一本书在哪里？　有关阅读的开始及其代价 / 095
5　太忙了没空读书怎么办？　有关阅读的时间 / 123
6　要不要背诵？　有关阅读的记忆 / 149
7　怎么阅读？　有关阅读的方法和姿势 / 175
8　为什么也要读二流的书？　有关阅读的专业 / 199
9　在萤火虫的亮光中踽踽独行　有关童年的阅读 / 225
10　跨过人生的折返点　有关四十岁以后的阅读 / 251

11 阅读者的无政府星空 有关阅读的限制及其梦境 / 275

12 数出 7882 颗星星的人 有关小说的阅读 / 299

13 作为一个读者 / 327

附录一 从狩猎到农耕——我的简易阅读进化史 / 355

附录二 书街，我的无政府主义书店形式 / 363

附录三 有这一条街，它比整个世界还要大 / 373

0 书与册

一间本雅明的、不整理的房间

"书"和"册"，如今都是名词了，指的同样的东西，通过思索、书写、编辑、印制，到装订完成，然后我们花两三百块钱购得，便合法拥有了它。当然，取得的方式不限定购买，也可能来自赠予，如果来自书写者本人，通常在扉页那儿会附带着签名和一两句谦逊但不必太当真的话；如果是来自买书花钱的长辈或友人，则往往添加了某种看不见的期盼或要求，使得这本书沉重起来，仿佛是个非实践不可的义务，阅读此书也变得意有所指了。还有，比方像我个人这样浸泡在出版这没出息的行业超过二十年的人，便生出了另一种"取得/拥有"的特殊方式，本质上接近某种特权（一种微不足道到"国税局"都不屑一顾的可笑特权），形式则介于赠予和盗窃之间，通常我们就直接称之为"拿"，"那本新书你拿到了没有？""有空哪天到我们出版社来我拿给你。"……

于是，便顺流而下还有另一种较天地不容的取得方式，那就是真真正正的偷了，纯技艺性的，其来历几乎和书册的历史等长，也因为盗窃的标的物是书，遂让它成为所有同类行为中最高贵最不好谴责入罪的一种，这就是书的动人力量。

其实，原来"书"的意思是书写，动词的，从甲骨文的原形看是一手执毛笔正待蘸墨汁的生动模样，也正是我们前述"思索、书写、编辑、印制，到装订完成"此一制造过程的浓缩描绘；其产出物才是"册"，甲骨文清楚显示它就是竹简，纸张发明出来之前中国人的独特记录记忆形式，曾经有诸多了不起的人都靠此物来学习、取得知识并再加工增值传递给他人。比方说庄子讲北方大海里的大鱼鲲和大海上的大鸟鹏之间的变身神话；讲智慧永不具备特定形状的流体本质和时时被容器暂时决定其外表样式的分类洞见；讲至今仍让博尔赫斯和卡尔维诺惊异并津津传颂的"庄周／蝴蝶"美丽寓言，便都曾经装载在这些素朴简易的熏干竹片之上绑好成"册"，一路辗转穿透时间和空间到二十世纪的阿根廷和意大利。因此，竹子曾经是上千年时间里中国最聪明的植物，是智慧的守护神，参与过最重要的智慧铸造和传布大事，尽管现在它又静静复归成最原初那种修长、纤弱、清凉、碧翠如烟的漂亮模样。

有趣的是，从普遍的制造流程来看，"书"先于"册"，有制作的"书"才能有阅读的"册"，然而，从个别人的一生实践行为来看，"册"却往往先于"书"，我们得从"册"中贪婪学习并将别人辛劳所得的思维战果据为己有，到某一个特殊时刻，如蓄积的水漫过堤岸，奋而提起毛笔蘸好墨汁，大书特书——"书"与"册"的这个吊诡先后顺序，我们把镜头拉远来看，图像就清楚地呈现出来，它是个链子状的构造，你的"册"接榫了前个人的"书"，你的"书"又串联了后个人的"册"，由此绵绵地贯穿了过去、现在和未来。

这里，我们把今天其实都已成名词、已成可替换同一物指称的"书"与"册"既分割又并列，则是想组合出另一幅美好的图像，如传说中瓦尔特·本雅明的书房模样——你看，楷字的"书（書）"像不像一摞横放叠起的书呢？"册（冊）"字则是直立陈列的，像书架上乖乖排好的书。有恣意横摆，有直立积尘，有正在阅读着顺手置放乃至于一扔的书，有先买下来等待时日才开启的书，更有看完用完复归沉睡的书，这参差出一个动态的、进行中的自由而邋遢的阅读生态模样，把我们只白纸黑字读过、无缘亲临其中的本雅明书房真实成像出来。

宛如野放牛羊的书

瓦尔特·本雅明的书（用"藏书"二字好像不妥），谁都晓得，和他大半辈子的寒碜经济处境很不同，很多还是名贵的珍本珍版，从拍卖场里败家子般跟有钱人比举手来的。他一生珍视书，已完全到恋物癖的地步，又是人类所知最好的读书人（该不该用"之一"呢？），却不是一般所谓的珍惜典藏，而是任凭它们堆叠散落，像野放的牛羊。于此，本雅明有一套状似懒汉的动人哲学陈述，他以为这正是对书的解放，把它们从"有用"的市场秩序分离出来，置于人的关怀之下，让书回复自由，回复自身的丰厚、浑圆和完整。由此，本雅明接上了马克思对资本主义市场让人削减成劳动力、让人单维度工具化的著名控诉，只是，事情到本雅明身上就会这么诗意，这么舒服。

不想收拾书房便也罢了，干吗要把话讲到这种地步呢？但这样的小题大做有时会是非常非常有意思的，人类一些最动人的发现，常常便从神经质的小题大做出来的。

这里，且让我们庸俗地、实物性地解释一下本雅明。写《阅读史》的加拿大人曼古埃尔曾试举这么个例子："我们若是把乔纳森·斯威夫特的《格列佛游记》存档在'小说类'的条目之下，那么它就是一本幽默的冒险小说；若是将它放在'社会学'的条目之下，则变成一部对十八世纪英国的挖苦研究；如果将它放在'儿童文学类'的条目之下，则是一部关于侏儒和巨人和会说话的马的有趣寓言；假使放在'异想类'的条目之下，则变成科幻小说的先驱；若是放在'旅行类'的条目之下，则是西方旅游文学的典范之一。"——曼古埃尔的结语是（很明显他那一刻心里一定想着本雅明），所有的分类都是割裂的、排他的，专横对待完整的书和完整的阅读活动，强迫好奇的读者、机警的读者去把书给拯救出来。

这里，我们其实还可以为《格列佛游记》再多考虑一个分类试试——如果我们把此书不小心划归到"生物学"的条目之下,那我们又会得到什么?著名的生物学者兼顶尖的专栏作家古尔德极可能这么告诉我们,这将成为一部完完全全是胡思乱想的一本书。因为生物的大小尺寸绝不是任意的,更不能只是外表的单纯放大缩小而已,外表大小的变化,直接牵动了生物内部整个结构的重新全面调整,更严重牵动了生命本身和周遭环境生态的绵密配合。于此,古尔德举了一堆我们一般人都可以听懂的有趣虚拟实例。比方说,由于体积的增加速度远大于表面积以及单纯长度的增加速度(体积三次方而表面积只二次方,长度更只一次方),因此,格列佛碰到的巨人除非是另一种截然不同的生物,否则它将脆弱到不堪一击。"我们绝不能再比现在高出两倍,否则只要轻轻跌一跤,铁定头壳开花。因为在那种情况下,一头撞在地上所产生的动能,将比现在大十六倍到三十二倍,而且我们双脚早就无法支撑膨胀了八倍的体重。"至于格列佛所遇见的袖珍小人,他们势必得活在一个和我们完全不同的世界,受不同力学支配的古怪世界。"一个像蚂蚁大小的人可能可以穿上衣服,但表面附着力将使他脱不下来。还有,这个蚂蚁般的小人根本不可能在洗澡时淋浴,因为水的表面张力会限制水滴形成的大小,对蚂蚁小人来说,每颗喷出来的水滴就像一个个大石头一样。即使这个小人终于把身体弄湿了,但若他还想用浴巾擦干身体,那可就糟了,因为他的身体会永远黏在浴巾上面拔不下来。此外,他不但不能倒水,也不能点火

(因为一个稳定的火源至少有好几厘米）。或许他可以把金子打成很薄很薄的金箔来做书本，但表面附着力将使得他没办法翻动这本书的任何一页。"

这个玩笑或说"错误"的分类，我们可以把它理解为分类的破坏或者解放，而我们也都看到了，只要有诸如古尔德这样精彩的知识、想象力和脑子，即便是荒谬一至于斯的分类，同样可以联结到或说跳跃到演化史和生命的奥秘，通往一个意想不到的、极其丰饶美丽的思维世界，如此，我们怎么舍得不想方设法破坏那种单调的、唯一正确的专横分类，甚至试着破坏一下我们书房的窗明几净，好把书册，当然也连同我们自己，一并给解放出来呢？

当然，本雅明的这番论述，我想，我们绝无意因此指称那些有良好居家生活习惯的人就不会是好读者。事实上，如果你恰好是那种处女座型的、总保持书架清爽有秩序的好人如小说家朱天文（朱天文是个好读者），你大可把本雅明的话当隐喻来读。最多，也许每隔一段时日，当你想换换书房气氛或想劳动筋骨出出汗时，可考虑把你的书改改排列方式，让它们彼此分久必合合久必分一下，不一样的书籍图像，也许会捎来不同的阅读灵感或阅读心情也说不定。至少，可让阅读不那么理所当然，不那么早有结论。

毕竟，这里我们谈的是"阅读的故事"，关怀的只是阅读，其他的，等哪天我们谈"打扫的故事"时再好好来研究来讨论。

保卫一个书房

一般而言，我们的书房总在整理与不整理、秩序与随机性凌乱的光谱中间，就像我们人的本性，总有寻求秩序的渴望，却同时对秩序的不耐和不舒适，也想挣脱和超越。

我个人的经验是，我是光谱中较偏向本雅明的，不那么认真整理书（我不好意思说整理书房，因为它多功能的同时也是我睡眠和诸多家居活动之所），一批新书进来，它们会"暂时"堪称体面地排列于书架上外形或基本概念相近的旧书中，如小心客气迁入的新住户，可能是同一作者、同一出版社、同一约定俗成学科或领域、同一种版本或装帧形式云云随机而定，也可能如买不起房子租赁而居的哪里挤得下哪里容身。本雅明式的"拯救"或说房间局部整洁的"破坏"并没马上在这阶段就觉醒且姿态强硬地展开，真正的"拯救／破坏"作业得等到这批书真正被阅读才启动开来，自然地、绵密地、难以抵御地启动。相对于由上而下的、中央集权式的分类秩序，阅读活动却是游击队，它真正厉害之处在它直接源生于芜杂的生活行为本身，充分了解而且完全融入于房间的整体生态，利用了每一可能的缝隙，因此，充满着不易察觉的渗透力和颠覆力。阅读一经启动，很快地，而且总是为时已晚地，那些好好直立架上的"册"，便花开花谢一般纷纷掉落地板我伸手可及之处而成了"书"的横行模样，自由奔放而且怡然自得到让原本宰制它们的人寸步难行，得谦卑地请它们挪动两分好找出一个可供躺下来睡觉的地方。

涧户寂无人，纷纷自开落。自由果然要付代价的没错，不管是支持它的人，抑或抵御它的不识趣之人。

我是讲真的，尽管我很喜欢本雅明不分类整理书的动人论述，但我个人其实非常欣羡那些又能读好书又能长期维持书房书架整齐有序的心思清醒安定之人。我说清醒，是因为他们在反复进出书的世界和现实世界之间似乎那么收放自如；说安定，是因为他们好像总能井然有序地一本书念完再念下一本，而且极有余裕地在每天临睡前结束一本书好将它归还书架的从来之处。我以为这真的是很难坚持的。一方面，阅读的时间节奏并不和我们生活作息节奏同步，更不易随日夜更迭乃至于钟表的硬生生时间秩序而分割，它流水般漫渐过日月季节年岁，参差并抵触着我们的上下班、三餐饮食以及睡眠，更多的时候，它只能在你不支睡去或匆忙赶赴的状况下就地存放；另一方面，阅读本身既会沉溺而且多跳跃（这经常是同一件事），你会在一本书进行途中因为必要或心血来潮翻开另一本书结果流连忘返而一路岔开去，你也极可能习惯以一本书调剂另一本书的同时进行好几本书的阅读，你更可能因为每天心情的微妙变化而换本书读读，你也会因为书写一篇文字或专注追逐某一个疑问非得同时动用到一二十本书不可云云，太多诸如此类情况了。总而言之一句话，阅读很难干净地画上句点，它总是进行中、运动中，方方正正的固体书籍方便收拾安放，但书籍一旦变易成流体性的阅读时，我们的书架就不易存放了。

分类或说秩序，究竟是自然的抑或文化的，这曾经是势均力敌的争议题目。时至今日，我们大致可清楚看到"宛如两列火车对开，逆向直前"的轰轰然诡异图像（此一火车意象系借用围棋神人吴清源对棋局的著名描绘）——从学理上来说，大致是一道缓缓倾斜向人为文化的持续轨迹，因此，在有道理可讲的思维领域之中，此一问题业已退缩成诸如"分类秩序究竟有多少自然成分？"比方说依质子数目整整齐齐排列成的原子周期表，的确天成的井然有序；又比方说生物学"界门纲目科属种"的老分类法，依古尔德之见，最底层"种"的分割的确是有深刻的生物性基础，严重关系着基因、染色体和生殖繁衍的首要大事，至于其上的"界门纲目科属"则大致上是人为的一种分门别类结果，主要由欧洲人独特的文化性视角所偶然决定（我们再比方说列维-斯特劳斯的著作中便可看到各个部落社群的不同生物分类法）。然而，从现实界的实用一面来看，我们却再清楚不过看到另一道完全逆向的发展轨迹，分类秩序随着社会负荷的持续加重（人口的增加、生活水平的提升要求云云），社会组织的相应日趋庞大而固着下来且不断进行再分割，壁垒森严到仿佛成为"准自然"。这里，不仅仅是我们置身其中（先你存在，而且在你死后还存在）往往习焉不察的问题而已，即使你时时警觉，但你抗拒的这个庞然大物，一方面它手握极其严酷的奖惩机制，你不把自己纳入此一秩序之中，把自身"多余"

的部分毅然削去好乖乖扮演一个"有用"的人，你极可能连一己的存活都成问题，那个不整理书房、不到五十岁就自杀死去的本雅明一生便是个悲伤的实例；另一方面，森严分割之后的个别领域，又各自深向发展自成封闭性的天地，有外人难能窥知的一套专业游戏规则、语言符号和经验细节，像日本最后的世界级数学天才冈洁便感慨地断言，往后数学原理的再发现已几乎不可能了，因为"桥太远了"，人光是要弄懂数千年来如山堆叠的数学成果，熟练地掌握其语言符号，进而看清楚其边界，得有两个不可缺的要件，一是天才，二是长寿，冈洁说，这两样很幸运我都有，但也就只能走到这里而已。

也就是说，分类秩序，有自然基础那当然更好，可让它美丽而且更理直气壮，如果没有，那也无伤，反正它早已是某种巨大无匹的"现实"，而且是不断在扩张中的现实。

每一个真正诚实认真的心灵都承认，这几乎是难以对抗的，遑论撼动或消灭。马克思是最后一个乐观的人，但失败得很难看。到本雅明，尽管他终自己一生拒绝被分类、被纳入秩序之中，但他负责任能跟别人主张的，也就只是个小小的书房，广大世界里一个仅有的"私人空间"，你能拥有并有机会保卫的阵地就这么丁点大，你的意志只在这四壁图书中有效。

伟大的世界革命退缩成这样子，真让人不晓得语从何起，但本雅明无疑更理解我们寻常之人的艰难处境，更同情我们的能力限制，没硬要我们舍命去追逐我们做不到的事，因此，他的话又是可实践的。

树枝状的阅读路径

不进行世界革命，我们于是就得分割自己，牺牲一定比例的自己，去安抚那个秩序大神。历史里绝大多数的人都这么做，米开朗琪罗不见得喜欢教会交代他的每一幅累人壁画，莫扎特得应付宫廷宴会的乐曲舞曲，加西亚·马尔克斯在《百年孤独》犹是几幅心中的画面的很长一段时日里，做过一堆情非得已乃至于邋遢的琐事，一度还四下推销百科全书，不见得比你我随兴自由——而这些人，都曾经某种程度地改变了这个看来麻木不仁的无趣世界，人类历史也的确在这样半妥协半决志的讨价还价中跌跌撞撞前进，不必然非赌那种全有全无的绝望一击不可。

我们每天得打交道的大世界，是个以分类分工有效组织起来的社会，基本上它是目的性的，甚或功利性的，它只认可它要的我们某一部分，要求我们扮演"有用"的人（就像我们小时候写作文的制式结尾："我们要用功读书，将来做个社会上有用的人。"），因此我们朝九晚五，为有用而辛苦劳动，其余时候，如果我们够聪明不就应该让自己复原成无用（非工具化）而舒适、自由、完完整整的人吗？人世间，大概并不存在一种无穷尽、可无限提领的绝对自由，我们的有效自由，通常相对于限制，因着我们对限制的领会而得以掌握，因着我们对限制的料理而争得，这里限制，限制之外就是自由。

书册横行，我们已所不欲推己及书，不给予它们特定的分类位置，而是让它们随阅读活动的展开不断找到它们最舒服、最恰当的容身之处，关怀的是书，实则真正解放的是阅读的我们自己。而这所谓的舒服恰当位置必是复数形式的，一直变换着的，因为真正的阅读活动和单线的专业学习（可视为朝九晚五的延伸或加班，或至少为扮演某种有用的人作积极准备）并不一样，它比较像马克思革命后分工市场瓦解、天国降临的"上午写诗下午钓鱼"准乌托邦描述，顺从自己真正私密喜好的指引而不是顺从社会对你的认定、期待和命令，而人的兴趣、好奇心以及他多种且各自辐射的感官能力从来就不会是单维度的。我可以想象一个完全没有书的家庭画面，我个人这大半辈子过来也亲眼目睹过如此实况，比方说我偶尔回宜兰朋友亲戚的家，老实说那并不可怕，你多少只是感慨今夕何夕民智未开并真实地为他们忧心而已；但我真的没办法想象只存放单一一类书册的书房画面，那种荒凉感，还有你登时浮上心头那种书房主人完全被社会威吓、摧毁的模样，就一个阅读者来看，真的是全世界最让人不寒而栗的景象，我记忆里有过一回，那是内地才开放时我踏入北京海淀区的新华书店看到的。

顺从自己私密喜好所指引的阅读必然是跨领域跨分类的，

今天李嘉图的老自由主义经济学，明天钱锺书辛辣缺德的小说云云，这是人完整生命的自然体现，也是如此体现所剩无几的实践场域。

然而，这本书和下本书，今天的书和明天的书，其实并不尽然只是跨领域的随机性、断裂性纵跳而已，其间仍存在着或松或紧、或死生攸关或漫漶联想的联系，这联系可以只属于阅读者一个人，几乎是全然自由的。几年前，我个人曾拟过一个轻微恶心但原意真诚良善的阅读活动 slogan："下本书在哪里？下本书就藏在此时此刻你正阅读的这本书里。"只是，这本书究竟如何呼唤那本书呢？它们彼此怎么搭建起联系的？怎么样的联系？这几乎是没法说准没法说清楚的，因为它顺从的是阅读者各个不同的人心而不是一组固定的社会分类时，它便很像两点之间非限定直线的连接一般，理论上有着无限多种可能了——有时，阅读如米兰·昆德拉讲的被一个真实的疑问给"抓住"了，悬宕着心在书的世界中上穷碧落下黄泉地找，而一个质地真实的、有意义的问题通常不会正正好在某一本书中有不留缺憾的全部答案。更要命是，真实的问题几乎总是跨学科跨领域的（比方说你去一趟上海，好奇地想追问一下这个苏醒中的历史名城的今昔，掂量掂量它的未来，于是你要的东西既是历史的、社会的、经济的、政治的、地理的，还是文化的、民俗的、时尚的，甚至还得重读张爱玲和王安忆的小说，以及侯孝贤的电影《海上花》），而且，它还一定带着追问者本人独特的心事、视角和微妙温差，染着此时此地的现实色泽。因此，我们这么说好了，你要的那种独特答案总散落在数以十本百本的不同书里，一个念头一点疑惑，你把它丢进书里，很容易它就摇身变成一趟旅程，你可以像战国的屈原那样不顾形容枯槁地追它一辈子誓不甘休，当然你也可以像东晋日暮途穷放声大哭的阮籍般随时喊停。在书的世界，你是弗里曼自由人，由你自己说最后一句话，只要你禁得住逗引，不好奇答案也许正正好就在下一本书里。

当然，更多的时候事情没这么严重，你可能只是恰然没意见地翻看一本书而已，并不像脚踩风火轮索命而来的复仇使者般进入书的世界，然而，疑问的陷阱仍然轻易让你摔进去，就跟某些可敬的女士逛百货公司逛精品 mall 的惯常经验几乎一模一样，进去前你什么也不缺什么都不需要，出来时却整整两大袋——每一本像回事的书，对阅读者而言，都不仅仅只是原书写者的自问自答而已，它必然同时揭示了一个世界，对乍来的阅读者而言一个陌生程度不同、疑问程度不同的新世界。这个世界处处是孔洞处处是缝隙，时空的缝隙（你可能念的是三千年前古希腊人一次传说中的壮丽远征）、视角的缝隙（神经质的弗吉尼亚·伍尔夫和你一定是不一样的两个人，看事情的方式也肯定跟你不同）、语言符号的缝隙（蔓越莓、覆盆子、番红花、迷迭香等等我们有多长时间只在翻译小说中见过并想象它们的样子和滋味、香味）、知识的缝隙（黑体辐射到底是什么东西、重力陷缩又是什么东西）、经验的缝隙（在西伯利亚太阳不沉落的白夜睡觉会不会很奇怪）云云，每一个都足以令你心生惊异好奇，你不追则已，一不小心你就会由此缝隙又掉到另一本又一个不同世界的不同书中。是的，就跟爱丽丝追那只兔子掉入不思议世界一样，半个世纪前列维-斯特劳斯同样用过这个爱丽丝的例子，对抗的也差不多是同样的东西，列维-斯特劳斯认为这样的摔落，是人躲开外面那个无个性、让所有人趋于一致的无趣世界的有效自救之道。

疑问，不管生于阅读前抑或阅读中，都真实地启动着阅读；同时，它往往还是阅读踏上这旅途时仅有的地图。书的世界因此线索而生长出独特的路径，向着你一个人展开它一部分的面貌。这展开的样子基本上是树枝状的，今天的古生物学者用图像绘出生物的演化史便是这种形状，他们称之为"演化树"，不断地随机分枝分岔，自然也多有走上歧路发展不下去的灭绝部分。生物学者用此演化树来更替过去阶梯状拔升的演化图示，少了对抗斗争，却多了摸索尝试和失败，这当然是比较对的样子，因为生命的自然秩序从不会是单线的、整饬的、完美对称的，它一定保有着摸索尝试时留下的凌乱脚迹，以及失败的不堪样子，正因为有这么多样的摸索尝试和失败，古尔德说，才恰恰见证了生命在几十亿年演化路途上的复杂、艰辛、认真、充满想象力和真真实实的壮丽，令观者动容。古尔德因此把他的一本书命名为"生命的壮阔"。

阅读，是生命的活动，走的当然也是这样子的生命之路。

三个话题，一本托克维尔

我们又提到了"秩序"二字，在我们抵抗分类的书房里——是的，秩序的幽灵无孔不入，仍时时飘荡在我们书房空气之中，这我们难以完全消灭，但只要我们做得对，我们便有机会在我们书籍的地盘上驯服它，让它像禁锢在神灯里的巨人精灵般，长相吓人，却贴心地问我们："主人，你要我帮你做什么？"

全世界几乎每个人都曾梦想有这么个神灯精灵，在这个世界尚未说服我们的年幼时光。

分类秩序的难以消灭，是因为它原来是我们叩问混沌世界的方法，是我们思维展开的路径及其必要组织方式。彻底的自由，绝对的无序，说起来境界迷人，但在实践上不仅仅是书房里某一本书找不到的问题而已，而是思维根本就无从发生无法踏出任一步，这让我们想到翁贝托·埃科在《玫瑰的名字》书中神学模样却记号学实质的探问："如果说上帝是全然自由的，这和讲他是不存在的，有不同吗？"

因此，书册横七竖八的书房，秩序不仅还在，而且还非在不可，只是它不该只有一种，一治而不复乱（这是中国古来最糟糕的幻想之一），而是依着阅读者层出不穷的疑问一次又一次建构起来的。不同的疑问，组合了不同的书群，改换并呈现新的秩序面貌，当疑问中止、失败或暂时被搁置沉睡，书就回归成无用而自由完整的本来面目，本雅明的面目。

历史资料阙如，我们无从得知本雅明是不是真的永不收拾他随意置放的书册，但我个人是会整理的，每隔一阵子总得整理个一次，也许说是"搬动"更对一些——近些年来，每写一篇文章（这几年来我个人疑问的最主要表现形式），之前我总得先找出一批和书写题目相干的书，有新买新读的，也有因此书写得重读的旧书，但这个事前的模糊想象和预备的书单永远不够，随着书写的进行、疑问的展开，总随机地从书架上吸下来更多的书到地板上，一旦文章完成，疑问暂告一段落（疑问从不曾真正解决过），地板上的书便是山洪暴发的骇人景象，完全是霍布斯所说放任自由的必然可怖结果，霍布斯就是太怕这个，才转头拥抱那有森严秩序的怪物国家。

旧文章去，新文章来，地板上的书便得搬动更换了，这其实是很惆怅的一刻，你曾和一本书如此专注地相处并对话，它也不吝地将某个美好无匹的面向开放予你，但此刻它又再次阖上了，像再找不到入口山洞的桃花源，咫尺天涯。当然，你心里明白，他日某一个新的疑问袭来，它仍会像闻听正确咒语再次打开的禁锢之门，但不可能是原先这道路径、这幅图像了，它成了一本不一样的书、不一样的世界，却似曾相识。

最近一次，我结束了有关契诃夫和屠格涅夫小说的书写，知道接下来的文章题目和美国神迹似的大法官制度及其两百年动人历史有关，于是原来的《巴赫金全集》、以赛亚·伯林《俄国思想家》、赫尔岑自传《往事与随想》、列维-斯特劳斯《忧郁的热带》，以及诸如昆德拉、博尔赫斯、卡尔维诺等人的一堆精彩文论云云，连同一卡车旧俄小说家的全集，便得让位给诸如《杰斐逊传》《伊甸的号角》《联邦党人文集》《不得立法侵犯》《宪政与权利》《第一个新兴国家》《法意》和《利维坦》等书了。奇怪有一本我猜想一定用得着而且日前才又匆匆读过的书怎么也找不到了（这是不分类不收拾书房的必要代价，但可以忍受），那就是昔日法兰西了不起政论家托克维尔的《论美国的民主》上下两册，我手中的版本还是早年美国今日世界出版社的原初中译本，大学时在光华商场的旧书摊很便宜买到的——今日世界出版的一些大美国观点的书，对我个人，以及我们这一代人，有相当特殊的启蒙意义，是我们年轻时踮脚瞻望外头世界的一个奇异窗口，因为它有美国老大哥在背后撑腰，彼时对言论出版神经质管制的国民党就是管不到这里来，于是我们漏网般可念到像《论美国的民主》这样直接讨论民主政治的书、《湖滨散记》这样无政府主张的书、《美国工会制度》这样有左翼联想的书，当然，还有《白鲸》以及福克纳、海明威的小说。

最终，托克维尔的这部书还是在地板上找到，压在十六巨册的契诃夫全集最底下。我翻开有狗耳折页的地方，上卷第三十三页第十行，有我用红笔画的线，是一句这样的话："作者的真诚，提高了他语言的力量。"这原是托克维尔用来讲十七世纪初刚刚上岸的清教徒史话的，在面对新大陆只有上帝没有亲友故乡的无垠土地，当时的史家莫尔顿以极虔敬的宗教语言记忆了这段历史、托克维尔给予的赞美之辞。

原来如此。我当初之所以留它在地板上还刻意做了注记，心里想的大概是契诃夫素朴但真诚明澈的文字吧。但后来实际的书写过程之中，心思一定被偶然引上别条道路去了，没真的用上这句话，还完完全全给忘了。

顺此记忆再溯源而上，我想起再之前写奥尔特曼电影《谜雾庄园》的引介文字讨论贵族与仆役阶层时，也引用了托克维尔此书的另一段话。那是托克维尔谈到原住北美的印第安人时的一番感慨，他说印第安人贫穷、无知，但绝不卑劣，因为他们平等而自由。托克维尔精彩地指出，贫穷无知的人之所以陷入卑劣的悲悯境地，通常来自于他们得和富裕文明的人接触相处，他们心生不平，却不得不卑微地仰赖这些高高在上的人存活，这令他们自卑，更时时激怒他们。因此，"人们在贵族国家比在别处粗鲁，在华丽的城市比在乡区粗鲁。"

我开心不已地顺势再读一次托克维尔，他在我想契诃夫时和我对过话，在我谈英国贵族阶级社会时给过我启示和印证，如今在美国违宪审查的宪法守护神大法官制度的此一疑问上头，仍得持续参与持续发言。同一本书，连着三个天南地北的话题，在足球场上，这样神奇的演出，我们称之为"帽子戏法"。

熄灯睡觉时，托克维尔这回就躺在汉密尔顿的《联邦党人文集》上头，我明天伸手可及之处，托克维尔的任务未了，它还"有用"，暂时还不可回书架上，回复它完整自由的本来面貌。

1 好书是不是愈来愈少了?

有关阅读的持续问题

那是给将军读的最后一本完整的书。他是一个沉默而贪婪的读者，不管在战争间歇还是在爱情生活之余都是这样，但他读书没有一定的顺序和方法。他每时每刻都要阅读，不管在怎样的光线下。有时他在树下散步时读，有时他在赤道直射的阳光下读，有时在马车沿着石子路走时的阴影里读，有时在吊床上一边口授信件一边摇晃着读。一位利马书商对他藏书的数量之多和种类之齐全深感惊讶，他的藏书一应俱全，从希腊哲学家的著作到看手相的专著，什么都有。在年轻时代，由于受到他的老师西蒙·罗德里格斯的影响，他阅读了大量浪漫派作家的作品，而且至今他依旧如饥似渴地阅读这些书籍。由于他理想主义的狂热性格，读起那些书来犹如阅读自己写的作品。在他整个余生中，他始终充满读书的激情。

最后他读遍了所有手头的书籍。他没有什么偏爱的作家，各个不同时代的作家他都喜欢。他的书架上总是塞得满满的，卧室和走廊最后都变成了垒满书籍的夹道，散乱的文件日益增多，堆积如山，直至使他生厌，只好到卷宗里去寻求安慰。他从未把自己全部的藏书和文件读完过。当他离开一个城市的时候，总是把书籍交给他最信赖的朋友照管，尽管他再也不会知道那些书的下落了。漂泊不定的戎马生涯使他从玻利维亚到委内瑞拉两千多公里的路途上都留下了书籍和文件的踪迹。

在他开始失明之前，有时也让他的书记官帮他阅读，最后，他由于讨厌眼镜给他带来的麻烦，便完全由书记官代劳了。但是与此同时，他对阅读的兴趣也逐渐减退，像每次一样，他总把原因归之于客观。

"问题是好书愈来愈少了。"他常常这样说。

在这段文字中，这位被称之为将军而不名、用书籍铺设起两千多公里征战路途的阅读者是西蒙·玻利瓦尔，是昔日拉丁美洲的大解放者。他把殖民已几百年之久的西班牙人彻底赶出这片南半球的三角形大地，最终是要建造一个完整巨大的统一大南美国，但后面这个太宏大也太浪漫的历史大梦在他生前就告破灭了，玻利瓦尔确实拿下过整块大陆（当然包括了奉他之名的自发行动形式），然而转头各方割据力量又将它拆解开来，逐步形成今天诸国林立的样态。比起来，西班牙人易与，真正难对付的是这块大陆不曾有过的一统记忆，要凭空创造一个不存在且无线索的想象说服所有不可能听懂的人，就像书末玻利瓦尔自己绝望的说法："美洲是难以驾驭和统治的，进行革命等于在大海上耕耘，这个国家将无可救药地落在一群乌合之众的手中，之后将被形形色色的、令人难以察觉的暴君所掌握。"

玻利瓦尔自己也只活到四十七岁而已，差不多就是我们"文字共和国"里两位了不起公民契诃夫和本雅明辞世的年纪。他流亡的最后一趟旅行始于哥伦比亚的高冷首都也是他钦选俯瞰整个大南美国首都的波哥大，沿马格达莱纳河向海而行，戛然止于有加勒比海温暖洋流和海风拂拭的圣佩德罗·亚历杭德里诺乡间别墅。据说，他临终行忏悔礼的最后一句不怎么忏悔的话是："他妈的！唉！我怎样才能走出这座迷宫啊！"哥伦比亚籍的伟大小说家加西亚·马尔克斯写他的这本《迷宫中的将军》，书名出处便是这个，内容也是这一趟马格达莱纳河十四天的最后死亡旅程。当然，对所有非南美洲人如我们而言，安安静静的《迷宫中的将军》小说中寂寞死去的玻利瓦尔，显然要比昔日叱咤不可一世的玻利瓦尔本人要真实可感，而且完全可断言，必定随着空间的展开以及时间的流逝更加如此，这就是书的力量。

随着满身痾疾的玻利瓦尔在小说中再次航行这趟旅行，书末当然是悲伤的，但如果我们也念过加西亚·马尔克斯的另一短篇《总统先生，一路走好！》，看南美洲层出不穷流亡到欧陆、缓缓腐朽于异乡的一个个统治者,你也会对玻利瓦尔没能横越大西洋到伦敦感到释然多了。

玻利瓦尔,据加西亚·马尔克斯讲,从年轻时的贪婪阅读者最终消退了下来,不再读书了,他自己找的理由是,"问题是好书越来越少了"。事实上,这句话我们听来一点也不陌生,它也经常是我们不阅读或不再阅读时会跟别人讲也会跟自己交代的一句话,我相信,这句话最实际的功能是让我们心情好一些。但它会不会也是真的呢?

就让我们从玻利瓦尔的这句话开始吧。

影响书好书坏的因素

书的世界广大如海,我们每一个个人依自己的际遇和选择,都只能局部性地和书相见相处,其间总会有些诸如遇人不淑的不幸情事发生,这种个人特殊经验和整体真实图像之间的种种参差背反,说起来没完没了。我想,比较正确而且公平的方式,还是得先整体地、宏观地来。

好书是不是真的愈来愈少了呢?应该不会,这是有恒定的结构性理由的。当然,我们从供给面来看,书籍从书写到制作到出版,的确有其不稳定的一面,没办法完全用固定生产线作业加品质管理这套工业机制来控制。然而,好也好在它不全然被纳入这套作业系统之中,始终保有一定程度的手工技艺特质,这使得书长得不一样,使得书自由,包括书写这一端的自由,并由此衍生阅读另一端的自由,在愈来愈强控制、个人独特性泯灭的工业体制之下,这是所剩不多值得我们认真保卫的自由。

不稳定,恰恰说明了自由的健康存留。因此,从宏观的供给面来看,说好书愈来愈少,一如说好书愈来愈多,大体上都不是恰当的,因为它只是不稳定,不稳定用曲线画出来是某种上下起伏震荡的不规则图形,而不是持续上升或下探的漂亮线条。如果我们还好奇怎么个不稳定法,再进一步探究书籍出产的最根源处,也就是人的心灵,包括人的思维、人的理解、人的想象力及其不满,我们不难发现,在历史的时间之中,其轨迹往往是松紧交替的脉动式节奏,而不是均匀平滑的流水般进行。因为个别心灵在孤独面对一己独特性的思考同时,也或彰或隐地联系着所有同时间的个别思维,在过往累积的思维成果之上,组合成一个大的对话,一个思考交替作用的场,这个普世性对话或场的存在,对个别心灵固然是个制约(也就是我们常说的,人难以超越或甚至不容易意识到的所谓"时代限制"),却也是思考材料和启示的不断供应者,更提供了思考的基本视野和焦点。因此,一个人的瞻望和困惑,往往也是他那个时代所有人的瞻望和困惑,用不尽相同的语言和不尽一致的尝试路径在突围。在某一个特别聪明、或特别幸运、或特别鲁莽偏执的人冲出一个缺口之前,这个对话或说这个场,往往会有一段时间仿佛停滞下来一样的沉闷、焦躁并持续堆积压力。一旦缺口打开,清风吹入，一个全新视野摆在所有人面前，这些像被困在压力锅里流窜的强大力量，便像觅得生路般冲决而出，这就是丰收季节的来临了，是思维兑现为实际成果的好时光，如踩中节时繁花盛开。

比方说，念物理学的人都晓得，历代了不起的物理学家，从外表行为来看，往往还真像追逐流行时尚乃至于当红歌手乐团的少男少女一般，一段时间谁都在谈粒子，忽然又集体跑到场论里去，再一转眼大家又开口闭口都是弦。如此一窝蜂地乍看可笑现象，当然不免也掺杂有弄潮的成分，但其实更有着深沉而严肃的思维理由在，我们通常称此为"思潮"，思考的集体样态像持续拍岸又退回的海潮，一波起一波平，有波峰有波谷。

书籍记录着思维的如此轨迹，同时也是如此思维成果的最主要载体，因此，它的供应遂也不得不跟着波涛起伏，某一段时日好书倾巢而来像来不及似的，接下来却又跟雨老下不来般闷得人心慌。

当然，除开这种根源性的肇因于思维本身的不稳定特质而外，还有另一种较严重影响书好书坏的因素，那就是一时一地的特殊社会条件，就像我们的气候晴雨受到四季更迭的普同制约，也同时随你所居住地方的特殊地理位置和地形变化一样。一般来讲，这方面的作用远较稳定，几乎不太费劲就能观察并预测出来，比方说一个社会资讯开放和流通的程度，比方说一个社会对思维和言论的宽容程度，等等。正是这种特定社会的特定有效作用，才让书籍的历史、阅读的历史有了难计其数的辛酸记忆，写错书可以致命，就连读错书也一样会脑袋不保。

如果我们不尽恰当地将书籍比拟成某种动物，找寻它维生的最主要食物，那大概就是"自由"。一个社会书籍的好坏、多寡、腴瘦，基本上又和该社会的自由进展（不只政治面，还包括经济、文化传统，乃至于宗教等等的整体结算）亦步亦趋，也因此，一个社会的书籍整体样貌，倒过头来又可成为我们检查此一社会自由程度的一目了然指标。逛一趟书店，往往比你认真研究其政治体制及其运作还来得准确而且全面，毕竟，很多管制力量并不透过直接的政治暴力运用，很多自由的障碍是隐藏的，但这诡计骗不了书籍，自然也就糊弄不了真正够格的读者。

记得下次出国，拨点时间跑一下当地的代表性大书店，只要抬头宏观其书架，你就会看到意想不到的该地真相。

话到这里，我几乎想顺势武断地说，一个喜欢书的人，不管是读者的身份或书写者的身份，都应该是自由的信仰者和拥护者，可惜这并不是真的，人类历史的严酷实然并不支持这个应然的美丽断言，太多专制的、集权的、唯我的，乃至于丝毫不能忍受别人想法做法而不惜通过迫害屠戮予以去除的人，私底下也都是很棒的书籍书写者或是阅读者，名字太多了，事例也太多了，我们只能嘴硬地套用昔日列宁的名言：他们都背叛了自己的出身，背叛了自己书写者和读者的身份。

无关系之人

从书籍供应这两种有效作用力来看,玻利瓦尔的话对台湾地区的书籍总体图像显然是不合用的。总的来说,台湾地区的自由程度犹步履踉跄地在往前进展中,当然,就绝对值来说我们距离像英国伦敦老书街查令十字街那种宛如所罗门王宝藏的美丽样子确实还差很远很远,但它的确是一道挣扎向上的曲线,好书不断在冒出来,不至于让读书的人兴起无书可读的喟叹。

更何况,书籍是累积的,一本书进入到社会,它便没那么容易就退出,也许无经济实利可图的连锁书店会把它赶下书架,但它的读者会收藏住它,收藏在自己书架上、记忆里,还有他的言谈文字之中。

然而,作为一个个别读者,为什么我们也三不五时会出现玻利瓦尔式的实质感受呢?为什么我们站在比方说诚品书店这样书籍铺天盖地的世界却仍会生出无书可买可看的沮丧之心呢?明明你拥有的以及你真正读过的书不及其十一、百一,不是这样子吗?

让我们公平一点来说,书不好,可能是真的,因为书籍因着社会自由开放程度的整体进展,通常意味着好书增加,也无可避免搞出一票让你惨不忍睹的烂书来。烂书的书写和制作较不耗时间,因此生长速度永远快于好书;而且通常比较合于庸俗的市场机制,因此也就像街头的成群不良少年般杵在你非看到不可的最醒目位置，让当下第一眼书籍风景荒凉可怖，我们这些不愿惹是生非的人只能裹紧衣服快快离去回家。

然而，好的读者永远得勇敢些、坚韧些，像坚持要见到自己贞洁美丽妻子珀涅罗珀的尤利西斯，不被拦路的怪兽吓退，不被女妖的甜腻歌声诱惑，走向那不作声不叫嚣不搔首弄姿的寂寞书架一角。

烂书一堆，但这只能是浩瀚书海的其中一部分，其他的，我们其实应该老实讲是我们自己"不想看""没兴趣""看不懂"或"不晓得看那些书要干什么"等等，这些不同语言的表达方式其实可大致收拢成同一种心思，你无意要探究光子为什么可以奇怪地又是粒子又是波，你不想晓得凯恩斯学派和新自由主义学派面红耳赤到底有什么天大的事要争辩成这样，你对遥远萨摩亚青春期女孩的想法和生活方式没半点好奇，你想不出自己为什么要弄清楚利玛窦走了哪条路从意大利到中国，你也看不出来那些早就尸骨无存的十九世纪放逐库页岛的可怜俄国苦役犯干你何事……

想知道这些问题的阅读者随随便便都能告诉你，这里有多少部精妙好看的书，海森堡的、玻尔的、爱因斯坦的、弗里德曼的、克鲁格曼的、玛格丽特·米德的、契诃夫的云云。你不想知道，这一部分的世界对你而言就完全封闭了起来，联系于这部分世界的书籍也跟着全数阖上了，当所有的事你都不想知道，这一整个世界对你而言就没有了、没意义了，于是所有的书便都和你断了联系，你也不再可能会是个阅读者。

日本人对此有个说法，就直接称之为"无关系"，意思是某种素朴联系的完完全全断绝，最终以一种彻底冷漠、彻底遗忘的形态体现出来。日本人用这个词来说现代大都会里原子化如一个个孤岛的人们，也偶尔用来说他们这个毫无大国责任感、最终只能孤立于亚洲东北一隅的富裕岛国。这里，我们顺手再来抄一段托克维尔的话，这原是他对两百年前欧洲专制政体底下人民的某种实况描述，但相当传神，相当实感地呈现一幅和周遭世界断掉联系的无关系之人的肖像——

> 有些国家的本国人，认为他们自己是一种外来移民，毫不关心住在地的命运。一些最大的变化都未经他的赞同，不为他们所知道（除非机会偶尔通知他），而在该地发生；不，有甚于此，他村中的状况，他街上的警察，他村教堂或牧师住宅的修缮，都与他无关，因为他把这一切都看成与他不相干的东西，看成一个他称之为政府的有势力陌生人的财产。他对这些东西，只有一种终身所有权，却没有物主身份或对之有任何改良的念头。这种对本身事务的缺乏兴趣，竟然发展到如此之远，如果他本人或他子女的安全最后真的遭到了危险，他非但不去躲避危难，反而抄起双手，等全国的人来帮助他。这个完完全全牺牲了他自身自由意志的人，将不会比任何

其他的人爱好服从；不错，他在最不足道的官吏面前也畏缩，但他带着战败的精神，只要比他强的敌人力量后撤了，他立刻会不把法律放在眼里；他永远都在奴性和放纵之间摇摆。

没错吧，我们随随便便都能找到一大把托克维尔讲的这类人，就在此时此刻此地，我们的立身之处，我们这不幸的社会。

贼来迎贼，贼去迎官，我们可没说这么沉重的话，我们只说这样的人不会要读书，如果他之前没读书，那他显然没任何动机开始；如果他曾经读书，那他也会很快地在任一个阅读的困难方找上他时就退缩回去。

阅读，作为一种善念

这里，且让我们稍微回头一下问个问题：为什么我们关心的是第二阶段的"为什么阅读持续不下去"，而不是从头来的"为什么人们不阅读"——我自己的答案非常简单，我始终相信人们是愿意阅读的，阅读所碰到最致命的麻烦，不在人们不想读读书，而是起了头却进行不下去。

我个人几乎把这个看法当成信念。尽管坏消息不断传来，比方说台湾社会价值逃散如崩，人们愈长愈像托克维尔当年忧心悄悄模样；比方说迷电脑、迷影像的年轻小孩子据说愈来愈不读书了，而有能力的大人或因讨好、或因要卖东西赚他们钱，更努力让他们相信电脑和影像不仅可完全替代书籍，而且还会是一种"未来天国式的书籍"云云。情况愈来愈险恶，但我仍愿意相信读书一事源远流长，跟人们相处千年以上时光，不会马上被彻底拔除破毁。今天，读书大体上仍被设定是一件自明的好事，读书的念头仍被当成是生命中起劲的善念，在我们日子过着过着的漫漫人生之中，想开始读读书的念头总会不吝惜袭来个几回，且次数极可能还不少于春意灿烂、突然想谈他个恋爱的次数。

有时这份善念一闪而逝，明天再说；有时我们也郑重地付诸实践，其化石证据便是书架上又多了几具阵亡尸体般没读两页的新书招尘——也就是说，阅读之难，不在于开始，而在于持续；动心起意是刹那之事，其间不会有困难容身之处，然而阅读一日展开却是长日漫漫迟迟，于是麻烦、别扭、怀疑、沮丧等等各种奇怪心思便大有生存繁殖的余地。

念头如火花，可以一直在着，不真的完全熄灭，但要蔚为燎原之火，你便得用一册又一册的书当柴薪让它延烧起来，这意味了，在阅读真的有致展开的过程之中，一定有一堆困难挡着，而且这些困难极可能和普遍人性倾向有关系，背反了我们某些基本人性，才导致念头和实践之间如此明确的落差。

先说有哪些常见的困难呢？除了玻利瓦尔所说好书愈来愈少之外。这每个人都可以从自己不止一次的失败经验中找出来并列表，包括太忙时间不够、不知从哪本书下手好、书读不懂、书买不到、书太贵、不知道读了要干吗等等，这些常听到的困难，不管只是迷思或巨大而真实，的确都持续折磨着或干脆一下子浇熄阅读者脆弱的善念，我们也希望在往后的谈论中一个一个正面来对付。但是，容我们这样子来说，什么事会没有麻烦和困难呢？千里迢迢跑电影院排队并在爆米花甜腻的空气中等待开场不难受吗？买那么昂贵而且动不动就要升级或淘汰的电脑，又要学习和它复杂的相处，又得时时忍受它当机中毒这不痛苦吗？我个人这一年来固定在家附近的小学运动，总看到那些初中高中的小孩，在身体条件完全不够的先天限制下，模仿着迈克尔·乔丹或科比·布莱恩特的各种神奇动作，胯下交叉运球，转身，收球堕步，拉杆跳投或换手挑篮（灌篮这部分不得已从略），挥汗如雨地一遍一遍来，可以一整个晚上只磨一两个动作，而且还持续几星期几个月不回头。苦不苦呢？客观来看真的挺辛苦的，以这种精神和毅力来阅读，大概量子力学或德里达的文字论述都不会太难懂。

更遑论之前一阵子流行极限运动的滑板时，那些在斜坡、在台阶、在水泥矮墙和铁栏杆处摔得一身伤一脸血的英勇少年们。

所以讲，困难既是具体且独立的，又同时也是相对的。相对于什么呢？相对于你的瞻望、相对于你心中日出般升起的某一幅璀璨图像（乔丹那样的声名财富或只是同班女生的青睐），端看哪个压倒哪个图像获胜，困难往往只是一种有痛楚的充实存在感受；图像消退杳逝，困难就像没免疫力抵抗的病毒般大肆繁殖作怪了。

也就是说，如果我们庸人自扰地追问阅读何以不容易持续，在解析具体困难之前，先得处理的极可能是阅读者心中的图像问题，是书籍作为一种中介物，人和他所在世界的关系——他源于本能的好奇心何以消失？他对他者的关怀何以挫败？他对自己可能只有一次的生命何以丧失了期待？他为什么把自己丰盈且辐射性的感官给封闭起来，宁可让自己成为一座孤岛、成为一个无关系的人呢？

在不满和绝望之间阅读

世界太大，我们一己之身太小太短暂，对这个世界的某些领域、某些部分无缘发生联系，这我们可理解，甚至是赞同的，因为你得学会集中有限的心力时间和资源，在阅读中找寻出最适、最可着力的领域来。这里，真正值得阅读者关心的是，曾经有过的联系为什么断绝掉？曾经建立起来的关心重又失去是什么意思？甚至最终让一整个世界视而不见形同消失，这又是发生了什么事？

玻利瓦尔至少告诉我们两个可能的答案：一是年老，或该说衰老（玻利瓦尔此时也才四十七岁而已），死亡将至，你再没那个美国时间、也再榨不出足够的肉体力气和心智力气去关心这个不跟你一起死去的世界了;另一是绝望,你被击败了,承认输了,认定你不管怎么想怎么做都影响不了那个比你大的冷凝世界——对玻利瓦尔而言,这两者几乎戏剧性地同时抵达终点。加西亚·马尔克斯的故事起始于玻利瓦尔赤裸身子、睁着眼睛漂浮于浴缸净化水中的肉身死亡意象,"他(何塞·帕拉西奥斯,侍候将军最久的仆人)几乎以为他已溺毙身亡";而当玻利瓦尔骑驴离开他的南美之都波哥大,送行而来的陆海军部长忽然唤住他,恳求他留下来,"为挽救祖国再作最后一次牺牲",但玻利瓦尔回答,"不,埃兰,我已没有可以为之作牺牲的祖国了。"

人们通常比较害怕的是衰老和死亡,但对阅读真正致命的却是绝望,特别是绝望并不只长一种样子而已,也不是一辈子只终结性地造访你一次。它时时来,化装成各种样子,而且轻重深浅程度不一。当然,大多数时候并不碍事,它只是某种我们对外头世界的不满和荒凉感受,寥落之心会跟晨雾一般,只暂时迷蒙了我们读书的眼睛,很快自会烟消云散没发生过一样;但有时它还真的是暴烈袭来,而且还长驻心中不去,凝固成某种走到世界尽头的疲惫之感,其实不是书铺开的路径终止于斯,而是你自己不想走下去了,觉得没意思了,或没意义了,这尤其在外头世界持续变坏时最容易到达临界点。

如今,资本主义社会还带给我们某种更难以抵御、甚至连察觉都不容易的绝望方式,某种麻痹的、运行于单一轨道的、满足于当下的、也许还相当快乐的绝望。你不觉得自己和这个世界分离,你的确有理由相信自己仍勤勤恳恳杵在第一线,各类流俗的意见包围你,各种容貌的人群包围你,这些浮光掠影的印象和理解,往往你只觉得太多而不感到匮乏,你会想做的是偶尔躲开(睡觉、度假、打电玩或发呆式地瞪着电视荧幕)而无意进入探究,于是,它替代了好奇,更替代了同情,直到一整个这么大的世界,最终只剩那几条街、那几幢房子和那几个人,还有那两道你想都不用想自动会出门和回家的固定路线,危险多变的世界如今扁化成一幅安全重复的风景图片。

这么想起来,要让人好生生把阅读持续下去真的是有难度的,对我们收控并没那么自如的心志而言,阅读能站立的位置并没想象那么宽广,它大致只存活于不满到尚未绝望的条状地带,绝望如玻利瓦尔那样的人不会再要读书,但对世界基本上满意没什么意见的人如我们,也是很不容易打起精神把书读下去的。

心中有事的阅读者

但读书都得这么激越、这么严厉吗?就不能在愉快点轻松点的气氛下持续吗?——读书当然是件愉快的事没错,历来有心劝人诱拐人读书的也总好心地报喜不报忧,把话集中在其繁美如花的部分,但我个人以为,人们在"受骗"展开阅读的孤独过程中，他们无力处理的不会是书籍带给自己的快乐，而是此道旅程中必然屡屡出现的困厄。有人因为太快乐太成果丰硕所以不好意思把书读下去你意思是这样子吗？

而且，世界持续在变，我们得说，阅读的享乐成分的确跟着在持续流失之中。

我们这么来说，很多人，很多时候，我们总把阅读当成某种愉悦的、方便拿得出来的体面消遣，就像自我介绍的兴趣一栏，包括网上援交者或演三级片的艳星，我们总看到人们说他平常最喜欢的是"看书、听音乐、爬山游泳亲近大自然"云云。

没什么不对，没什么不好，只除了些许引人狐疑的乔张做致。阅读当然可以是消遣，也的确始终有着消遣的功能，然而，只用消遣去理解它，阅读首先就丧失了它的独特性，丧失了它真正的位置，它于是被拉下来和一堆不必当真的纯消遣混一起，变成可替代了，这让阅读处在一个不恰当而且极其不利的竞争环境之中。往往撑不了多久，在第一个困难才来时人们就扔下书本真的跑出去亲近大自然了，就像三国时代一起读书消遣的管宁和华歆两人，更热闹好玩的锣鼓声音门外响起，怦然心动的华歆就在第一时间跑掉了。

事态的发展愈来愈如此，阅读的消遣意义也愈来愈险恶。狄更斯写小说那个时代，没电玩没网络也没电影电视收音机，写实的、情节高低起伏恩怨情仇的长篇小说当然就是八点档连续剧，让人在压抑自我一整天的忙累之后，有机会把情感不保留地释放开来，如小舟一叶随此波涛跌宕漂流，因此，彼时已识字的女佣在收拾完贵族主人的烦人晚餐之后，也在一灯如豆的厨房角落里看小说。这是消遣，也是生命中唯一可实现的平等时刻，毕竟人在梦想中是可暂忘甚或超越森严的阶级身份的。而女佣开始读小说这件事，今天我们晓得了，在小说发展乃至于书册出版历史上意义杳远，不仅确立了现代小说的稳定书写，还改变了书册的印制装帧形态，降低了书册的价格，让书册不再精美昂贵只容于贵族幽深闲置的书房。今天，我们买企鹅版平装经典小说读的人，都应该分神回忆一下昔年这样子读小说的厨房女佣，这是一种致敬的心意（最起码你买这本书就因此省下不少钱），也已经永远成为如此小说阅读不可分割的一部分了。

但今天，阅读却发现自己陷入了四面楚歌的处境——诱惑太多了，女妖塞壬的甜美歌声不绝于耳，既然都只是但求愉悦的消遣，又干吗抵死不从呢？去打电玩去看电影去逛街购物混pub不好吗？除非除非，我们能找出阅读一事之中不可替代、无法用其他更轻松更好玩的消遣形式予以满足的特质，那我们就该在第一时间放下书本接受召唤。像昔日从特洛伊战场返航的尤利西斯，又要用蜡丸塞耳朵，又要痛苦不堪把自己绑在船桅之上，如此自虐只有一种理由说得通，那就是他心中有事，他有他一定得去的某一独特地方，我们晓得，这就是他的家乡，还有他那个白天织晚上拆、可能已开始苍老但此刻冻结在他记忆中仍那么美丽的妻子珀涅罗珀。

因此，阅读作为纯粹消遣的日子，可能已忽焉不存在了，在关起门来阅读的路途上有一堆可克服但永远取消不了的困难等着人，而在阅读的门外，更有一个锣鼓喧天时时侵扰你的烦人世界。即使阅读和消遣仍可共容不相互排斥，但能够持续阅读的人，心中总得有某种东西存留，非有不可——有些人的可能清晰可描绘，但通常只是某种暧昧难以言喻的"心意"。阅读的人对这个世界、对眼前的人们有着尚未消失的好奇和想象，甚至说好奇或想象可能都还嫌太有条理太具体了，毋宁更接近说他和这个世界以及人们仍保有某种素朴的联系，某种幽微的对话。他仍是人，仍是世界的一部分，阅读的人时时怀疑却又一直顽强地相信，时时不满却又始终不放手不彻底决裂，他不见得非像玻利瓦尔那样子不可，有一个非要改变眼前世界和人们的大梦驱赶他找答案找方法找历史缺口，更多的时候，他只是把自己置放入书籍这个持续了成千上万年的庞大无边对话网络之中，看看会发生什么事，这在行动之先，甚至还在成形的意义之先，有点像逛市集的人，他很可能还没有真的决定购买什么，或者他原先想好要买的东西反而没找到、找不全或很快被眼前一切这琳琳琅琅的一切给淹没掉替代掉了，最后的购买清单暂时还停留在或还原成可能性的阶段，而且由这么多具体且眼花缭乱的可能性所交错建构起来。

可能性，而不是答案，我个人坚信，这才是阅读所能带给我们真正的、最美好的礼物。阅读的人穷尽一生之力，极其可能还是未能为自己心中大疑找到答案，但只要阅读一天仍顽强进行，可能性就一天不消失。答案可能导向绝望，但可能性永远不会，可能性正正是绝望的反义字，它永远为人预留了一搏的余地。

这话说起来有点吊诡有点儿绕口，但却大体上真实可信——阅读会因意义的丧失而绝望、难以持续，然而，意义最丰饶的生长之地却是在书籍的世界之中，人的原初善念只是火花，很容易在冷洌的现实世界空气中熄灭，你得供应它持续延烧的材料，我们眼前这个贫瘠寒凉的世界总是货源不足，因此，阅读要持续下去，它真正能仰赖的就是持续不回头的阅读。

这是前提，不是完成，解决了这个，往下在阅读实际展开的过程里还会有一连串的麻烦一定会发生。在见招拆招、设法各个击破这些困难之前，让我们先来想一个较振奋士气的话题，我们来检视检视自己有多少可用的装备，可能攫取什么动人的战利品，像个兴高采烈升帆待发的海盗——这就是阅读世界的总体图像：一个意义之海，一个可能性的世界。

2 意义之海,可能性的世界

有关阅读的整体图像

白天，气候又变得闷热难熬，长尾猴和各种鸟儿闹到了发疯的地步，但夜晚却是寂静而凉爽的。鳄鱼仍旧是几小时几小时地趴在岸上一动不动，张着大口捕捉蝴蝶。在这荒凉的村落附近，可以看到一片一片玉米田，田边骨瘦如柴的狗向着河里过往的船只汪汪吠叫。在荒草野坡上，还设有猎貘的陷阱和搭晒着渔网，但是却看不到一个人影。

这段文字是《迷宫中的将军》书中马格达莱纳河航行瞥见的景象，一种鸟兽恣意喧嚣的荒败。在台湾读小说，我们之中可能只有极少数有奇特机缘或性格怪异的人曾经同样航过这条玻利瓦尔和加西亚·马尔克斯生命中不可抹灭之河，然而，以我个人读加西亚·马尔克斯小说的一点经验，我几乎敢断言，这就是马格达莱纳河的长相，如格雷厄姆·格林所说是真真正正实实在在马格达莱纳河的样子，而不是某种文学书写技艺，只为着玻利瓦尔将军这一趟死亡旅行而在文字中荒败。不会的，不可能这样，马格达莱纳河不是工具不是配角不是配合演出可任意涂抹修改的荒败的小说布景，航行中玻利瓦尔的绝望是真实的，但马格达莱纳河的荒败也必定是真实的，对加西亚·马尔克斯而言，这两个真实一样巨大，一样重要。

然而，这段残破风景之中，却镶嵌着一颗熠熠的文字钻石，那就是张着大嘴巴捕蝴蝶的鳄鱼。据信，加西亚·马尔克斯最原初想写的还不是玻利瓦尔这位传奇浪漫的矮个子巨人，而是这条河。书成之后，他在接受访问时也这么坦承过："你看，我从来没有想到过我要写关于玻利瓦尔的这本书。我想写的是马格达莱纳河，我在这条河上来来去去旅行过十一次，我熟悉河畔的每一个村庄、每一棵树木，我觉得要写这条河流，最后就写玻利瓦尔的最后一次旅行。"

特别是河边张嘴捕蝴蝶的大鳄鱼，加西亚·马尔克斯最眷眷难忘的河上风景。我在 Discovery 频道的影片中后来看到差不多同样的奇景，是蝴蝶停在鳄鱼闭着不动的长嘴上拍着翅膀，抓此镜头的摄影师大概也读加西亚·马尔克斯的小说。

事实上，这当然不是加西亚·马尔克斯第一次用到这条河，甚至不是第一次用到蝴蝶和鳄鱼。我们印象良深的至少就有《霍乱时期的爱情》一书，恋爱并苦心等待了五十三年七个月又十一天的阿里萨和费尔米娜，最后高挂起黄色霍乱旗把外头世界隔离掉、永生永世在河上航行不止的灿烂夺目爱情之旅，这道被他们中止时间的河流就是马格达莱纳。而当时阿里萨和费尔米娜的马格达莱纳河也有捕蝴蝶的鳄鱼，还在塔马拉梅克河滩看到已被猎杀绝迹的大海牛，"有着巨大的乳房给幼畜喂奶、在河滩上像女人一样伤心痛哭的海牛"。

加西亚·马尔克斯自己说，他的小说总源生于一个形象，或直接讲就是一个真实闯入的画面，比方说他自认最好的短篇《礼拜二午睡时刻》，是他在某个荒凉小镇看到一名身穿丧服、手打黑伞的女人领着一个也穿丧服的小姑娘在火辣骄阳下奔走的画面；《枯枝败叶》是一个老头带着孙子参加葬礼；《没有人给他写信的上校》则是一个人在巴兰基亚闹市码头等渡船，沉默不语但心急如焚的模样；而《百年孤独》当然是全书开头，一位祖父带孙儿去看、去摸一大块冰。

我不大晓得其他读小说的人怎么想事情，但对我个人而言，往后就算有莫名其妙的人生机缘，可以现场抵达马格达莱纳河一趟，我猜我大概都没那勇气前往，我想在那儿我只能看到马格达莱纳河的真实荒败，却无从寻觅加西亚·马尔克斯所给我们看到那幅璀璨的荒败图像，我不要它被 update 掉。这两种荒败，我敢断言天差地别，加西亚·马尔克斯的马格达莱纳河图像，系来自不同的时间、年份、季节和光影，来自不同的人的情感和眼睛，来自不同的传说、猜测、记忆

意义之海，可能性的世界　049

和一闪而逝的偶然机遇，是这样子一点一点积存构成起来的，这些都是在只有"永恒当下"的现实界注定得流失的，是奔流不息的马格达莱纳河绝没能力留住的东西，比留住它的鳄鱼和大海牛还难还不可能。

我宁可读小说，宁可相信书籍。

你去那儿找得到船上的歌声吗，比方说？《霍乱时期的爱情》书里阿里萨那位酷爱歌剧又装配了满嘴假牙的船东叔父莱昂十二，"一个皓月当空之夜，船抵达加马拉港，他跟一个德国土地测量员打赌说，他在船长的指挥台栏杆那儿唱《那不勒斯浪漫曲》，能把原始森林中的动物唤醒。他差点儿赌赢。船沿着河流航行，在苍茫的夜色中，可以感觉到沼泽地里鹭鸶拍出翅膀声，鳄鱼甩动尾巴声，鲜鱼跳到陆地上的怪声，但是当他唱到最高的音符时，他担心歌声的高亢会使他这位歌唱家血管崩裂，于是，最后呼了一口气，结果，假牙从嘴里飞了出来，沉没于水中。"这还没完，"为了给他装一副应急的假牙，轮船不得不在特涅里费港滞留三天。新假牙做得完美无缺，可是，返航时，叔父莱昂十二试图给船长解释前一副假牙是怎么丢失的，他深深吸一口原始森林中的闷热空气，扯起嗓子高歌一曲，并把高音尽力拖长，想把连眼都不眨一下的、晒着太阳在那儿看着轮船通过的鳄鱼吓跑，然而，那副新假牙也随之沉入流水之中。"

相对于莱昂十二的高亢，《迷宫中的将军》书中阿古斯丁·伊图尔维德的不复存留歌声则柔美而哀伤，却完成了莱昂十二的憾事,"将军靠着他坐了下来,当知道他唱的内容时使用他那可怜的歌喉跟他一起唱起来。他从没有听到过具有如此深沉之爱的歌声,也不记得有如此忧伤的歌曲,然而如今却真真切切地坐在他的身旁听他唱着,他感到无限的幸福和欢愉。……伊图尔维德和将军继续唱了下去,直到大森林中动物的喧闹声把睡在岸上的鳄鱼吓得逃进了河里,河水像遇上地震似的翻滚着。将军被整个大自然那可怕的苏醒惊呆了,依旧坐在地上,直到地平线上出现一条橘红色的彩带,天亮了。这时,他扶着伊图尔维德的肩膀站起身来。'谢谢,上尉。'他对他说,'假如有十个人能像您这样唱歌,我们就可以挽救整个世界了。''唉,将军。'伊图尔维德叹道,'我多么愿意我妈妈听到您对我的夸奖啊!'"

把马格达莱纳河这两次歌声放在一起,便成了一个比《北风和太阳》更好的寓言故事,有声音、有情感、有人狼狈和滑稽,而且还有具象可感的风景。

这里,我们不挽救世界,但我们来谈一个更大更厚的世界,书籍的世界,也就是我们之前讲过的,一个意义之海,一个用无尽可能性构筑成的世界。

书籍的基因之海

说到海洋,我自己几年前也用过同样的这个词汇、这个意象描绘过一次书籍世界的丰饶图像——那会儿我的心思比较与人为善，很乐于扮演书籍推销员兼阅读啦啦队的角色，因此报喜不报忧，说的方式和内容也就比较兴高采烈一些。

我们晓得，在生物演化的严酷路途上，"变异"是很重要的大事，适者生存之难在于你千方百计投其所好的环境不是固着不动的，你是在追逐一个持续改变移动的生存判准。从这个角度来说，改行有性生殖的生物是对此作出了相当聪明的回应，新一代的染色体由父体和母体两方交错组合而成，提高了变异的几率，不像单细胞那样单纯地分裂复制。

但如果因为我们比原核生物或真核生物懂做爱这档子事，从而洋洋得意我们果然站在较进步、较高阶的演化位置，那可能就有些自大得可耻了。生物学者告诉我们，行分裂复制的单细胞生物世界，其实有比我们更准确、更高效率的变异方式，那就是它们可以直接进行基因交换。也就是说，整个单细胞生物世界，等于是一个巨大且共有的基因之海，彼此取用交换。因此，它们对环境的新变动新敌意有着惊人而且快速无比的适应能力，像细菌对药物的快速抗药性，其根本奥秘便在于这个基因之海的存在。

不考虑性爱带来的生之欢愉（或挫败沮丧），不去想弗洛伊德，不把繁衍传种功利性目的之外的种种"副作用"计算其中，纯粹就无趣的生存演化来说，我们真的可以宣称我们的做法比较聪明、比较进步吗？

从这个角度来想，我们会想到人类世界的"浪费"，浪费到令人心疼的地步。我们人穷尽一生认真学习的成果，总在生命的终端复归于空无，聪明如卡尔维诺，博学如穆勒，缜密专注如康德，我想，人类几近是普世性的灵魂不灭想法，应该多少是意识到如此荒谬浪费的某种焦躁、某种不太甘愿：怎么可能这么简单就全数化为乌有呢？这么扎实、这么来之不易的学习思维成果，总该有某种超越机制，总该有某种特别的存留方式，总该至少至少有某些模糊的记忆或该说痕迹吧。但偏偏我们在每一个新生小儿亮蓝的眼中看到的，又正如名小说家阿城说的"干净得什么都没有"，一切都得重新来过，因此，我们只好无奈地相信，这是造化者恶意的设计，我们总要通过忘川之水一类的老式记忆清除装置，才获准回转这一度熟悉的人间世界。

由此，法国的生物学者拉马克曾给了我们一线希望，他主张后天学习的成果，后天的性状可以通过遗传存留，这比苏格拉底在《斐多篇》里所猜测的，人的所知所得其实都只是前世记忆、都只是想起我们已然遗忘的神秘说法要好，一来因为苏格拉底这话是他临死之前安慰一干好友学生的话语，另一方面拉马克说的比较像科学语言，只可惜这个动人的拉马克主张仍不是真的。

然而，从实际历史演化的末端成果来看，人类却一定没有全然流失一代一代的后天学习成果才对。我们每一代的新生者从零开始没错，却绝不是从头来过，我们很容易就学到地球是绕着太阳在转，学到万物系由微小不可见的粒子构成，

意义之海，可能性的世界　　053

学到遥远北边有一个名叫格陵兰的冰封大岛，学到价格基本上由供给和需求所交互决定，我们可以飞上天空如鸟，潜行海中如鱼（这比较难一些，因为你得想办法加入名额极有限的海军潜艇部队，或至少学会潜水），这每一样原来都是人们摸索了成千上万年才会的极度艰难之事。

因此，不在基因密码中，不在生殖遗传里，人类终究成功建构起来属于他的基因之海，在记忆未被死亡悍然抹消之前——尤其在人们成功创造出文字、进而发明了书籍之后，原先借由口语、借由音波传递的脆弱存放方式，改由对时间浸蚀力量有着坚实抵御能力且方便复制的白纸黑字来守护。至此，我们可放心让爱因斯坦或卡尔维诺死去没关系，只要记得让他们在告别之前把所学所思写下来，用一本一本书籍好生保存并广为流传，像霸径或开黑店洗劫过往旅人的盗匪强梁、一丈青扈三娘，或做人肉包子的孙二娘。

这就是我个人过往的书籍总体图像，一个人类不无侥幸成分所艰苦创造出的独特基因之海——科学的进展太快了，事隔几年我已经不敢确定这个举细胞生物世界的基因交换取用说法是否还成立，但我仍坚信这个睿智而且璀璨的书籍总图像是禁得住掊打的，就像不信拉马克主义的古生物学者古尔德所指出的，人类的生物性演化系遵循达尔文的天择机制，然而人类文化的演化却是拉马克主义的，而且"文化演化的速度是达尔文式的演化不能望其项背的，如今达尔文式的演化虽然仍在进行，但是速度却已经慢到不会对人类造成任何冲击了"这样的话由忠贞达尔文主义者的古尔德来说,效力尤其宏大。

诸多更好的世界

如今,我打算直接来谈阅读更深更广的另一处海洋——意义的海洋,可能性的海洋。

我们讲过,人的基本阅读位置,是生根于对眼前实存世界的不满到绝望之间的这个条状地带。这样子的一句话,可以挟带着很清晰的意志、很坚决很激越的语气说出来,比方说一生耿介、斗士一样的了不起知识分子米尔斯,他就认为我们和眼前实存世界的关系基本上是"对抗"——对抗意义的流失,对抗人们尤其是自身的冷漠和绝望倾向,对抗流俗的一致性刻板印象,对抗某种不必思索的理所当然,对抗存在即真理的实然世界之外一切可能性的丧失云云(记得,卡尔维诺曾说过,死亡,或说死亡真正的可怖之处,正是所有可能性的永恒失落)。

我个人是极敬仰米尔斯的,然而,如果有人不乐意"对抗"这个词,嫌它杀气腾腾不太对得上风檐展书的沉静阅读模样,而且担忧可能吓跑禀性温和、从来就奉公守法的好人同志,那我们可以试着换另外一种语气、另外一个词:"不满意",对眼前实存世界整体的或某一部分的不满意。这样是不是好多了?

这么说，也就把问题拉回到一般人的普遍经验范畴来：我们每一个人，漫漫一生，没有从摇篮满意到坟墓这么幸福（或这么可怕）的事，迟早迟早总会触景生情出某些狐疑和不满来，会诸如此类地自问，我这辈子真的就这样子了吗？老婆就这一个了吗？就重复几十年只做这些事到死吗，我眼前这个世界非长这样子不可吗？……

美国名小说家冯内古特讲过一个趣事，说他一位著名小说家同行有回在宴会中喝醉了，当众表演钢琴演奏，忽然号啕大哭起来："我这辈子一直梦想成为钢琴家，但这把年纪了，你们说我成了什么样了？我只是个小说家——"

说到小说家，很多人讲过，小说家重写社会实际发生过的事，那是因为他要告诉这个世界"事情不是像你想的那么简单"，这也正是对实然世界某一部分描述或解释的不满意其中一种，而加西亚·马尔克斯写玻利瓦尔，他也亲口承认："这是一本报复性的书，报复那些随心所欲写玻利瓦尔的人。"从这个角度往下看，事实上，每一种书写也都意味着书写者的某种不满意——生命的起源我相信绝不是你们讲的那样、原子真的不能再分割下去吗我不信、弱势的劳工会永远甘心受黑心资本家的剥削宰制不起身反击吗、性爱姿势就只这几种是吗？除了奥斯瓦尔德一个之外还有谁也想杀肯尼迪、我们人死后究竟到哪里去云云。每一本书于是也通过驳斥、质疑、描述、解释、想象，揭示着整个或局部世界的某一种他认定的模样和底层真相，每一本书，都是一个可能的世界。

这就是亚历山大·赫尔岑所相信的开放性人类历史图像——"历史同时敲千家万户的门",但只有其中一扇抢先被打开而成为实然,其余的可能性只能被消灭或隐退下来,存放在人的各自思维之中,存放在一册册的书里酝酿并静静等待。至于凭什么决定哪扇门打开,自由主义的赫尔岑以为那是历史难讲道理的机遇使然(赫尔岑说:"人类历史是一部疯子的自传。"),也就是说,唯一被实现的这个或这种世界,既不会恰好是其中最善的一种,也不会恰好是其中最富意义的一种,一定有一个或诸多更善的、更富意义的可能性,很浪费地被抛掷到人类历史蛛网密布的积尘仓库之中。

因此,阅读者和唯一实然世界的所谓"对抗",便不见得如马克思那样的非起来暴力革命不可。他可能愤怒,读书学剑意不平;但也可能只是惋惜之心和同情之心,要认真唤回一个更好的世界;更加可能有着寻宝人的兴高采烈或寻道者的坚定平静,孤独地在故纸世界中翻找,这些不同的心绪因不同的阅读者而异,也可能是单一阅读者在不同阅读时刻、阶段的不同心理变化,随手中书籍的不同而高低起伏。然而,在这些如水花如波涛如漩涡的种种心绪底下,终究有一股稳定沉静的洋流——这是一种讲道理的对抗,阅读者不是天生反骨非跟眼前世界过不去不可,而是他深知这个世界可以更好,而且这更好的世界可以说已完成了,仿佛伸手可及,它就只差被实践这一小步而已。

一去不返的最美丽陷阱

事实上，念过赫尔岑精彩著作（比方说《往事与随想》，洋洋百万字的赫尔岑自传，以赛亚·伯林心目中十九世纪最了不起的自由主义之书）的人一定都看得出来，赫尔岑中性地把唯一实存世界视之为历史的偶然机运决定，这已经是他不逼人太甚的留情之语了。依我个人对赫尔岑的理解，他若实话实说必定断言这是一个比较"坏"的世界，相较于存放在书籍之中的诸多可能世界，更公义的、更人性的、更道德的、更自由的、更幸福的——

我想，这倒不是什么心怀悲愤的诅咒之言，而是有其心平气和的道理加坚实可信的经验佐证。毕竟，今天我们此一实存世界的种种形貌系人类集体性的产物，意思是，它不仅是无数次现实"妥协"的成果，而且它的铸造根本上就必然受限于一代一代之人的平均值、最大公约数，因此，它美好不到哪里去的，至多只是某种意义的"安全"，某种因为通过了集体性无奈认可而得到的合法性安全而已。

这么说当然就有几分柏拉图"理性世界／现实世界"的对立褒贬味道了，但这里，我个人比较喜欢的阅读者态度，并非要将这两者势不两立起来从而以这个来直接替换那个，事实上，我们最终的工作场域、存活场域、实践场域，乃至于我们眷念的一个个真实可感的、会爱会痛苦的活人活物所生长所活动的场域，到头来仍旧是这个不免让你咬牙切齿的实存世界——你在美好的书籍世界里寻寻觅觅，你也很容易喜欢那里面的世界，但记得你最原初的心意，你是为着此时此刻这个世界才前往的不是吗？

为什么要特别说这话呢？因为这里包藏着另一个阅读的陷阱，一个只供最坚定真诚阅读者摔进去的最美丽陷阱。

料应厌作人间语，爱听秋坟鬼唱诗。柏拉图其实也不算说错，对一个热切的、重度的阅读者而言，这是相当可能成立的——有这么多背反于眼前世界的更美好世界时时召唤着你，这是阅读终极性的温柔不祥，它预告了另一种形态、另一种意义的阅读中止，或更正确地说，预告了我们两脚站立于实存世界的阅读中止。

真的，某个更好世界的察知、寻求，到持续寻获到并会心了解，刚开始总是让人兴奋不已的，这通常也是阅读者最勇猛精进的最快乐时光，遍地是宝，简直就来不及捡拾一样。但很快的，你会惊觉自己已走太远了，而且像童话故事里撒面包屑注记来时之路的傻瓜小孩，回头才发现已经让鸟雀给统统吃掉了，你很难再寻回有亲人等吃晚餐的家了。

阅读者愈受书籍中更好世界的诱引，相对便离开眼前的世界愈远；愈理解存放在书籍中种种更好的世界，相对便愈容易看清眼前世界的贫薄、粗陋、乏味和不义，甚至到达难以忍受的地步。而且刺激的是，阅读者所看到并视之为珍宝的这些更好的世界，直截了当说，却通常是一个一个"被击败"的世界——被历史的偶然机遇击败、被习焉不察的流俗

意义之海，可能性的世界　　059

击败、被人们的粗疏、懒怠、不讲道理和坏品位坏程度击败。它们好像愈精致，在书籍中的世界活得愈欣然，就愈难移植到五浊恶世的现实空气中存活似的。于是，阅读者等于是以两倍的速度和眼前的世界分离，正义感和鉴赏力尤其在其中扮演推进器的角色，很容易把认真的阅读者抛到一个被彼此不断远离的应然世界和实然世界暴烈拉扯的尴尬位置，仿佛问他要钱还要命的二选一。

也因此，不全然都是廉价的肉麻和自怜自伤，阅读者的确会油然生出某种孤独感，愈往深处走去就愈清楚愈具体，最终，你发现人间的语言原来这么简陋不够用，你简直无法用现实世界的有限流通语言去描述出你真的看到的丰饶世界，更遑论说服和辩论。柏拉图著名的"洞窟寓言"要幸运进入这个丰饶世界的哲人别乐不思蜀，要他们不论再怎么不情愿都得回现实世界来，把看到的美好世界模样说给那些他认为是"被铁链锁在洞窟，背对真实只能看到岩壁上模糊投影"的可怜人们听，但柏拉图不晓得，真正有大麻烦的不是那些听者，而是说者自己；回头下降到洞窟的老现实世界容易，那只需要一些感情用事的决志，要怎么讲才是要命的大问题。

这真的是一个极不容易平衡、不好长时间站稳脚跟的拉扯位置。的确，阅读者是比谁都容易觉得幸福。这种幸福，我想，首先来自于他好像听到了别人接听不到的异样声音，生起一种被眷顾的惶恐幸福；由此，眼前世界像念了魔咒一般朝他一人打开来，让他看到寻常人等无缘亲眼目睹的深度和奇特变化,在别人只有当下"这一个"世界同时,他仿佛拥有一个又一个交叠呼应还一路衍生的不同世界。这是一种有沉沉重量的丰饶幸福,但把这么多幸福全扛一人身上还是很累的,需要相当的耐力和体力;而且,紧抱着这么多幸福充满心中四肢百骸却没法跟别人展示更是孤寂,如锦衣夜行。

这么一桩耗力而且孤单的事,于是便时时考验着阅读者的心智韧性,也考验着阅读者对眼前世界和人们总是有限度提领的同情和眷念,最终还生物性地考验阅读者一路在衰竭腐朽的肉身,就跟昔日的玻利瓦尔一样——阅读者站在自己熟悉的实存世界,却发现自己是异乡人,语言居然也是异乡异时的语言,他鼓起勇气大声说出来,但往往只能把听者设定为以后的人,希冀时间大神帮忙,在他肉身或已不存的遥遥将来有人慢慢会听懂。

回头才看见家乡

玻利瓦尔在自己一手解放的土地流放自己,循马格达莱纳河顺流而下——阅读,我很喜欢把它想成是旅程,我们在熟悉的实存世界里流放自己。我们可能也会想起弗罗斯特说得很好的一句话:"阅读,让我们成为移民。"

一趟旅程,我们也许求其吉利讳言但不至于真不知道,它总有各式各样的风险。日本已故小说家井上靖生平写得最好的一本书《天平之甍》,故事说的就是中国唐代时候日本四名遣唐留学僧为了弘法订律乘船到中土的一趟旅程，最终，清秀但柔弱的玄朗在中国还俗娶了长安街市的女子；粗犷且性格独特的戒融，如柏拉图所担心的，打开始就不打算再回日本，他只想利用此行更往西去要到佛陀家乡的印度半岛；意志最坚强也最像大哥的耿直荣睿不幸病故于任务未成的中土；只剩沉静不多说话、事事看在眼里如镜的普照一人经历了六次凶险的渡海，最绝望的一次还被暴风雨打到海南岛才获救登岸，最后他成功迎回了相貌威武如"故国武将"，但因海风长期浸蚀双目全盲的大和尚鉴真。今天还静静居于古都奈良一隅的名刹唐招提寺，就是宛如佛门博尔赫斯的鉴真凭他记忆口述建成的仿唐寺庙——一趟旅程，四种人生，还不包括那个在异国建寺、异地圆寂的老和尚。

唐招提寺游人不多，但一直是我和朱天心有限日本旅游经验中不动第一的最喜欢寺庙。年轻时候比较容易激动的朱天心还特别为此寺写过一篇文字，说这才真正是用"心"建造的寺庙（因为日本人总说京都的龙安寺是用"心"造的）。但要稍加提醒的是，寺后鉴真的坟墓还在，但内部已空，昔年邓小平访日时，说了句宛如招魂的话："老和尚该回家了。"如今鉴真的金骨安睡于他所从来的中国扬州名刹大明寺；还有，唐招提寺的荷花池里还活着一茎孙中山先生手植的荷花，阒户无人，自在地开落。

旅程中尽管不免始料未及的风险，也可能就此一去不返，但这毕竟不是阅读者最原初的心意。那个比较差比较单薄贫乏的眼前世界的思索和不服气，仍是这一切之所以发生的起点，能够的话，也希望是这一切的终点。

旅行的人，有因人因时因地不同的立即明白目的，然而，不管在不在意识之中，总有这么一种意义存在并真实地作用在我们身上，包括心智，还包括身体——我们抵达一个异乡，抵达一个异质的世界，一个你不能再靠习惯、靠着不假思索"准本能"过活的土地了。家乡如果是一个你闭着眼睛都可以通行无阻、都能每天顺利出门安然回家的地方，那你现在是来到了一个必须时时睁大眼睛才不会出事、至少才不会出糗懊恼的所在。这里，人不一样，过马路的方式不一样，飘进耳中的话语声音不一样，市招文字如谜如偈不一样，就连理应普世一致的连锁超市如 7-Eleven 都让你惊觉不一样：货品不同，摆放的格局不同，柜台人员收钱找钱的愚庸利落程度不同，你付出的货币和找回手中的辅币铜板也个个长相不同，得飞快在心中计算一下才放心。不同，带来了兴奋、警觉和危险，还累积着疲惫，路途中还会时时让你念起你平日打死不会想起、其实见鬼才那么有感情的从来家乡。思乡，一开始其实是渴望回归于某种不耗心神的安全和舒适，家乡，是如此异乡种种所创造出来的。

旅行之人的如此心理兼生理感受，我个人印象良深的有，一是小说家阿城讲的，乡愁是某种消化酶，是对自己身体习惯消化吸收食物的依赖和眷念；另一是美国大胡子比尔·布莱森平生首次抵达欧洲弹丸小国卢森堡的神经病反应——他们都是卢森堡人哎,没骗人每一个都是卢森堡人哎,好奇怪没有一个不是,世界上卢森堡人才几个,怎么会他们每个都是在这里……

不用到思维和反省的深奥层次,人的最基本意识,系起自于异质事物的发生或入侵,人的命名行为,也不是从最熟悉的事物开始,而是要辨识、分别并安置异质的事物,让世界回复成可控制的安全浑然状态。而在这个吞噬消化的必要过程之中,你原来熟悉不假思索的"全部"世界不可避免地被对比了出来,被压缩出边界而逐步成为可辨识、可思索的对象,异质的事物逼迫你暂时踏出你浑然无间的世界外头,你才有机会看到"一个"家乡。所以萨义德一再告诉我们,思考的位置在危险的边缘之地,是危险,才把你逼到边缘;也因为在边缘,危险才源源不绝。

然而,旅行总是耗时而且昂贵的,而阅读便是最廉价最方便的旅行方式,是异质世界最有效的召唤魔术,是最快速把世界转变成家乡的方法。童话点来说,它简直就是旅行的机器猫小叮当(现在被日方正名为书写起来不伦不类的"哆啦A梦")任意门,免签证,不必订机票旅店,不必提前两小时通关等飞机,不用苦候我们耗时七年还没开始、奇怪"之"字形路线还停十六站的奇怪机场"快线"建造完成。你舒舒服服打开一本书,便闪身进入到一个完全异质的世界之中,这样的奇迹,真实人生之中已经不多了。

奇妙的是,你不仅进入一个又一个更好的世界,还因此多了一个你一直视而不见的实存世界。

不随时间殒没的世界

存放于书籍中的世界，不仅是空间的，还有是时间的，那是现实世界中你再有钱有闲也去不了的地方，因此，和左派庸俗实践论不一样的是，真正见多识广的人，不是船员不是空中小姐也还不是专业的旅行家，而是沉静、充满好奇心的宽阔阅读者。

这使我想起一个埃及旅游的老笑话，说某位游客听见有个小贩叫卖图坦卡蒙的头骨，询问价格合理就掏钱买下了，隔天又碰到同一个小贩同样在叫卖图坦卡蒙的头骨，游客气冲冲地质问这是搞什么，小贩说："哦，这个比较小，是他十一岁时候的头骨。"

实存世界是受制于流逝时间的当下世界，是一个如古希腊哲人所说你不可能伸手到同一个图坦卡蒙头骨两次的稍纵即逝世界；而书籍的世界在这个意义上是豁脱时间的，那里不仅保有图坦卡蒙十一岁的小号头骨，就连他初生囟门未合拢的软软头骨都可能有得买。

卡尔维诺不那么乐意人们单一地、明确地、函数式一对一地去理解文字的丰饶寓意，但也许我们可甘冒一次不韪来读他的名著《看不见的城市》。书中，旅行人马可·波罗为忽必烈大汗揭示了五十五个不同城市，但其实马可·波罗只见过十一个城市,是十一个城市在五个不同时间中呈现的五十五个不同姿貌,而马可·波罗还诡谲地告诉我们,这五十五个城市最终居然都是他的家乡威尼斯!

在卡尔维诺最好读的另一部小说《马可瓦多》中,卡尔维诺为新写实主义造型的小工马可瓦多这可怜的一家子写了十二个系列性短篇,十二个不同世界,而它仍然是同一个罗马,同一个小人物家庭,是 3×4 在三年之中春夏秋冬四季的流转变化,所以这本书的副题正是"一个城市在季节里的风貌"。

我相信这才是弗罗斯特阅读移民说法的真正丰饶意涵,阅读者在空间中成为移民,挣开实存的世界飞去;还在时间中放逐自己,挣开当下这个世界漂流。

最近,听到过一次海峡两岸名小说家的对谈,题目是小说和家乡故土的关系之类的。台湾代表,来自我个人同一家乡宜兰的黄春明说他和那方小三角形冲积扇土地的关系就是"爱";而内地代表,来自山东高密狐鬼传说之乡、而今客居北京的莫言则说了一段复杂深沉的话,大意是,他和故土的纠缠关系那是爱恨情仇什么都有,一言难尽,现在他每年再回高密老家,甚至还觉得到了异乡,记忆里那些该有的东西好像都不在了——

是啊,何止是爱恨情仇而已,何止一言难尽,如若一字一言可穷尽,那小说家还需要一本一本书地书写、还需要那么艰辛跟自己的记忆和疑问搏斗不休吗?在小说杂语的、众声喧哗的世界中,有比这一脸无辜装可爱的"爱"字更空洞的字眼吗?黄春明说的是官方的语言、是闲着没事政治表态的语言,而莫言说的则是肺腑的小说家语言、是不懈阅读者思考者不为势劫语言。作为一个阅读世界的公民,一个古老文字共和国的公民,在这场恰成黑白的谈话中,我们不得不站到莫言那一边去。

还是我们更干脆站到法国名诗人兰波那边去——这个一双清澈大眼睛的自由敏感诗人,二十岁之前连一张车票钱都没有,便三番两次逃离家乡,甚至因此被关入看守所都吓不退他。终兰波一生,他都以鄙夷讥讽之心看待自己由来的乏味小镇,永远让他的家乡在诗作中扮演丑角。

马克思谈无产阶级革命的终极性解放,指出当资产阶级消灭于历史灰烬之中以后,人类世界于是只留无产阶级这一个阶级,也就是说大家全都同一个样子了,因此,只剩一个阶级的世界等于不再有阶级。这个美丽的大梦没成为真的,但逻辑没错;同样的,当我们和眼前世界只剩一种关系,意义也就同时隐没了,我们实质上也等于是和这个世界断掉了所有的联系了。

只剩眼前的实存世界,也正是这唯一的世界在我们眼前消失的时候。

3 书读不懂怎么办？

有关阅读的困惑

为了制止灾难性结果的发生，将军返回圣菲时带了一支部队，并期望在途中集结更多的兵力，以便再一次开始他推进统一的努力，当时他曾表示，那是他一生中关键的时刻，就像他奔赴委内瑞拉制止那里的分离活动时说的那样。如果他能稍微反思一下，他就会明白，二十多年来他生命中没有哪一刻不是决定性的时刻。"全体教会、全体军队和民族的绝大多数都是支持我的。"后来当他回忆当时的那些日子时，他这样写道。尽管存在所有这一切的优势，他说，已经反复地证明，当他离开南方去北方或离开北方去南方时，他留下的地方就在他背后丢失，新的内战就使它变成废墟。这就是他的命运。

尽管暂时把这一切困厄归结为命运，好治疗自己的不解和创伤，但《迷宫中的将军》清楚显示，玻利瓦尔并没因此停止他痛苦的思索，他的命运归结处理也从未上升并凝结成宗教性的皈依，从而得着"凡劳苦背重担的人到我这里都能卸下"的不必思考安息。玻利瓦尔还是要问答案，问他解放的大南美国何以一眨眼间又复归分裂瓦解，他在此困惑如迷宫的突围行动至死方休，或甚至不休，他最终的绝望遗言是这么说的，而根据他这遗言所取的书名"迷宫中的将军"也显示是这样子。

能不能就说，加西亚·马尔克斯这部他辉煌小说生涯中最满意的作品，说的就是"困惑"二字呢？——这种问法，很容易让我们想到胡适之，想到他读张爱玲小说《秧歌》在序言中说的话。事实上，胡适之还说得更简洁，他只用了一半的字数，也就是一个字："饿"。他慷慨断言，张爱玲用了十万字，只为了写一个"饿"字，不晓得这是对小说家绕圈子说话本事的无上恭维呢，还是对小说家啰里啰唆习性的抹角骂人法？

没关系，历史上毕竟很少见像胡适之这样，如此乐于谈文学不倦却又对文学懂这么少的怪人。这里，我们的确要来想"困惑"这个题目，或白话些具体些，书读不懂时怎么办——这真的是个很困难的题目，我们极可能连具备安慰程度的有限答案都得不到，而我们又同时都心知肚明，这极可能就是阅读的最大一个障碍，而且当头棒喝，总是在才开始阅读，既未让阅读成为习惯又未在思维形成足够韧性和有效抵御纵深时就一斧头砍下来,当者披靡。

为此,我们先找来一段话放着,作为理解的背景,更作为心理安慰的必要措施,说话的人一样来自南美洲,更南些的阿根廷,他就是博尔赫斯,一个伟大的作家,一个了不起的阅读者,而且真的聪明绝顶。和玻利瓦尔一样,他也是个终身疑惑至死不休的人,但博尔赫斯说这段话时却是喜悦的、享受的,语气中仿佛有音乐跳动。

这是博尔赫斯一九六七至一九六八年间在哈佛大学诺顿讲座第一讲《诗之谜》开头的开头就讲的:

> 事实上我没有什么惊世的大发现可以奉告。我的大半辈子都花在阅读、分析、写作(或者是说试着让自己写作),以及享受上。……所以,正如我说过的,我只有满腔的困惑可以告诉你。我已经快要七十岁了,我把生命中最重要的部分都贡献给了文学,不过我能告诉你的还是只有疑惑而已。
>
> 伟大的英国作家与梦想家托马斯·德·昆西写过——他的著作有十四巨册,篇幅长达几千页——发现新问题跟发现解决老问题的办法比较起来,其实是同样重要的。不过尽管如此,我还是无法告诉你解决问题的办法,我只能提供你一些经年累月以来的困惑而已。而且,我为什么需要担这个心呢?哲学史为何物?哲学不过是一段记录印度人、中国人、希腊人、经院学者、贝克莱主教、

休谟、叔本华,以及所有种种的困惑史而已。我只不过想与你分享这些困惑而已。

博尔赫斯当然是谦逊的,但我更加相信他的真诚和慷慨,因为困惑统治着无垠无涯的思维王国,相较起来,有着明确答案的地方,只是零星散落其间的城市,只谈这个,真的是个太小的题目了。

除了"原来连博尔赫斯这样的脑子也困惑"之外,我们更感觉鼓舞的是,博尔赫斯的兴味盎然和玻利瓦尔的绝望叹息恰成对比(我个人坚信记录者和翻译者在语气的掌握上都是尽职的),也许这正是告诉我们,困惑从人生现实转进阅读的思维世界之中,面貌会慈眉善目得多。我觉得我们有理由相信,它尽管仍旧严酷地考验着我们的心志承受能力,但至少它不再毁灭我们什么,不再夺去我们什么,就像它破坏玻利瓦尔的南美洲统一国家大梦,把他征战得来的土地再一块一块拿走一样。我们一无所失,只除了单单纯纯的不解、不满足、不甘心、不相信,还有一颗始终悬浮着放不下来的心而已。

陌生·困惑的童年样貌

在谈困惑之前,我们先来谈陌生,一种小小的困惑,一个困惑的年幼时光——陌生,是我们所称"书读不懂"的第一阶段样貌，是进入阅读世界一定得下决心跨越的门槛，好消息是，它只需要决心就可以打败。

其实岂止是进入阅读世界而已，我们每进入到每一个新的世界、新的领域，首先迎面袭来的，便是这个混杂了害怕、不解、羞怯、眼花缭乱、不知所措、察觉到危险，但可能也带了一点点兴奋的陌生感觉，包括我们第一次上学，置身在满是陌生同学的教室之中；我们第一次搬家，整个新社区分不清东西南北；第一次当兵，那些搞不清军阶高低但肯定每一个都比你大、都打算整你个半死的陌生坏人；第一次上班，闯入一个他们彼此熟悉谈笑只有你听不懂的新办公室；第一次到女朋友乡下老家拜访，深切觉得自己一定是动物园跑出来引人围观并不断被喂食的某珍禽异兽；第一次出国，终于清清楚楚懂了什么叫异乡人异国人……

当然，还有第一次上床这桩生命大事。之所以提到这些，其实只是想指出来，我们每个人这辈子对"陌生"这件事其实都是有足够经验的，不是什么空前绝后的可怕事情，我们也都成功克服过它而且活下来，方式很简单，深呼吸，杵原地不落跑，面带微笑，逢人和善地点头致意，并假装没事般专注想着那个侮辱过台湾的英国威士忌系列广告词 keep walking，让时间料理它，让时间如炉火般把生的煨成熟的。

也请记得，每一次陌生，不都代表你人生的一次扩展吗？

然而，为什么进入阅读领域的陌生感会比较不容易成功克服呢？我猜，有两面的原因。

第一面是来自书籍的本质。我们说过,每本书都是个不同的世界、异质的世界,从时空、语言、视角、思考方式到事物细节。书籍构成了一个太密集又太辽阔的陌生世界群,走马灯般不断掠过我们眼前,很容易让我们晕眩,搞不清自己置身何处,所有破碎的印象全纠结在一起,就像参加那种"九天七国"超值旅行团一样:"如果今天是礼拜二,那这里一定是比利时……"

另一面则是责无旁贷的我们自己,我们能跑就跑的动人闪躲本能。毕竟,生活中袭来的陌生感,不管它是上学、搬家、当兵、上班、提亲或出国旅游,你都知道此去不能回头,因此也就会给自己某种埋骨何需乡梓地、人间到处有青山的赴死决心;相对来说,合上一本书的动作太容易了,代价小(一本书浪费不看也才几百块钱),而且又没人看见不丢脸。

就是因为这样,进入阅读世界便需要多一分勉强多一点决心,尤其在最开始时,可能还要有某种"徒劳无功阅读"的牺牲的必要——这说来惭愧也是我个人年轻时日跨领域念经济学和物理学的真实惨痛经验,总至少有半年以上的时间吧,你一本一本书地读(有的活生生啃完,有的实在没办法半途废在那里),第一次深刻感觉到文字符号的神秘,奇怪你每个字都认得,可是它们为什么会在一起?它们这样子挤在一起是打算告诉我什么?

你当然没这样就懂量子力学或凯恩斯的一般理论,事实上那些生吞活剥的书日后再读也跟新的一样(只除了很多地方莫名其妙画了红线，想不出凭什么），但确实你也在不知不觉中对这个领域的特殊语言、思维方式及其脉络、历史发展和掌故还有一些基本原理有了点概念，你知道自己可以上路了，取得了当一名学生的资格了。

这样的经验对往后的阅读很有意义，毕竟，就跟我们生活中仍不时得进出陌生之地、和陌生人打交道一样，在阅读的世界里，永远有而你也天天会遇到你未曾涉足的新领域，在你熟稔的领域里也永远有新的书，在你念过的旧书之中也永远存在着你不理解或还人有深入埋解余地的空隙之处，但再来你的心情就笃定太多了，你对陌生这件事不再陌生了，你知道了它的边界和限度，你已经知道怎么对付它，或至少怎么忍受它了。

距离我们当下能力太远的书当然可选择不看，但如果你壮哉其志打算进行如此"徒劳无功的阅读"，尝试逼自己硬生生读完超越自己能力的陌生之书，既然我个人鼓励人家做如此傻事，就得相对提供可能之道：日本最好的小说家大江健三郎提供过一个背水一战式的读书方法，这也是他自身的实战经验，非常有意思——这个经过大江写成了《树上的读书之家》一文。小时候，他在一棵大枫树的枝干分叉处铺上木板，建造成他一个人的读书之家，专门用来读最难读下去的书，"要是没书可读的话，也必须每天至少上去一次，看看树上之家的状况。我带着书爬上树，在这里不读其他书。这样一来，不知不觉间，就可以看完一本困难的书了。"长大后大江离开四国乡下和他的专用书屋，但这个"找个地方读最困难之书"的概念仍被他携带着持续下去，他改在无处可去的电车行程上读，当然没枫树书屋那样的风情，但大江说效果是一样的。

这真的相当值得取法（你看，我并不是反对读书方法的人吧），不是真要费神去找枫树或一段行程够长的捷运（台北大概只北淡线可用），而是跟自己作个约定，并赋予一个抖擞精神的特殊阅读形式甚或仪式，不问青红皂白地拼它一段时日，的确不难有坦克般不可阻挡的声威和顽强碾过各种障碍的好效果。尤其大江的做法又是常设性的，不是一次性使用，他的阅读生命中于是就永远有了对抗陌生难读之书的机制，除了死亡，看来什么都拦不住他。

某物・就在某处

好，陌生的可以在持续阅读的时间流淌声中变熟悉，读不下去的书可以靠一点决心甚至某些特殊的设计安排把它念完，这都不是太困难的部分，至少都是可假以时日解除有望的部分，真正麻烦的是和阅读如影随形的困惑，好像只会膨胀不会消灭的永生困惑。

阅读世界的困惑，正如博尔赫斯所说的，是没彻底解除办法的，因为它不是某一个或某一组特定难题，事实上，阅读开向庞杂无序的人类总体世界，它所面对的可能困惑，恰恰好是人类世界可记录的所有难题总和。也许我们应该说，比起我们待在现实世界所可能察觉的困惑远远要多要严重，原因很简单，只因为我们现实生活的主体内容是行动而不是思索，有些太过沉重、会妨碍行动的思维并不合适携带在身上（比方说你很难时时刻刻想死亡的问题过日子），必须以遗忘或至少暂时搁置不理来处理。但书籍却直接就是思维的产物，是探询的具体形式，它飞蛾扑火般生来就是要问问题的（冲突理论的大将达兰道夫坚持每一部著作皆应存在"问题意识"，当然也有某些书从头到尾不存在问题，这我们通常称之为呻吟），还带着所有阅读它追随它的可怜读者，问那些最深邃的、最遥远的、最隐秘的、最不现实的以及最尖锐难受的问题，还问那些我们不必假装不知道的、根本就不会有终极答案的大哉问题。

我是阿拉法，我是俄梅戛，对阅读者来说，困惑的总体形貌大约就是如此，早于你存在，又在你归于尘土之后存留——诚实是美德，希望这么说不会吓到谁。

这么说，并不意味着任何困扰我们的疑问都没答案，就像勒维纳斯说的"是毫无复归的出发、毫无已知条件的问题、纯粹的问号"。勒维纳斯指的是死亡，而不是一切阅读时困扰我们的难题。

放心，1+1真的等于2，光的行进速度的确每秒约三十万公里，我们东北边也不必怀疑是有个爱吃生鱼的岛国叫日本的，甚至一定要的话，就连勒维纳斯所谓"纯粹问号"的死

书读不懂怎么办？　　079

亡都有答案，而且还不止一个，All you can eat 的任君选择（格林讲过，教会对所有问题都有答案）。在阅读的漫漫长路之中，困惑之所以徘徊不去，不是它个别不死，而是因为它源源不绝，像科幻片里某种自体快速繁殖的外星怪物，一个旧的困惑好容易转变成你愉悦的心领神会理解而消灭，却总在同时间诞生出更多新的困惑出来。它和理解共生，既是理解的产物又是其先驱，既光明又晦暗，既挥之不去又召之不来（你没够分量的理解就生不出够分量的困惑），既让我们快乐莫名又让我们痛苦不堪——我们这么说绝不是安慰人或自我安慰的空话，而是信而有征的真感受，所以托马斯·德·昆西说发现一个新问题和解决一个老问题一样有价值（不止他一个，太多人都讲过同样意思的话，包括近在香港的经济学家张五常，其中还不少人主张找到新问题更有价值，因为它为我们拓展更大的视野，答案常常是因它而生的合理推演而已）；米兰·昆德拉说"人被认识的激情给'抓住'了"，显示着一种深邃的、情不自禁的狂喜；而博尔赫斯，我们都看到了，把它和"享受"一词联在一起，让困惑焕发着一层宁静、杳远、几近是透明的知性光晕。

很清楚，困惑和无知是完完全全不一样的东西。无知是一种没问题存在、因此思维亦无从发动的茫然蒙昧状态，是全然静止的。而困惑则是动的、意图前行的，它是思维被困住因此也被叫唤出潜力的拉锯酣战，是不止不进的时刻。所以，困惑是有感受的，而且感受异常深刻到甚至丢不开；是有线索的，而且线索往往还大多太凌乱还编组不起来；是有方向的，尽管明晰模糊的程度不一；甚至，我们还可能已察觉到，有某某东西就已经在那里了，就伸手可及了，只是它一直躲开你而已。

在台湾今天价值破碎逃散的大虚无气息之中，我个人总非常非常犹豫有些话我们该不该再说下去，倒不是怕招来什么冷眼或讪笑，这我们都有经验到生出抗体了，而是你怀疑这根本没意义。话语抽走了意义，便只剩某种喋喋不休的蠢而已，你只是不喜欢自己哪天居然也变成此种德性的尴尬人——但也许也许，还不至于每个人都这样吧。有些时候乐观和信任还是很要紧的，就算没什么根据。

好，我说我个人尤其喜欢那种"你察觉到有某个东西就在那里"的心悸感受，这让我们眼前这个平板、重复，好像不会有什么好事发生的世界一下子不一样了，它有了秘密，显现了某种深奥，还生出了意义——一种你可以用想象、用各种知识和神话、用未来心志跟它一直对话下去的意义，一种你可以精神抖擞为它做准备的意义，就像当年要出发去找金羊毛的年轻阿尔戈号希腊人。这是困惑最美好最诱人的样子，让等待和辛苦值得，一直是我们思维的最强大驱动力量。

只是，秘密，世界的深奥感，尤其是意义，你确定现在还有谁在乎这些玩意儿吗？

已经完全忘掉但犹好奇这种"某物，一定在某处"美好感受的人，我建议可以试着回想一下童年的自己，那是它最容易找回来的地方——曾经，我们眼前的世界之于我们就是个巨大的谜，处处是问题，处处是孔洞和缝隙，你浸泡其中，经常心生畏惧（小时候我们总比较胆小，怕鬼，因为太多的未知事物包围着我们），但并不特别难受，尤其很少沮丧或无聊。偶然，其中某个秘密抓住了你，你好像窥见了其中天大的什么东西，让你一下子振奋起来，那一刻，你明显察觉到自己身体好像变大了，也强壮了，你仿佛朝向眼前的世界跨近了一大步，这个世界也相应着你的陡然变化，花朵一般好像有某一个部分专门为你绽放开来。而你窥见什么察觉什么呢？回想起来往往是荒唐可笑的，可能是你不晓得为什么坚信地底下埋了黄金宝物或可以挖通一条隧道到地球相对彼端的美国（大约是学到"地球是圆的"的后遗症，由此实践我们生命中第一次的美国梦）；可能是你每天抬眼看那堆包围你全部世界的山，哪天忽然想到山后头究竟是什么样的世界住着到底跟你一不一样的人；也可能具体清晰到就是跟你同班好几年的某个女生，你忽然发现她不仅功课好而且每天干干净净的好像怎么玩都不流汗不脏跟所有人都不一样；更可能是暑假找不到玩伴躺自家楼顶第一次看一朵层层叠叠变来变去的云好几个钟头头都晕眩了；还有你刚知道横亘半个夜空最亮的那几颗星原来可连成个大猎人，老师才告诉你们它的名字叫猎户星座；还有远远堤防那边你感觉到震动和声音，一行像蛇又像星的夜行列车好清楚可以看到亮灯的车窗，以及每个车窗里奇怪都是像电影里的人；或者是写完功课的礼拜天下午，忽然一下子没车没人、完全空旷下来，时间凝结下来、仿佛直直消失在天边，却又被柏油热气蒸腾扭曲不像真的那条你家门前的灰色大马路……

凡此种种。比较奇特的是斯蒂芬·金，他的居然是一具尸体，出现在远处的桥那一头，这就是后来也拍成电影的《伴我同行》，四个无聊小鬼半跷家半探险地相偕去寻访这具尸体，成了生命中最难抹灭的一趟旅程。同名的好听主题曲，我到很后来才晓得原来约翰·列侬居然翻唱过，对列侬这样 ego 奇大又高傲独行的人，这当然是很不寻常不可思议的举动，我猜，列侬大概也是想起自己利物浦童年的什么事吧。

曾经，我们认识这个世界，就是这样子一次一次地开始，一次一次地来，海浪一般，总是伴随了困惑，跟了一大堆问题，包括让周遭每个大人都烦扰不堪的问题，包括更多无人可问也不晓得从何问起的问题，也有你压根儿不想让人晓得打算当一己秘密收藏的问题。多年之后，这些问题有一部分懂了，解决掉了；有一部分知道不成立了，问题消灭了；有一部分原来大人给你的答案完全胡说八道，可能他们糊弄你也可能当时人的知识水平就这样子；也还有相当一部分一直存留到现在，到今天你还不知道为什么，可能是它根本就没答案，也可能是你忘记了或无所谓再不打算深究了。也就是说，我们认识这个世界，由困惑开始，但并非仰靠答案而完成，更绝不是按着一问一答的机械方式来。没错，在那时候我们是再认真不过想得到答案，一心想解谜，但浸泡其中真正获得的却是某种视野，某个眼界的层层打开，某道通往世界的特殊前进路径。我们一边学，也被迫一边想象好填补除不了的理解空白隙缝。认识是一趟不断修改的曲折路径，在理解和困惑的夹缝中蹒跚而行。

就是瞻望

把阅读想成一个连续的旅程，我们就更懂了，原来困惑不过就是瞻望，它不见得源自于我们的冥顽，更多是来自我们踮着脚跟的好奇，远方有某一物某一点还没看清楚，只因为跟你当下的所在距离太远，你的目力还不可及。

事实上博尔赫斯差不多也这样子讲，尽管他这一番话原来回应的是小说书写的问题——

> 我可以举康拉德的例子来说明我身上发生的事情：康拉德说他是个航海家，把地平线看成一个黑点，他知道这个黑点就是非洲，也就是说，这个黑点是有森林、河流、人群、神话和野兽的大陆，可实际上他看到的东西就只是一个点。我的情形也是如此，我隐约看到一个可能是岛屿的东西，我只看到它的两端，一个角和另一个角，但是我不知道中间这段有什么。我依稀看到了故事的开端和结尾。但是，看到这种模糊的东西时，我还

不知道属于哪个国家、哪个时代。随着我不断地考虑这个题材或者我不断地写下去，它的面貌就逐渐地暴露在我的面前。我犯下的错误通常是属于这个尚且黑暗、尚未光明的地区的错误。

两个小说家的例子

好，想看清楚非洲，我们让船航近些，你就看见黑点原来是森林、河流、人和兽群等等，但你如何"看见"神话呢？博尔赫斯并未费神解释给我们听，我们得自己想。

神话，乃至于一切具象事物背后的关系、道理、情感和概念等等，并不是视觉的对象，我们得仰靠"心灵之眼"来看它们，这正是最大麻烦所在。我们的心灵之眼，亦即理解，不像我们的视觉感官那样直接、明晰、有看就有，而且方便意志操控，此外，我们视觉耗费的时间取决于光的行进速度，谢天谢地这家伙是全宇宙跑最快的一个，因此我们还感觉视觉是不需要时间的——理解不同于此，它负责对付的是更难更隐秘的东西，它清楚地需要时间，而且往往不是我们意志所能操控，也正因为如此，它才稀罕而珍贵，从浮泛的、谁都会谁都能的直接感官世界分别出来。

又需要时间、又非意志可操控，这两下加起来是什么意思？是理解的诡异时间感。真的，理解绝对是我们阅读世界中最没时间观念的部分，它习惯性地迟到，不在我们预期的时间来，尤其几乎从不在我们最需要它的时候来，等我们放弃了、不理它了，你往往才发现它不知道何时那么清晰明白地就站在灯火阑珊之处——考过试的人，大概都曾有过诸如此类的被捉弄痛苦经验。

有关理解的这个诡异时间延迟本质，我个人曾用两部小说为实例来说明，一部是劳伦斯·布洛克的冷硬侦探小说《刀锋之先》，另一部是格雷厄姆·格林的《输家全拿》，台湾的译本把它改名为软绵绵的"赌城缘遇"——以下照着再讲一遍。

在《刀锋之先》书中，主人翁无牌私家侦探马修·史卡德办案陷入泥淖，他有一种拿人钱财却无力替人消灾的沮丧，他的前共产党员女友薇拉安慰他："你做了你应做的了。"（You've done your work.）史卡德用了"work"这个字的双关语来回答，work，物理学上我们称之为"功"，公式是力量和距离的乘积，比方说一物重二十磅，你往前推了六尺，你就等于做了一百二十尺磅的"功"。史卡德说，而他所做的却像是推一堵墙，推了一整天也没能让墙移动分毫，因此，尽管你是拼尽了全力没错，你就是没一分一毫地 done your "work"。

格林则在《输家全拿》书中再次展现了他无与伦比的编故事能耐，这整部小说的关键转折点出现在格林的一个有趣发想：书中主人翁流落赌城，在绝望时刻偶然从一个老头手上得到一个必然赢钱的赌方，但这个最后一定大赢的赌方非常诡异非常磨人，它必须先挨过一定阶段的输钱，只能输不能赢,而且明知是输亦一步不能省——也写小说的"格林迷"朱天心尤其喜欢这个例子,她在新小说顺利开笔之前,一样总要经历着同样的短则数日长可数星期的枯坐思索(在小说题材乃至内容已完全锁定备妥的情况下),明明知道一定空手而回仍得每天带着书、草稿本和笔到写作的咖啡馆报到,她出门时的口头禅便是:"去输钱。"

这两部小说的"实例",因为太有趣也太准确了,我总忍不住把它们当成是理解一事的隐喻。它们完全一致地告诉我们,那就是解决困惑过程的阶段性不均匀,它不是好心人说的"一分耕耘一分收获"式的每投入一分心力就得着一分进展,没这等好事;相反地,过程中你像整个人浸泡在仿佛无际无垠的困境之中,除了困惑和徒劳什么也没有,然后,就如同跨过了某个不可预见的临界点,忽然有一天墙开始动了,赌钱的轮盘梦一样开始跳出你押的数字来。

两个例子不同之处在于,格林比较好心,让我们看到辛苦长路末端的光明终点,你挨够了输钱就能大赢;布洛克很冷酷,他提醒我们,你推的极可能就是一堵根本不会动的墙。

也就是说,理解,除了习惯性地迟到,它还会索性爽约不来。

等上一段时间

如此要命的理解本质,于是扮演了有志阅读者最锐利的致命一击杀手，因为这实在太扦格太背反我们的基本人性倾向了——我们可以付出，但总期待有所回报；我们乐意辛苦，但总该让我们感觉到有代价有反应有进展。这种对"回报对称系统"的素朴盼望是极普遍极人性的，缺乏这样循环性的安慰，事情很难一直单向地持续。所以我们才说，阅读被认为是好事却不易持续性地实践，一定有它悖于我们人性之常的地方，这就是。

有虔诚宗教信仰的人可否告诉我们，一个仁慈而且万能的上帝会这么整我们吗？——无神论的博尔赫斯说只要一次牙疼，就够他否认上帝的存在。我们的理解本质和人性倾向矛盾如此，至少也够我们狐疑了不是吗？

因此，在书籍铺成的道路上瞻望并蹒跚前行，你的一部分决心还得先换成耐心，把发愿决心的锐气磨为沉静耐心的钝力，以等待一个，呃，可能不见得会来的东西如等待一个没说好一定赴约的情人。

博尔赫斯话讲得很白，建议我们至少跟自己约定个期限：

> 不久前，我曾经给自己规定了一个期限。我心里说：好吧，咱们再等六十天。假如这期间没有发生任何事情，眼下这种状况也没有改变，那我就自杀。如果发生了什么事情，那更好。不管怎么玩吧，要自杀的人都感觉自己是个英雄，觉得浑身有力气。

基于人道和社会责任，我比较推荐大江健三郎的说法和办法。大江那本为下一代孩子温柔写成的《为什么孩子要上学》书中，最后一篇文字便是《请再等上一段时间》，是大江最终的谆谆叮咛：

> 我想说的是：对小孩子来说"等待一段时间的力量"非常重要。不论是孩子还是大人都一样，在生活中，遇上真正困难的问题来找碴儿时，暂且就把它放入括弧内，放置"一段时间"之后再看看。这么做之后，再来计算活着的这条庞大的算式，这和一开始就逃避问题并不一样。在等待的期间里，有时括弧内的问题会自然解开了。……经过了"一段时间"再来看看括号，如果问题还是老样子，这次就要正面面对了。可是，亲爱的孩子们，在拼命忍耐的"一段时间"当中，你们会发现自己也成长了，变得更健壮了。……我在高中到大学毕业的那段时期，就是这样撑过来的。而现在，我还活着。

放入括弧内的困惑

我个人尤其喜欢"放入括弧"这个想法。困惑被包裹起来，变得有焦点而且可携带，既专注又好整以暇；更好的是，这有点像船舰设计的"隔堵设备"，把问题局部化了，不让它泛溢到整体，一处大破洞进水，其他部分仍运行如常不受影响,马照跑舞照跳书照读——当年泰坦尼克邮轮之所以沉没,便是隔堵设备漏算了这种冰山撞击方式,邮轮在做紧急闪避时冰山刮过整个右舷,遂造成千人罹难的历史上最惨痛单一沉船悲剧。

把困惑放入括弧之内,不让这单一困惑恣意膨胀到甚至让我们心神大乱怀疑起自己的智商、精神状态和人生价值,我们正常的阅读仍可持续进行没被绊住,我特别要强调的是,正正因为正常的阅读仍持续,你才会"成长""变健壮了",问题也往往因此才"自动解开"。

"问题自动解开",这是我们每个人认真回想一下都有的经验,而且极可能就是理解造访我们最基本的样式,我们漫漫人生所学会的这一点点东西,绝大多数不都是这样子不知不觉懂了的不是吗?如此不免带着几丝神秘意味的理解方式,有人喜滋滋地称之为灵感,有人因此努力仿制寻求所谓的"顿悟",但诸如此类的说法我个人并不喜欢而且极其不放心。当然没错,从不懂到懂、困惑豁然打开那一刹那的确是非时间的、是"要有光就有光"的方式,因此也就有着某种天启的,宛如神灵慷慨赐予的惊喜,我们因此谦卑地满心感谢是好的,但这其实只是理解漫漫长路末端最甜美收割的一刻,它绝对不是无来由而且可分解的独立现象,可以让你不费劲地只撷取这个而不要之前的辛苦浸泡过程,天底下没白吃的顿悟。

更积极来说,理解不同于证明,它对付的是我们自己而不是说服他人，通常需要的并不是直线式的"证据"，而更多是迂回不可逆料的触类旁通，一个历史学难题可能因一份人类学报告或一则神话而柳暗花明，一个物理学的关键启示可能来自一部小说、一首诗或仅仅就是不相干书里的一句话。把问题放入括弧内，不仅正常阅读能持续进行，更因为阅读的持续才更让你无法预见的启示和触类旁通成为可能，提高此一难题日后解开的几率。

大致上，这便是我们理解的自在诡异本质，我们无法完全操控，更无法改变它，因此剩下来所能调整的便只有我们自己，这是无可奈何的事。调整的极致是什么呢？很简单也经常听到，那就是干脆抛开这些计较，让阅读单纯成为一种习惯，还能够的话，更好是让阅读成为博尔赫斯所说的"享受"，不去神经质地掂量收获，不懒怠地枯等不可靠的启示跑来一头撞上你，不时时锱铢必较地计算投入和产出的损益平衡，让它变成某种不知而行的仪式行为，甚至像呼吸一样自在自然，随时带本书在身上，有空就看看读读，临睡前用它来召唤对现代人而言愈来愈难得的安然入眠，最好能做到每天不看看书就跟没洗澡没刷牙那样不对劲。

大江说得好，这和一开始就逃避难题并不一样，让阅读成为习惯，我们不过是要找出一个安顿得了困惑、让我们可以和困惑长期相处的明智办法，好纾缓压力，解除那种不确定的沮丧感，而不是要回避困难，这正如卡尔维诺说的，我们不时时直接瞠视它，但并不是丢开它，"我们仍把它携带在身上，作为自己独特的负担"——如果说阅读有什么真正不可让渡的底线，那必定是困惑。取消了困惑，阅读就不在了。

做同一种梦的人

至于大江所说，如果等上一段时间括弧内的问题仍未解开，就必须正面去面对。这是大江对自己的严酷要求，我个人没敢做这样的建议，毕竟，正如我们谈过的，书籍的世界包容了人类世界可记录的所有困惑，而且面对如此浑厚绵密的完整世界，我们又只能语言地、分类地去有限思索它叩问它，没有人可能读完所有的书，可以跨越过不同假设、不同视角、不同语言的思维分工领域，穷尽人类至今所堆积的全部知识和智慧成果，更遑论那些只会更广漠的人类未知领域、那些不会有返回的、终极的纯粹困惑，所以博尔赫斯坦承：

> 我不得不藏身到那不可战胜的无知黑洞里去了。但是，我知道自己是个无知的人。我很想了解一些化学知识，也曾经想学习一些物理。我很想了解汽车是个什么东西，自行车是个什么玩意儿，可我就是到死也没法弄明白了。多奇怪？有时我自己也纳闷，心里想：我不知道自行车是个什么东西，可是却能够了解宇宙是什么或者时间是什么。或者因此我最后能够知道我是谁或者我是个什么，可是别的人却能够知道我永远学不会的东西。

以有涯的阅读之身，面对无涯的阅读之海，我们终究得作出抉择，并心痛地放弃某些东西，不必等到死亡悍厉地阻止这一切。当然，这么说可能是有风险的，一不小心就成为某种懒人的借口，但一个阅读者要不要诚实面对自己，这是旁人不好多嘴的，我们最多只能善尽提醒的言责。

博尔赫斯所说："但是，我知道我自己是个无知的人。"这份清楚的自觉可以一路上溯到古希腊的苏格拉底。从昔日的德尔斐神谕我们知道，这是个智慧的谱系，绝对不是懒人一族，因此我们可知，承认自己的（某部分）无知，其实可以是更积极的，其中最富意义的差别便在于，这句话是说在思维困惑之路的末端，而不是出自于才乍乍开始的初级阅读者之口，一样的话，不同时间和心思来说，意思当然完完全全不一样。

有时你放弃正面攻打某个领域的坚城，为的是集结自己有限的心力资源去瞻望自己更重要更不可弃守的梦想；你不读化学分子式不订阅汽车玩家杂志，是因为有关宇宙和时间的浩瀚之谜更吸引你，更是你一生志业所向。博尔赫斯的话我们可别听错了，或故意听错，选我们自己要的听。

我还想多说两句的是，有时肯坦言自己的无知，并不见得一定伴随着放弃的结论，这一点，在苏格拉底身上，我们可能比在博尔赫斯的话语中看得更清晰——我们完完全全知道有太多的问题不会有终极答案，你了然于胸，偏偏这样的问题又是真的，时时折磨且诱引着你，某种昆德拉所说"认识的激情"抓住了你,推着你半不由自主地边问边前行。苏格拉底用天神的旨意来支撑自己的大疑,今天我们则改用信念、价值、责任、宿命等等超越了理性的语言来言志。正因为你不是为着终极解答而来的,因此你往往还比那些相信有答案才来的人更强韧更禁得住受挫,也走得更远。毕竟,那些人一旦发现地底下没黄金或认为不划算,通常会在第一时间掉头他去。

阅读者最终会走到哪里呢?对不起,我个人实在不知道,我个人只知道在这道书籍铺成的永恒困惑之路上,你虽一人踽踽独行,但前方极目之处永远看得到远远走在你前方的坚定人影,你甚至认得出来那是谁,那些都是你最尊敬的人,你很荣幸能和他们居然真走在同一条路上,感觉到芸芸世间你有朝一日没想到可以和这些人成为同一个族裔,问同样的问题,被同样的好奇所召唤,这不只让你感到安慰而已,你简直忍不住地觉得光荣与雀跃,你也一定会想到布鲁斯·贾温所说那段美丽的话:

> 每个图腾的始祖在漫游全国时,沿途撒下语言和音符,织成"梦的路径",如果他依循歌之路,必会遇见和他做同一种梦的人。

4 第一本书在哪里?

有关阅读的开始及其代价

我一生的遭遇似乎是鬼使神差。

《迷宫中的将军》书中，这句话并不是加西亚·马尔克斯想出来写出来的，而是真的出自玻利瓦尔本人的手笔，取之于一八二三年八月四日他给桑坦德的信。这句话也没在小说内出现，尽管小说中通过记忆和回溯是这样来看玻利瓦尔尽可以比附成宗教天启的辉煌一生没错。（小说里写到，玻利瓦尔送给他没上成床却让他躲过一次暗杀的英国外交官美丽女儿米兰达·林达萨一枚圆形颈饰，所附的短笺只写一句话："我命里注定要过戏剧般的生活。"）加西亚·马尔克斯把这句话单独放在一切开始之前的扉页，拉开故事的序幕。

卡尔维诺说过："生命差点不能成其为生命，我们差点做不成我们自己。"其实，每个人若诚实地回忆自己一生，都很容易觉得真是鬼使神差,那么多细碎的、完全无法控制无从察觉的偶然不偏不倚地铸造成我们如今的人生模样,简直像单行道一般;而我们又同时再心知肚明不过了,这每一个偶然都是可更替的、可在冥冥中一念改变的,在一个岔路口不往左而改向右,放过这班车换搭两分钟后的下一班,生命也就转向了,结婚的会变成如今完全不识的另一名女子,生两个如今在无何有之乡的一男一女。人的一生如卡尔维诺所言总在回忆中特别危险,危险到你现下所坚实拥有、生根般赶都赶不走或受国家法令明文登录并保护的一切,好像都可能眨个眼就蒸发无踪,因此,我们往往被迫转而相信其中一定有某种神秘性的命定力量帮我们拣择帮我们安排,好对抗如此颤巍巍的生命偶然搭建,一定得恰好就是这样,恰好就是她,否则我们要如何在流沙般的生命土壤里深植情感挖掘意义呢?

　　生命如此鬼使神差,阅读于是也就一样非如此不可,毕竟它包含其中,只是我们生命的一部分、一种行为。尤其是我们读的第一本书更得是鬼使神差,因为它通常发生在年幼的时日,是我们对自身和对外在世界两皆茫茫的时日;同时,它是阅读之始,在一切判准和线索之先,它可能诱发出下一本书,但没有它之前的任一本书诱发它,因此它只能是自在的、任意的,又仿佛命中注定。于此,小说家格雷厄姆·格林讲了一段同时揭示着偶然性和宿命性的精彩话语:"一个人日后会成为怎么样一种人,端看他父亲书架上放着哪几本书来决定。"

收信的桑坦德是谁？这可能之于我们的话题不重要，他是建造今天我们看到这个生产咖啡、翠、毒品毒枭，还有本世纪最伟大小说家的哥伦比亚国的那个人（有没发现？咖啡、翠、毒品，以及神奇魔幻的小说，好像都是刺激人心生幻觉之物，这真是个奇特的国度）。桑坦德原本当然也是玻利瓦尔伟大解放阵营的一员，日后却是让哥伦比亚从玻利瓦尔宏大南美国分裂出来的主要力量，一九二七年玻利瓦尔正式和他彻底决裂。相对于玻利瓦尔的浪漫，桑坦德则是个现实性的人，因此两人的矛盾和结局大致上也殊无意外，浪漫的玻利瓦尔解放整个南美洲，他的力量爆发于大历史的开阔舞台，现实的桑坦德则控制住有限边界的哥伦比亚，在权力的封闭角力场获胜——想想浪漫革命家托洛茨基，历史不也是这样子演吗？

从之前揭示的书目中我们已经知道了，无书不读的玻利瓦尔尤其热爱浪漫派作家的作品。这位雄性狮子座的大解放者，他准贵族的富裕家世，支撑起他当时南美洲人还未有的超越视野和鉴赏力（本尼迪克特·安德森的当代经典名著《想象的共同体：民族主义的起源与散布》中提到："当时也谈不上有什么知识阶层。因为，'在那安静的殖民岁月之中，人们那高贵而硬充绅士派头的生活韵律很少被阅读所打断。'如同我们在前面所看到的，第一本西班牙文的美洲小说要到一八一六年，也就是独立战争爆发很久之后才出版。"）更重要的，还实质性地支撑他如败家子似的豪奢热情。加西亚·马尔克斯在他的马格达莱纳河之航终点处回溯了玻利瓦尔年轻未革命时在欧陆的漫游之事，那是他第二次到巴黎：

当时，他刚满二十岁，为共济会成员，殷实富有，丧偶不久，他对拿破仑·波拿巴的登基加冕大感不解；他高声背诵卢梭的《爱弥儿》和《新爱洛伊丝》里所喜爱的片段，这两本书多少年来都是他的床头读物；在老师的照顾之下，他身背背包，徒步穿越了几乎整个欧洲。一次，在一座山顶之上，俯瞰着脚下的罗马城，西蒙·罗德里格斯给他说了句有关美洲各国命运的豪壮的预言。对于这一点他看得更加清楚。

"对这些讨厌的西班牙人，应该做的就是把他们从委内瑞拉撵走，"他说，"我向您发誓，我将这样去干。"

登高望远，山巅之地是思索尘世万国权力的油然位置，昔日的年轻耶稣在此徘徊了整整四十昼夜，往后，玻利瓦尔还选择了高寒俯瞰的波哥大为南美世界之都——喜欢玻利瓦尔的加西亚·马尔克斯则从未喜欢过这个高地大城，用"遥远、混浊"来形容它，还说，"从第一次到达波哥大时起，我便感到自己比在任何其他城市都更像个异乡人。"显见加西亚·马尔克斯绝不是个跟权力宰制有缘分的人，他喜欢马格达莱纳河下游一端的加勒比海温暖平坦海岸。

我们该如何看待玻利瓦尔这二十岁的年轻誓言呢？可

以当真，也可以不当真，我们大家也都年轻瘦削过，年轻是发誓的年纪，那时触景生情指天立下的毒誓那可多了，大大小小收集起来可以如百工图。我相信，彼时发愿过要逐走西班牙统治者的南美洲人何止千千万万，断不可能只有二十岁的玻利瓦尔一个人，只是鬼使神差成为大解放者的就他单操一名。

不信我们把小说紧接着读下去，看胸怀大志的玻利瓦尔然后怎么过日子：

> 当他到达成人年龄并终于能够支配遗产后，便开始了一种适应于当时的狂热和他本人性格特点的生活，三个月里，他花去了十五万法郎。在巴黎最豪华的旅馆包有数个最昂贵的房间，随身跟有两个制服笔挺的仆人，进出是一辆配有土耳其车夫、几匹纯白良马拉着的马车，在不同的场合携带不同的情妇，有陪他去喜爱的普罗科佩咖啡馆喝咖啡的，有陪他去蒙马特跳舞的，还有陪他去歌剧院他的私人包厢看戏的，他向所有相信他的人讲述怎么在一个倒霉的夜里玩轮盘赌，一下输了三千比索。

这像个无私而迫切的解放者吗？

但这才是玻利瓦尔，超越了只是大解放者单一层面的浑然玻利瓦尔。我想起以前台湾拍造神电影《国父传》，名导演杨德昌不知怎的也看了，说："那个'国父'，好像知道了长大后会成为'国父',才五六岁就妈的用眼神感召革命同志,逊的!"

抱歉,既然我们一路把小说原文念到此处,我建议我们是否再往下多读一段?我们不能说这是全小说最棒的一段(好小说从没有所谓最棒的一段或一句话),但这是马格达莱纳河航行的终点,紧跟在年少回忆和现实苦涩挫败的夹岸,我们看到江流蓦然一转眼前一亮:

> 这是一个万籁俱寂的夜晚,就像在利亚诺无垠的河滩上,静得数莱瓜以外两个人的悄声密谈都能听得清清楚楚。克里斯托瓦尔·哥伦布曾经历过这样的时刻,他在日记里这样写道:"整个夜里我能感到飞鸟的声音。"因为经过了六十九天的航行,陆地终于近在眼前了。将军也感到了飞鸟的声音。鸟儿差不多是八点钟开始飞过的,当时卡雷尼奥已沉入梦乡,一个小时后,他头顶的鸟儿之多,翅膀扇起的风比刮的风还大。过了一会儿,由于水底映出的星星而迷失方向的数条大鱼,从舢板下面游了过去,东北方向腐物发出的臭气,也一阵阵地扑面而来。那种即将获得自由的奇特感觉在大家心里产生的无情的力量,无须要看见它才去承认它。"天哪!"将军长叹了一声,"我们到了!"确实,大海就在那儿,海的那一边就是世界。

第一本书的犯错代价

那种即将获得自由的奇特感觉在大家心里产生的无情的力量,无须要看到它才去承认它——这两句话让我们记起来好吗?

我们人生所念的第一本书究竟是什么,也许有人还清楚记得,也许更多人早让内容连带书名全沉没到遗忘的黑暗世界里去了,然而不管书好书坏,是深刻的启蒙或单纯的无从记忆,其实都没多大关系了,现在的你就是现在的你,不会因记得与否而有什么改变,而且也别太相信弗洛伊德那套童年决定论述,我们的人生太多事发生了,从不曾被单一事物所决定,当然一本书再厉害也没这份能耐。

我个人童年的启蒙之书,大家回忆起来很荣幸跟在北京长大的小说家阿城居然是同一本,都是房龙《人类的故事》,差别只在于阿城是在彼时仍遍地是宝的琉璃厂书架一角无心看到的,我则是在宜兰市中山路光复路丁字路口底端、如今已关店二十年的卖参考书的金隆书店同样鬼使神差买得的(钱则是我二哥一名同学付的),当时阿城与我都不是一口气读完,也都不是我们平生所看所拥有的第一本书——重要的是启蒙,是打开视野和心眼,是神奇地就这样把一个异质的世界排闼送到你的面前,至于它是第一本第二本第十本半点不重要。哪能每次都那么准的?

好,Let by gones be by gones,闽南语歌词里的现成翻译

叫："往事不免越头看，将伊当作梦一般。"这里，如果我们把"第一本书"的意义，拿到此时此刻来，也就是说，如果我们打算让阅读重新来过，这回我们有些年岁和人生历练了，不必也不愿意全凭机运从父亲谁谁的书架随便抽一本，我们带了一个所谓的阅读的善念，也带了钱，不失坚决地站在比方说敦南诚品二十四小时书店的小小书籍之海前面，这回我们从哪一本书开始？

一定不能回答"你管他从哪本开始，从你顺眼的那一本开始"对不对？尽管这其实是诚心不过的回答——实话，总是最伤害人的，所以苏联官方以前查过某一本书，理由便是"这本书写得太真实了"。

或者就像我们这本《迷宫中的将军》，它当然没被查禁，但书评家说："这是赤裸裸的玻利瓦尔，拜托给他穿点衣服吧。"

让我们换个口气说。我个人还没虚无到那种地步，也不打算说乡愿的话（觉不觉得？乡愿其实就是某种胆小鬼的虚无），我不认为你闭着眼睛挑都对，每一本书都好都有价值端看你怎么读它而已云云，没这等好事，相反地，书籍世界联系着我们千疮百孔的实存世界，有太多无聊不值一读的烂书，只是这不等于它们就合当被消灭，该一家伙全送进士林废纸厂还原为再生纸浆。烂书仍然有它生存流传的权利，至不济它作为某种不掩饰的病征也有机会佐证真相带来启示，看我们把世界搞成怎么一个鬼样子，就跟实存世界那一堆烂人一样，都有他不可让渡的生存权利，不可以把他们送回大地还原为再生尘土。

我愿意忍受它们，但休想我进一步为其辩护，门都没有，我可不是我好心肠的老友詹宏志。

书海浩瀚，鸡兔同笼，但此番我们却也并非全无线索，我们大致知道自己的程度和兴趣所在，我们也在生活中多多少少堆累了一些有关书籍的讯息和评价，书名、作者名、出版社名乃至于封面和整体长相也都构成意义，这些都可以是有效的参考点，降低懊恼的几率，但仍无法精准地彻底避免我们买"错"书，包括买到对此刻的我们而言太差或太好的书（比方说《博尔赫斯全集》或本雅明《德国悲剧的起源》便没必要人手一册，要新来乍到的阅读者从这里开始）——我个人是个悲观倾向的人，习惯往最坏的地方预想。后果会怎样？我们买错一本书读错一本书，这错误的代价我们付得起挺得住吗？

这个问题我每隔一段时日就会自问一次，但答案总是无趣地一成不变——不就三百块钱（目前）左右的物质代价，以及顶多一晚上的时间和心力虚耗吗？还有什么是我疏忽掉的？

大致上，这是绝大多数人、绝大多数时候都承受得住的代价，比我们生活中绝大多数必要抉择代价都小，包括买个冰箱或分期付款汽车房子、毅然选个国家旅行去、写自传履历找份工作，更遑论生命中最冒险的，追个女孩娶个很难退货或丢书架一角永远不再滋扰你的老婆。这么小的代价，意思是自由，意思是你非常非常有本钱屡仆屡起一试再试，于是意思也就是，你一定不难找到你可以在心中吆喝一声"开始啰！"的那本书。

卡尔维诺的阅读姿势

对不起，我把话说得轻佻了些，之所以这样，其实多少是为着对抗某种常见的迷思，希望我们把心思舒展在阅读，而不是尖锐集中在所谓的"第一次"——有些第一次可能意义深远，有些第一次则就只是第一次罢了。太意识到自己要开启阅读的神圣性，太慎重，太悲愤，太风萧萧易水寒，觉得全世界都该在此历史一刻屏息等待你，这时候有必要浇一盆冷水，我们只是读本书看看，不是要去刺杀秦王嬴政。

卡尔维诺的名小说《如果在冬夜，一个旅人》并不是一本容易念的书，亦不合适当阅读的起点，但小说一开始却温暖体贴而且很好看，它是这么来的——

你就要开始读伊塔洛·卡尔维诺的新小说《如果在冬夜，一个旅人》。放松心情，集中精神，什么都不要想，让周围的世界渐渐消失。最好去关门，隔壁总是在看电视，立刻去告诉他们："我不想看电视！"大声点——否则他们听不见的——"我在看书！不要打扰我！"他们太喧哗了，也许还没听见，那就更大声点，用吼的："我要开始读伊塔洛·卡尔维诺的新小说啦！"或者，你干脆一句话也不说；但愿他们不来打扰你。

然后，卡尔维诺要我们找到个最舒服的读书姿势，安乐椅、沙发、摇椅、帆布椅、膝垫或吊床什么都成，随便你要坐着、平躺着、侧卧、俯卧甚至瑜伽式的倒立，总之是你感觉最舒服就好；再来就是调整灯光，把香烟和烟灰缸放伸手可及之处；或是你先去小个便，免得读了一半被打断……

还原回真实世界，这位了不起的小说家对我们读他小说的建言或说要求也就只这样不是吗？

倒不是你期待从这本书获得什么特别的东西。大致上，你已不会对任何事有所期盼……你知道你所能期望的，充其量不过是避免最坏的事发生。这是你从个人生活、从一般事务，甚至从国际事务所得到的结论。至于书本呢？就是因为你否认了在其他方面可以享受到期待的乐趣，所以在像书籍这个谨慎规划的领域里，你相信自己可以名正言顺地期待获得年轻人期待的喜悦，无论你运气好不好，至少在其中，失望的风险不严重。

我们太想到这是第一次，是茫茫人生亡羊歧路前的一次重大决定，阅读便容易附生一堆沉重的仪式性行为，像朱天

第一本书在哪里？

心短篇小说《第凡内早餐》里那个神经兮兮宛如兰博整装出发宰人、但其实只是到百货公司为自己买颗第凡内单钻戒指的年轻女孩,慎重得令人辛酸发笑(但人家起码花了好几万元,两个月不吃不喝的薪水)。如此,在本来可支付的三百块钱和一晚上时光的有限风险之外,我们便极不聪明地又放入了太多真的支付不起的东西了,也就是说,你是把阅读的最动人优势给取消掉了,你把它几近不择地皆可实践的自在舒适转变成一场输不得的人生豪赌,只为着赢回一个满足ego的空洞纪念,你成为一个疑神疑鬼担心被奸人所害的无助之人,卡尔维诺那种舒服放松的读书姿势你只能悲伤地欣羡。

如果阅读真如离乡远行,请记得长程旅行者的第一守则,背囊一定要轻,尤其别放进太多没必要的情感。

一次只做一件事

不要用诸如"专注""专心"这么严重而且往往意有其他所指的词,卡尔维诺要我们让周围的世界渐渐消失,不被打扰,不被看电视不读书的邻居打扰,也不要被自己打扰(包括上厕所、抽烟和失望的风险云云),因为阅读就只是阅读,一次最好只做一件事情。

做一件事情,包括阅读,通常我们的动机总是复杂多样的,事后对我们的影响也是复杂多样的,但动机顶好在你阅读开始进行,就跟着周遭世界渐渐消失,并于事后的作用更犯不着记挂着，它自己自动会来，你叫不叫唤它都一样，就跟你舒服享受一顿好晚餐，它必定对你的内脏、骨头、血液、腹肌二头肌、免疫系统，乃至头皮下的脑子连带头皮上的毛发都有影响，但你管它！

我个人通常比较神经质的是某种项庄舞剑式的常见阅读方式，是某种记挂着书的内容之外远方鸿鹄将至的阅读方式——旅日的韩裔高段棋士赵治勋，是人格高度有限但技艺高超、一生头衔数目少有匹敌的顶尖好手，有一度勤练书法（日本人称之为书道），同侪棋士跟他开玩笑要签名，赵治勋气鼓鼓地说："我写字，是为着学习统一精神，不是要练习为人家签名。"动机良善，言之成理，但事情不能这么来。写字就是写字，就是努力把字写好，在认真写字的同时，精神的专注能力和韧度的确会自动跟着长进；相反地，你手中写着字，心里却喃喃念着"我要统一精神要统一精神"，非常合理的结局是字没练起来，人还更心浮气躁，如失眠跟自己讲了一整夜"要赶快睡着赶快睡着"至东方既白的人。

赵治勋其实应该用他那一笔远逊于他棋艺的毛笔字为自己写句话挂起来看，那是大国手吴清源昔日收少年林海峰为徒时的赠言："逐二兔不得一兔。"

人有诸多更自苦更尖锐的自我修炼方式，不同民族不同骇人程度，像日本人冰雪天裸身站瀑布底下，像印度人直视日头不眨眼或终生单脚站立，像民族志里人用仙人掌刺满全身或用一层皮拖曳重物云云，在身体条件允许的状况下，当然我们也尽可一试，和阅读并不相排斥，但记得分别来做，不要贪心一并进行。

吴清源在那场不幸车祸发生之前，不仅只身击败一整个日本的棋手，还让他们全降了级，完成围棋世界天神一样的功业，有人问他制胜之道，吴清源正色地回答："技艺。"——不是人格修养，不是道德水平，更没有装神弄鬼的雾沙沙哲理，就只是围棋。这干干净净的回答，是一名棋士的真正谦逊，也才是真正的专注。但我们知道，吴清源同时也是人格最高洁的棋手，就像他的棋那般自由、广阔而且永远有超越了胜负的华丽想象力，如今年过九十，依然精神抖擞两眼明亮，讲解棋局一站就几个小时不倦。名小说家阿城整理他的棋局生平，编写他的电影和纪录片剧本，和吴清源见过好几面。大风大浪走过来没什么吓得了他的阿城，讲起吴清源居然有几分激动："很好看一个老头。"阿城还说吴清源元气长寿之道，在于他"不接受暗示"，意思是浮世里那些人到四十会怎样人到七十身体哪部分又会如何如何，从来无法打入吴清源用黑白棋子筑成的广阔坚实人生大模样里，因此世俗时间的汩汩流逝仿佛对他全不生作用。阿城铁口直断："吴清源会活到一百二。"

阿城还透露，吴清源说他正打算开始念《易经》。

未完成的书

好，找到你最舒服的姿势，你也开始试着沉静下来读你生命中第二回的"第一本书"了，你还是觉得多少该有什么所得对不对？最起码也该感觉到自己哪里有点不一样了不是吗？

最好不要这样想——或者说，你想太多了也想太早了，这问题等半年一年后、五本十本书之后再掂量都只嫌早不嫌迟。

实在忍不住一定要量度，我个人的经验是，那你就干脆量化到底直接算页数，今天五十页明天三十页，而且你还可以想着中国以前的读书人宋濂，号称"读书日盈寸"的好学之人，彼时的书页较厚、字较大、行较稀，因此你不难告诉自己，我显然是比宋濂还好学不倦的人，这样的洋洋自得够不够？

至于质变的部分，相信马克思吧，量变到一个程度自会带来的。

如果说一定要有什么反应立即在你心里发生，比较正常的是茫然、不明所以、看不懂的地方远远比因此解开的困惑要多，谦逊一点的人怀疑自己的程度和理解能力，急性子点的人懊恼自己是不是做了件蠢事。但卡尔维诺温和地提醒我们留意，空气中还是有某些东西不太一样了，眼前世界的明白线条好像也开始蒸腾扭曲、开始不那么明确起来，这也可以是兴奋的可喜的，"事实上，清醒思考一下，你发现自己比较喜欢这样子，面对某些东西，却不甚清楚它是什么。"

"每一本书都是独特的、完整的存在,仿若一个自在自足的小小宇宙。"不少人爱这么讲也一再白纸黑字写过,老实说除了太情调了点太"徜徉"了点难免让你狐疑这家伙是不是打算就这本书这个小小宇宙而外,这么说也没什么错。但我自己喜欢往另一头想,我个人比较倾向把心思放在每一本书的开放性、暂时性及其未完成,甚至夸张一点来说,书有点像蜜蜂像蚂蚁,只剩单独一只是活不了的,也是没意义的,一本书只是我们思维网络的一次发言,一个回答。

霍布斯鲍姆这位英籍的当代左翼大史家,不至于不理解每一个国族、每一个文化不可化约的、宛如繁花盛开的历史独特性自主性,但他仍然相信并小心翼翼地问道:"研究历史,最终难道不是为了找寻出某种通则吗?"——因此,尽管议论纵横,彼此水火不共容,甚至风马牛般各谈各的声气全不相通,但我们可不可以说,所有的书籍,仍然是向着"同一个世界"发言呢?位置不同、视角不同、所使用的语言(包括思考的和表述的)不同,因此描绘的方式、发出的疑问及其试拟的回答当然也不同,但它终究不是全然的无序全然的混乱,否则它的独特性将等同于全然的断裂,成为不容任何异人外物侵入的最坚硬无缝外壳,不仅不可理解,而且无意义。

在无涯无垠的浑然世界和我们有限有结束时候的生命之间,原本就存在一个先天性无以逾越的荒谬鸿沟,你得老实承认很多东西是我们无力穷尽的;一样,每一本书也是有封面有封底有页码的有限之物，如庄子精准指出的，是某个被赋予了特定形状的语言性容器（"巵言"），它所能装载的也就只能是这无尽世界空间中的"一截"，以及时间中的"一段"，而且在这有形有限的"一截""一段"之中，它还是语言性的，意思是说，它不能放任其中的所有细节保有它们的连续性及其蔓生能力，它得作出选择，把其中大部分的细节暂时化约、固着下来，只让它所关注的焦点部分保持运动、变化和延伸，就像火车穿梭行进于如静物风景的广阔田野之中，万物皆动皆同时喧嚷发声的世界是站不住双脚的，遑论思考。

成千上万年来，很多哲人都曾经停步在这道洋洋鸿沟之前，发出过类似的疲惫感慨之言，这里我们只举几个近代点的例子，一来这几位名字大家熟悉，他们的书坊间也容易买得，方便大家动心起念去查看去从头阅读；再者他们的语言"触感"和说话方式、气息也和我们这代人较相近，不产生陌生排拒——翁贝托·埃科仍以他一贯恶魔般的玩笑方式讲了一则寓言，告诉我们要绘制一张和实际世界一样大、且细节部分完全一致的地图那是不可能的；卡尔维诺则在《未来千年文学备忘录》最后一讲的《繁》中，以福楼拜最后十年搏命演出的百科全书式的小说《布瓦尔与佩库歇》为例，"书中那两位十九世纪科学主义的堂·吉诃德遨游浩瀚的知识之海，航程既叫人同情又令人兴奋，到头来却变成一连串的船难。"这两人原本想科学性地穷尽一切人类知识的细节，完成某种完整世界的"统一场理论",却发现"这些世界却都互相排斥,或至少互相矛盾",于是他俩放弃了理解整体世界的野望,认命地转向抄写,决心致力于誊抄这个世界图书馆的所有书籍。为了支撑笔下这两个家伙的异想奇志,福楼拜本人被迫进行疯狂无止尽的阅读。一八七三年,他为此读了一百九十四本书;到一八七四年,数目上升到二百九十四;一八八〇年一月,他在笔记本里写下这宛如被囚于知识死牢者的墙壁上绝望刻痕:"你可知道我为了我两良友,必须吸收多少册书籍吗?超过一千五百!"

读完一千五百部书?多可怕的数字,但你晓得今天光是台湾一地这个出版世界的边陲小乡小镇一年有多少新书问世吗?差不多三万五千种之谱!

福楼拜曾经想为这部小说加个副标题,叫"谈科学方法的匮乏";更早前,他在一封信里也说过:"我想写的,是一本关于虚无的书。"——卡尔维诺再聪明不过地由此问道:"我们应否下结论说,在布瓦尔和佩库歇的经历中,'渊博'和'虚无'已混成一体?"

因此,列维-斯特劳斯讲得非常对,这就是他的"小模型"概念——当然,他的切入点是绘画,而不是书籍,他用以说明的实例是一幅克洛埃的女人肖像,但道理完全是通的。该画,画家把焦点放在该女性的花边状假领上,极其逼真地进行逐线逐条的描绘,由此引发观画者深沉的美感情绪。

"小模型",指的不是大小尺寸的缩减(尽管尺寸通常也是缩小的），而是对实存描绘对象某方面"细节的遗弃"。"比例越小，它似乎在质上也简化了。说得更准确些，量的变化使我们掌握物的一个相似物的能力扩大了，也多样化了。借助于这种能力，我们可以在一瞥之下把这个相似物加以把握、估量和领会。"

一样的，每一本书，也都是这样的一个个小模型。不同焦点的逐条逐线仔细描绘，并同时对其他部分的细节遗弃，从这层意义来看，每一本书都是当时当地的一次凝视，都是未完整也没完成的，这本书遗弃掉的部分，你得到另外一本书里去寻找——而列维-斯特劳斯最令人会心的是，他灵敏无比地揭示了，在令人沮丧的终极渊博和虚无到来之前，"我们掌握物的一个相似物的能力扩大了"，像地层底下沉静稳定的水脉，连通了见似各据一隅的土地和森林，让微妙的、我们常不免时时怀疑的书籍间相呼应声息，成为可信。

答案·答案在茫茫的数十上百本书里

尤其是你心中摆着某个特定疑问进行阅读，想为这个令你寝食难安的疑问找寻完满解答之时，你通常会很懊恼，天下之大，书海滔滔，就没有这么一本书恰恰好针对着你的全部需要作答，就没有人恰恰好跟你所思所想完全一致，你要谈独特性，这就是独特性，以及与独特性必然并存逃不掉的孤寂。

即便你是不带太清晰意见的、没特定目的的阅读（这其实才是阅读行为的主旋律），或是算你运气好读到命题和提问方式与你大致相合的书，你还是一定察觉到其间有着参差、你放心不下的缝隙部分，书写者全不犹豫的一语带过，你以为常识部分的，他老兄困惑不已。同样的问题，却有着不一样的色度、温度、深度和向度，令你爽然若失，还令你更生疑问。

你要的完满答案在哪里呢？如果你咬牙继续在书里找下去，你通常会发现，你希冀而且感到舒适的答案东一处西一处，散落在数十上百本不同的书里面，所以本雅明才说，找寻书收藏书的极致，是你自己最终写出这样的一本书来。这本书是你写的，为你自身独特的问题DIY作答；但它同时也是某种收集和编纂，是你采撷自数十上百本书如佛经说"采四海之花酿酒"的整理收拾，你要谈独特性，这就是独特性的一次美好完成。

所以啊，急着找第一本书、丈量第一本书的成果，不是太跟自己过不去吗？

独特性的历史述思

老招式老法子，我个人觉得比较有意思的问题，不是第一本书在哪里，而是第二本书在哪里——找寻第一本书只是意志的宣达，找寻第二本书才真正是阅读的开始；第一本书可以是任意的，第二本书则多少是有线索的。

第二本书，也就是下一本书在哪里呢？

我说过，我个人喜欢这么回答："下一本书，就藏在此时此刻你正念着的这本书里头。"——这样子有点恶心有点凑格言形式的回答，想说的就是书籍暂时性的、未完成的本质，以及书与书之间的联系和彼此召唤，一本书靠另一本书说明，这本书所遗弃的细节，在另一本书里被逐线逐条地描绘，这本书里被冻结成静态风景的部分，在另一本书里却生猛地运动起来，这本书所悬缺的答复，你在另一本书里也许可多发现完整答案的变形虫似的另一角拼图……

婉转曲折地，会引领你看到书籍汇成的大海，那个可能性的、意义的大海，就像航行了十四天之后的玻利瓦尔一样。

这个联系着这本书和那本书的线索是复数的，不是单行道，并且因为你独特的存在、独特的需求和疑问而成立并且变异——第二本书，在实际的阅读行为中，它可能是同一个书写者，因为这个作者已引起你的兴致，你好奇他在写这本书之前之后在想什么；它可能来自同一个出版社，因为你对他们的选书和编辑方式生出了信心，封面设计也挺好看，可以再多花三百块钱和另一个晚上时光跟它一搏；它可能是同一思维领域而且不断被这本书所引述的重要著作，你想追这个领域下去，得补满理解所需的必要知识缝隙；它可能是单一命题比方说古今中外的杀人刺客从春秋战国的豫让到狙击肯尼迪的奥斯瓦尔德；它可能是这本书脚注中不起眼但被你一眼看中的有意思人名和书名；它可能来自同一个有趣的遥远国度像加西亚·马尔克斯之于拉丁美洲、昆德拉之于捷克东欧、契诃夫之于广漠沉睡的俄罗斯和那一整片冰封的最大平原西伯利亚；它可能是一条河流、一种植物、一个日期、一幅插图插画、一个译名、一个模糊说不清为什么但你难以忘记的心中图像如脑子里赶不走的一段旋律……

列维-斯特劳斯在那幅克洛埃的女人肖像画谈"小模型"时，事实上还讲了一段精彩的话：

> 选择一种解决方法牵扯到其他解决方法本来会导致的某种结果的改变。而且实际上同时呈现于观赏者的是某一特殊解决方法所提出的一幅诸多变换的总图，因此观赏者被转变成了一个参与者的因素，而他本人对此甚至一无所知，只有在凝视画面时他才仿佛把握了同一作品的其他可能的形式。而且他模模糊糊地感到自己比创作者本人更有权利成为那些其他可能形式的创作者，因为创作者本人放弃了它们，把它们排除于自己的创作之外。这些其他形式就构成了向已实现的作品敞开的许多其他可能的补充图景。换言之，一幅小型图像的固有价值在于，它由于获得了可理解的方面而补偿了所放弃的可感觉的方面。

对才要寻出第一本书读的人而言，这可能不是太容易看的一番话，但没关系，耐心点我们最起码可以读出这个重要讯息：一幅遗弃某方面细节而成为独特的画，并不会局限我们对"完整总图"的知觉，也不至于缩减我们对其他未实现可能性的知觉，事实上，它反而能帮我们打开这个知觉，只因为我们的如此知觉很难凭空发生，它要"触类"、要实感地触到了某种已实现的具象"实物"才被点燃起来，并旁及其他，也就是"他本人对此甚至一无所知，只有在凝视画面时他才仿佛把握了同一作品的其他可能的形式"。

绘画如此，书籍也是这样，事实上，书籍做得更好更体贴。书籍所形成的彼此对话网络更稠密，被实现的实体画面数量更多更没间隙，此书所遗弃的细节，却是更多其他书逐线逐条细腻处理的焦点对象，因此读一本书你不仅在自己的想象中模模糊糊地旁及其他可能，你还能实物地在其他书中看到这些可能被一个一个、一次一次实现出来。书，便是这样不间歇地召唤同类。

这样，我们就有机会击破一个阅读的长期迷思，一个比三百块钱和一晚上时光更威胁阅读者的虚拟风险——很奇怪的，我们常会害怕被书宰制、害怕书像某种邪灵或外星怪物般占据我们，让我们丧失自我，成为它意志的工具，至少让我们丧失了自身的独特性云云。

这类的胡言乱语流传得既久且广，每一代总有些太神经质的、太想错事的，以及发懒不想读书的人贡献几句恫吓性的廉价格言。我们当然都是独特不可替代的一个一个人，但

第一本书在哪里？　　119

我们的独特性究竟是什么，来自哪里呢？除了一小部分来自生物性的基因密码而外，不就是一连串不由自主也不能回头的偶然堆叠起来的吗？我们被我们没置喙余地的父母给孕生出来，然后被莫名抛掷到一个窄迫的特定时空，再鬼使神差地在无数排列组合可能性中实现了（还不足以称之为选择了）如今这唯一一种人生，还每时每刻被包围于流俗意见中接受不间断但不察觉如微中子式的轰击，这当然是独特的，但它到底有多少成分是真正自主的呢？它是自由的吗？你神经质要保卫的究竟是什么？

自由，是独特的个体对自身独特性的局限和沉重的超越，它通常开始于思维的发动，以此反省自身并想象可能，阅读当然不是思维发动的唯一路径，但却是最有效而且最具续航力保证的一种，这是列维－斯特劳斯那番话给我们的启示。

卡尔维诺为我们做了如此背书。同样的话，他总是有办法说得温柔动人而且充满瞻望：

有人可能会抗议道，作品越趋避可能的繁复性，就越远离那独特性，即是迷离作者的"自我"、他内在的诚意以及他对自身真理的发现。但我会这么回答：我们是谁？我们每一个人，岂不都是由经验、资讯、我们读过的书籍、想象出来的事物组合而成的吗？否则又是什么呢？每个生命都是一部百科全书、一座图书馆、一张物品清单、一系列的文体，每件事皆可不断更替互换，并依照各种想象得到的方式加以重组。

然而,也许我心深处另有其他:设想我们从"自我"之外构思一部作品,这样的作品会让我们逃脱个体自我的有限视野,使我们不仅能进入那些与我们相似的自我,还可将语言赋予那些不会说话的事物:那栖息在阴沟边缘的鸟儿,以及春天的树、秋天的树、石头、水泥、塑胶……

老读者永远的第一本书

所以,再没其他胡思乱想的风险和代价了,还是那三百块钱和一晚上时光而已,这是我们买第一本书加读第一本书的最动人优势,善用它,人生可这样犯错、回身、按个取消键就重来的好事并没太多,年纪愈大你就愈晓得是这样。

我想多讲两句的是,即使你是读破万卷的老读者,你依然保有这样的第一本书优势并可在阅读的每一阶段每一刻善用——书的世界这么大,永远有你没探勘冒险的广大未知领域,永远有新的书写者、新的不满和疑问、新的焦点、新的深度和向度,这让你不免虚无,也教你精神抖擞,像重回年轻时光那样。

第二本书的概念揭示着阅读的连续性,但第一本书的概念却是跳跃、重来,以及未知和惊喜,它挣开因果之链,代以危险的自由,因此自有一种豪情。

本雅明曾说他写文章"每一句都像重新开始一个新句子",

说的便是这样不连续的喜悦,不必害怕联系会断线。《易经·乾卦》的第四爻说"或跃在渊,无咎",说的是学习飞翔上天的龙,系在水渊上做此英勇的尝试,即便不成功,也不过落回原来的地方而已,因此没有危险。书籍的海洋远比你想象的巨大、坚实而且体贴,就算你掉下来也掉不出去的,你只是更勇敢把旅程走得更长而已。

5 太忙了没空读书怎么办?

有关阅读的时间

借着回光返照的来临时刻,他环视了一下房间,第一次看清了里面的一切:最后一次借来的大床,破旧得令人怜悯的梳妆台,他那面耐心而模糊的镜子,今后他再也不会在里面出现了:瓷釉剥落的水罐还盛着水,旁边搁着毛巾和肥皂,那已经是为别人准备的了。无情的八角钟像脱缰的野马,不可抗拒地向十二月十七日飞奔,很快地将指到将军生命的最后一个下午的一点零七分。那时将军把交叉的双臂放在胸前,开始听到榨糖的奴隶们,以洪亮的声音唱着清晨六点钟的《圣母颂》,透过窗户,他看到天空中闪闪发光、即将一去不返的金星,雪山顶上的常年积雪,新生的攀缘植物,但下一个星期六,在因丧事而大门紧闭的邸宅里,他将看不到那些黄色的钟形小花的开放,这些生命的最后闪光,在今后的多少世纪内,这样的生命将再不会在人间重现。

这是《迷宫中的将军》的最后一段，加西亚·马尔克斯选择写的是玻利瓦尔对世界的最后目光搜寻印象，或许就只是一瞥，但弹指的时间被人的眷顾以及不解分割出来，也拉慢拉长了，形成一种温柔的驻留。我很想问有充分小说书写经验的亲朋好友们如何看待这最后判决的一段，换是你会选择什么样的结束方式？怎么为这样一部长途跋涉因此充满情感的小说，而且还是一个巨大历史生命选择一个依依不舍的句点？

我想象加西亚·马尔克斯坐在电动打字机前的模样。之前，他曾在《百年孤独》结束上校生命时悲伤不能自持，据他自己描述，他全身哆嗦，跑回卧房痛哭，他那美丽而且坚强（嫁给情感上依赖成性的双鱼座加西亚·马尔克斯你非坚强不可）的老婆梅赛德斯完全知道发生了什么事，她只确认地问了声："上校死了？"

玻利瓦尔，大解放者，死时才四十七岁，这应验了小说开头他下台流亡时那位英国外交官向他的政府正式报告里的一句话："留给他的时间，勉强够他走到墓地。"

加西亚·马尔克斯没解释为什么"只有"这名英国外交官知道玻利瓦尔唯一可能的收场和去处，但我想我们猜得出来，因为只有这个英国佬是冷静、事不关己的外人，只有他站在玻利瓦尔"力场"外面的准确观看位置，其他的南美洲人，不管是敌是友，则悉数被玻利瓦尔卷入，被玻利瓦尔长达二十年的巨大光芒和屡屡创造的奇迹笼罩其中，玻利瓦尔已成为他们的共同命运了,成为生命背景,成为他们所有人存活其中的整个世界,你随此命运浮沉,埋身在这个世界内跟着它移动,这个位置是看不到它奔去的方向和终点的,尽管彼时的玻利瓦尔肉身已残破到奄奄一息,理应任谁都看得出来。

伟人只对他人创造奇迹,无法对自己,包括死在十字架上的耶稣,因此自反而缩,大家在最根本的生命面前都是平等的凡人。

这最末一段的生命联系和生命印象,不大可能有什么史料依据,最多只有玻利瓦尔死时周遭实物的客观记述,以及医学式的记录(几点几分昏迷、几点几分断气云云),其余皆来自加西亚·马尔克斯的想象和创造。而加西亚·马尔克斯只赋予这回光返照感官巡礼一个仅存的心思,那就是消亡了,沉没了,不再有我不为我所有所用了,镜子的映像,肥皂和毛巾,榨糖奴隶唱的圣歌,金星,雪山及攀缘植物,还有迎风摇曳的钟形小黄花,每一样,每一种声音,每一丝感觉和气味……

因此,唯我论是霸道的、吞噬的,但唯我论同时也有一种天真无邪,它是典型的幼年期思维方式,把自身和整个世界重叠一起,完全等同为一。整个世界既然都是"我",因我而得到意义,都理所当然归我使用,要如何对待它甚至糟蹋它毁坏它,不过是"我"的自在行动的一部分而已,这其中经常呈现的残酷乃至于掠夺,基本上是"前道德"的,因为它以为被消耗的、被伤害的只是他自身的一部分，而不是有血有肉有意志的他者——自我伤害，自我掠夺（如果有这样子的说法），就像年轻人恶整自己头发，在皮肤上刺青和穿洞，我们最多只能讲无知和任性，很难说它不道德。

从唯我论所统治的幼年期去进行道德辩论，像中国战国时代孟子荀子著名的性善性恶猜测，其实是不会有答案的，它们极可能就只是唯我论天真和吞噬的两端焦点各自凝视，是"我"自我怜惜和自我损毁的两个存在面向而已。道德还得晚一些，它源于"分别"，源于"我"和"他者"的两立和界线出现，源于"我"和这个世界开始分离的认知，所以仁者人也，这是肯定除了我之外有他人完整自主的存在，由此推衍到道德实践的所谓"礼"便是人我的分际异同之辨。在这上头孔子显然是比较世故比较精致的，而且孔子的用字用词也选得好，他用"仁"字作为他道德论述的代表用语，文字符号和语言声音之中有"人"，而且还兼有"察觉""感知"的理性成分，赋予道德一根坚强挺直的"认识"脊椎骨，这是很准确很漂亮的计较，因此他远比孟荀理性但宽广，还是个更好的文学家。

然而，唯我论这种理所当然的童稚霸道，的的确确有一种很大的力量，他们不被众多他者的存在及同情分心，总有某种天命如此、视万事万物如草芥的惊人专注，少掉了道德羁绊的犹豫，使他们行动自由，很容易爆发出强大无匹的冲决力道，因此我们通常会在历史开创性的巨大人物身上发现如此特质（推理小说家加德纳的说法是，"巨人和小男孩的混合体"，当然，这原本是用来形容他笔下的律师神探佩瑞·梅森）。玻利瓦尔当然也是此类中人，所以加西亚·马尔克斯不认为他在极权和民主两个极端主张中意识到道德矛盾，"显然，玻利瓦尔不惜采取任何手段以达成拉丁美洲的统一和独立，如果需要极权主义的话，他会成为一个极权者；如果需要民主主义的话，他也会成为另一个民主主义的统治者。"而在此临终之时，我们也看到这样子的玻利瓦尔：

> 将军对医生的巧妙回答没怎么注意，因为他已明显地感到，他的疾病与他的梦想之间的疯狂赛跑，即将到达终点，这使他不寒而栗，因为他以后的世界便是一片黑暗了。

我的少年朋友丁亚民，有惊人的小说书写禀赋，也在二十岁不到的年轻时光就崭露头角，但后来改行影视去了，用他昔日的小说记忆去拍张爱玲传。他曾写过自己的童年神经质奇想，其实是蛮普遍、也是相当典型的唯我论想法。丁亚民说，他小时一直相信他的父母、他身旁的所有人都是演员，一等他睡熟，他们便收拾收拾下班了，甚至到另外人家继续扮演别人的父母和亲友——唯我论者很难相信世界可以不因我而存在、而保有意义，因此，成长对他们而言永远是加倍艰难的事，尤其是无可避免地说服自己相信他者和世界坚实的存在，而置身在不随自身意志而转的复杂社会网络更让他痛苦而且焦虑。这样的痛苦和焦虑随时间流逝和生命真相的不断揭露日增（小说家莱辛说："成长，便是一次次发现你的独特经验原来是普遍的、人们共有的。"），其终极的暴烈一击则是死亡。你很难要他们不生徒劳的抗拒之心，很难希冀他们从容以对。这与其说是胆小贪生，不如讲是死亡的意义及其代价不同，毕竟，对我们而言死亡可以只是自身的静静退场，你仍可以相信很多你珍视的东西还在、还无恙；但唯我论者的死亡却是世界的全部崩毁，就是世界末日了，是无一物无意义可存留的绝望。这是一组对死亡生不出幽默感的人，诗人歌德死时多点光的近乎哀号便是此类最生动的演出之一。

这样想来，我的老友丁亚民没能把小说写下去，可能就还有人各有志之外的解释了——如果小说书写如巴赫金所说是杂语的，无法只停留在自己灵魂和肉体的单一声音之中，你得学着世故，站到他者的位置，穿透一个一个不同的人心，以及同情，那实在太强唯我论者所难了，尤其是同情。好日子时，唯我论者可以有豪奢如败家子的慷慨，就像玻利瓦尔那样，但得设身处地，甚至要用他者的情感和眼睛看事情的同情却是他们最难学会的一堂课（切斯特顿笔下的慈悲神探布朗神父说他推理破案的秘密，便在于他就是凶手，意思是他让自己进入到凶手的立场去）。

相对地，海涅便是极有幽默感的人，据说他的临终遗言是："上帝会原谅我的，因为那是他的职业。"名导演路易斯·布努埃尔也是，他在晚年所写的自传最末一章《天鹅之歌》中说，他对死亡之后只有一个期盼，那就是每隔个五年十年可以从坟墓中出来一趟，读读当天报纸，知道这个世界仍运行如常，这就够了；而我个人最喜欢的仍是卡尔维诺，他说的是，"死亡，是你加上这个世界，再减去你。"这个世界因为加进了你而得着了某种光彩和温度（说因此变得大大不同可能太自大了，既不符合卡尔维诺的谦和，也不适用我们寻常人等），在你又悄悄退场后仍存留，你在或不在呢？这里，喜欢庄子的卡尔维诺，用线条干净如数学计算式的语言，说出了庄子与蝴蝶之梦的生命狐疑，及其光影明迷。

我们可能把话题给扯远了，这一次我们要谈的是时间，阅读者的时间，很多人总感觉不够因此无法供应给阅读这种不急之事的时间，而我最想的，是从对时间的从容谈起。

我们并非真的这么忙

时间不够，所以无法阅读。这可能只是常见的迷思，或方便的借口，尤其在我们所身处这个匆匆忙忙的、老把生命描述成竞赛或甚至赛跑的资本主义社会；但这可能也是真的，合于我们老是自我矛盾的奇怪人性，就像我所使用这本《迷宫中的将军》允晨版中译本的书本附录"谢辞"中，加西亚·马尔克斯也说，作家"自己最钟情的幻梦"，也就是自己最想写的那部作品，因为意识到非一朝一夕可成，反而迟迟不行，被"置诸脑后"，你总想先把手边那一堆暂时的、偶发的、可马上解决的琐事给处理干净，好找个清清爽爽的良辰吉日来专心做自己最想做的那件事，写自己最魂萦梦系的那篇东西那本书，如此日复一日。

写书的人如此，看书的人亦如此，阅读往往就这么耽搁下来，但偏偏念头一直还在，久而久之它逐渐演化成某种心理救赎、某种宗教性天国一类的美好但不实现东西，或像某个小吃店高悬了二三十年的狡狯告示："本店餐饮，明天一律免费。"——时间，利用了我们奇特的内心矛盾，总是很容易生出种种诡计，这是我们再熟悉不过的了。

我们刚刚提到过庄子这个人，这里就用庄子的话来对付这个团团转的诡计，那是他在看着游鱼的好心情桥上对付诡辩惠施的方式："请循其本。"回到问题最原初最干净最切身之处，跳脱出语言的烦人泥淖区，眼前景观刹那间云淡风轻起来——我们真的这么忙吗？真的没时间吗？

老实说，我们绝大多数的人真的都没自己认定的那么忙。这里，我们并没轻忽每个人生而为人的情非得已之处，每个人的责任，每个人对他人的债务，甚至我们认为中国人古来所说，父母年老需要奉养时"不择官而仕"这类的摩擦性忙碌，也觉得是明智而且合宜的。但终究，所谓的时间不够，是特定性、针对性的用词，意思是我们因为把时间花在某某某某事情上头，以至于我们也想做的某某某某事便被排挤了，因此，不真的是时间的绝对值匮乏，而是我们一己的价值排列和选择问题。因此，亨利·大卫·梭罗所记叙他和一位虔诚相信"人有不可或缺必需品"农夫的谈话，尽管稍稍过火了些，但不失为清醒有劲道，值得参考。

"有位农夫对我说，'你不能只靠植物维生，它不能供给你造骨头的材料。'因此他虔诚地每天花了一部分时间，供给自己身体造骨头的东西，他一边说一边跟在他的牛后头，而他这头牛，浑身都是植物造的筋骨，拉着他还有他那沉重的犁，什么也阻挡不了。"——梭罗的结论是："有些东西，在最无助和生病的人是必需品，在别人来说则仅仅是奢侈品；又在另一些人来说，那是根本听都没听过。"

至此，我们可不可以先达成一个初步的协议？那就是——我们并非真的都那么忙，真的长时段的、一辈子一直那么忙，我们只是有太多的必需品，得投注大量时间去取得去保护，当我们声称我们没时间阅读，其实我们真正讲的是，我们认为有这个事那个事远比拿一本书看要急迫要重要，我们于是没那个美国时间留给阅读这件事，就这样。

爱丽丝故事里那只兔子

梭罗只是想提醒我们，要不要认真回想一下，那些我们不可或缺、损失不起、停不下来、没它就没法子过生活的必需品必要之事，真的是这样子吗？

我们都依据着自己的价值顺序来决定时间的耗费，这里便有了所谓的"安排"，牵涉到效率，遂有一些关于时间的小技巧用武的余地，久而久之，这不仅转变成一项技艺一门堂而皇之的学问，而且隐隐从单纯的时间调度应用，进一步渗透进阅读行为本身来，这就让人心生不祥了；也就是说，我们不仅想如何最有效地应用时间，往往还急着想先"学会"怎样才能最快、最大效益地读一本书，不先弄清楚这个，好像阅读一事被谁占了大便宜因此还不能开始。

比方说有一种充满恐吓意味的时间计算及其应用方式很多人一定听过，那就是要你自己统计出来，你这辈子不知不觉耗在"等待"这件事上浪费了多少可贵的时间。等人，等下班，等电梯，等车子来，等红绿灯，等老婆大人说可以吃晚饭了，等整点才肯开演的电视节目，等浴室轮空以及洗澡水热起来，等睡眠安然找上你，等心爱的人入梦，等天雨天晴花开花谢季节更迭，等一切等待都不再成为等待云云——如此每个人都可以自行表列加总起来，得到的数字据说会把大部分人醍醐灌顶吓一大跳，原来我这辈子就是这么毁的，要是我聚沙成塔把所有这些时间给回收起来，玻利瓦尔何人，予何人也，不是吗？

我们只能说，动这脑筋而且自己还真相信的人，一定没念过著名而且揭示了宇宙一定有末日的"热力学第二法则"，不晓得能量不可逆转的发散本质。很多能量不是不存在，而是无法回收，或更正确讲，不值得回收，因为回收这些散落的能量，你得耗用更多的能量；这人也一定不晓得人偶尔发呆的舒适美妙及其必要，不晓得思维和理解在我们意识不及的漫游之时仍有效发酵融通甚至扩散的有趣本质，不晓得美好事物无视时间冻结时间的亘古渴望，不晓得偶尔抬头看看天光云影，看看擦身而过不相识人们的脸，看看市招街景和橱窗，不晓得人心偶如牛羊得让它野放自由。也就是说，这也许是个有效率的人没错，是精算师，适合到某个冷血大企业去规划并榨出可怜员工的每一分上班时间，但我敢铁口直断，他绝不可能是个好的阅读者。

给大家看一段好话来驱除掉这种自以为精明的不好气味。说话者是本雅明，人类历史上最棒的读者之一，他这段话原来谈的是民间故事的说与听，但很多好的话就是这样，是发光体，拿到不同地方照样熠熠发亮——

最能使一个故事保留在记忆之中的，便是这种去除心理状况分析的简朴作风。说故事的人愈是能放弃心理细节的描述，他的故事便越能深印听者的记忆，如此这个故事便越能和听者自己的经验相同化，而他便越有可能在未来转述这个故事。这个同化过程是在我们内心深处进行的，它要求一种越来越稀有的松懈状态。如果说睡眠是肉体松懈的完成，那么无聊便是心智松懈的顶点。无聊厌倦是孵化经验之卵的梦幻鸟，它会被日常生活的簌叶颤动吓走。

在书籍的丰饶海洋之中，这种急于驱赶无聊的人会令你想起谁来？我想，其实最像《爱丽丝漫游奇境》中那只时时盯着手中大怀表、永远在赶路也永远来不及的兔子，爱丽丝就是追它时掉落树洞的不可思议国度去的——这只兔子做过什么事呢？没有，它只是一直在节省时间而已。

阅读，毫无疑问可以穿梭在每一分时间的缝隙之中。交通工具上，浴缸里，临睡前，甚至在饭桌上甚不礼貌地读报读杂志，在步行时甚危险地仍卷本书看（应该附加安全警语："这样的阅读者均受过严格训练或不要命，请勿任意模仿。"），这都是每个像样的阅读者做过的事，但阅读终究不能一直只存活在这么窘迫没余裕的神经质世界中，最根本处，它仍是自由的，从容的，伸展的。

节庆时间

我们任谁都晓得时间有限而且宝贵，"日历日历，挂在墙壁，一天撕去一页，叫我心里着急。"因为我们知道有死亡这个不可逾越的时间句点，甚至不待时时意识到死亡就有太多人、太多话语、太多机制和设计提醒你。但逝者如斯不舍昼夜，时间更加让人无可奈何的是，不论你如何珍视舍不得，我们就是研发不成时间的保险箱、时间的冷冻柜，可以把时间存放起来以后用或遗留给儿女子孙，也许将来会有聪明人会想出个办法来。

你终究得用掉它，而且依它的流水节奏此时此刻就用掉，因此看开点吧，何妨慷慨些、豁达些，乃至于夸富些，偶尔败家子一样，给自己某种节庆感，通常会带给你莫名的好心情。

相应于时间的守财奴，这里，我们稍稍来看一下节庆这一概念。节庆是一个特殊的日子，独立存在的一个日子，借助着某种名目，把我们的生命连续之流截断，从而也让我们的"正常行为"暂时中止。在此独立的特殊时间里，你被允许豁脱平日小心翼翼的言行和思维，一部分的规范律法也暂时冻结，你可以做平日很想做却又不能做的事，你可以浪费你的时间、财富、情感和身体，节庆总表现着某种繁华和狂喜，恰恰是这样的豪奢浪费，才带来节庆不比寻常的特殊喜乐，让这个日子被"括弧"起来，可抛掷，可收藏，可纪念。

每个民族、每一地的人们都有他们的节庆日子，宗教的、政治的、历史的、劳动的、季候节时的以及个人的云云，如此共时普世，说明它深厚的人性需求和基础。中国古时，相传年轻的子贡便曾在年末腊祭时对人们的狂欢不知节制面露鄙夷之色，讲了两句清高自持的话，当场就被他的老师孔子给严词修理一顿——这段故事记在被认为是伪经的《孔子家语》书里头，你当然可以挑剔它不一定真有其事，但这无妨。孔子的说法大致是，人们一整年辛勤劳作，也需要有所放松，这是基本人情，读书人不可以如此高傲不知同情。

我个人喜欢如此的节庆概念，还不在于"放松"，可放胆为非作歹一番，而在于"离开"，离开什么呢？离开你的基本生活轨道，离开我们总因为熟悉、重复、循环而最终成为昏昏欲睡的单线生活轨道（我们每个人都可以而且实际上多多少少这样，每天上班、做事、下班回家、睡觉，根本无须动用到脑子，照样应付自如），你得把自己给拔出来，打断这个隧道般的单调路径，我们沉睡的思维才能重新活起来。

所以如果可能，我个人比较期待阅读一事能成为阅读者生活中的节庆，而不是阅读者自身文化结构的价值排行高位而已，更不是你线性生活的直接再延长像加班一样；也就是说，让阅读独立于我们斤斤计较的日常行为选择之外而繁华，让阅读豁免于其他直接目的的行为竞争而从容，别让日常生活的簇叶颤动吓跑它，它独立存在，独立满足，博尔赫斯所宣称的"享受"于焉成为可能。

有一件主要的事

不仅仅图个好心情而已，这样的节庆时间概念，本来就契合着阅读的本质，有明明白白的功能意义。

我们谈到过理解的延迟性本质，谈到过阅读活动和理解的非亦步亦趋有趣关系，也谈到过最大的阅读沮丧系来自于我们对阅读"投入／产出"的时时紧张审视，因此，如何有效松开"耕耘"和"收获"这两端的紧张关系，让阅读从容起来，好安心等待理解零存整付的不定期造访，便成为阅读活动能否持续的关键。节庆,让某一段时间截断开来成为绝对时间,绝对,意思是没有比较、不受合理性的斤斤纠缠、不存在替代物,阅读的绝对时间,便只有阅读这件事,干干净净,上天入地,不及其他。

节庆,既是最狂欢的,也是最专注的;既是最从容的,也是最消耗最让人疲惫的。

《迷宫中的将军》,从玻利瓦尔漂浮于药草水中的死亡意象开始,写这位拉丁美洲大解放者的最后十四天,因此,在加西亚·马尔克斯冷静到近乎冷酷,毋宁更接近写史或报道的笔调下,我们仿佛一直听到时间滴答作响的声音,压得人心头沉重,然而,这里头有一段玻利瓦尔对时间的偏执认定,既急迫又从容,既清楚时不我予却又无视时间铁链的束缚——我们有理由相信,这也是书写者加西亚·马尔克斯本人的,是他和玻利瓦尔两人所共有,书写者和被书写者在此完全叠合一起成为波峰,令人动容。

我把原文抄长一点,好调匀呼吸,尽管我们原来要看的只是其后半段:

> 宁静的居住环境也没有能对他恢复健康起什么作用。第一天夜里就昏厥过一次,但他拒绝承认这是身体衰竭的新征兆。根据法国医疗手册,他把自己的病描写成由于严重感冒而引起的黑胆汁病恶化和风餐露宿导致的风湿病复发。对病症多方面诊断的结果加剧了他反对为治

疗不同的病而同时服几种不同的药的老毛病。因为他说，对某种疾病有益的药对其他的病则是有害的。但他也承认，对于不服药的人来说，是没有什么好药可言的。另外，他天天埋怨没有个好医生，与此同时，却又不让派来的那么多医生给他看病。

威尔逊上校在那些天里写给他父亲的一封信上曾说，将军随时都有死去的可能，但是他拒绝医生看诊并不是出于对他们的鄙夷，而是出于他自己神智的清醒。威尔逊写道，实际上疾病是将军唯一惧怕的敌人，他拒绝对付它，是为了不分散他对一生中最宏大事业倾注的注意力。"照顾一种疾病犹如受雇于一艘海船。"将军曾这么向他说过。四年前在利马时，奥莱里曾建议他在准备玻利维亚宪法的同时接受一次彻底的治疗，而他的断然回答是："不能同时干成功两件事。"

加西亚·马尔克斯在接受访问时说："在许多事情上我感到跟玻利瓦尔都是一致的。举例说，在不为死亡设置种种障碍，不去想得过多这件事就是如此。因为对死亡过分操心，就会使一个人不能集中精力去做主要的事情，一个人的一生是有一件主要的事要干的，这是我对玻利瓦尔的解释，而这种解释完全可以由他的信件和行为来证实。他绝不想从医生那儿知道任何事，也不想了解自己的任何病情。他大概已经想到自己处于死亡的边缘，明白自己已经没救了。……一种疾病也正像一种职业，要全心全意去照管它，我的观念也是如此。我不要死亡的念头来干扰我正在做的事，因为留下来的事，正是一个人一生要干的事。"

一个人的一生是有一件主要的事要干的。最终，这样的事是连死亡都可超越的，更何况只是时间的效益，只是其成果的吉凶利钝而已——我们用这样的例子，这样极致的话语来谈阅读，可能沉重了些，不喜欢的话，我们大可把它易为孔子的温和话语，意思是一样的。老先生当时讲这话大约是带着笑的，甚至忍不住有一丝炫耀，他说他一读起书来，"不知老之将至"，时间在阅读中暂时失去了压迫力，就连他一生心急的救世之事也被忘在一旁，真是开心。

我不晓得别的人怎么想，在今天被贪生怕死美国人（尤其是加州人）波及人人养生服药跑健身房救死不暇的诡异气氛当中，大约也是很不合时宜的。但我个人还是坚信，人有"一件主要的事要干"从而可以挣开时间束缚，这是很幸福的事，生命因此辛苦了点，却是充实有重量有内容的存在。

以前教我们《三礼》的老师，在讲到《洪范·稽疑》的卜筮之事时说，卜以决疑，不疑的事是用不着问卜的，就像三餐睡眠穿衣这些当时要做的事，拿去问神明求请示，不仅可笑，而且亵渎；同样的，有些事或基于是非，或源于信念，或属于自己的志业悲愿，非做不可，也是无须问卜的——我的老师是上两代的人，生逢历史的动荡岁月，一生颠沛流亡，还数度濒临杀身，但他一生不求助命运之术，他说，问

太忙了没空读书怎么办？ 141

了又怎样呢？该做的事还不是就得去做，"我的流年我自己知道。"

我的流年我自己知道。这句话我记了整整二十五年。

读和写的不成比例时间

对玻利瓦尔而言，这非做不可的事就是他拉丁美洲的大梦，对加西亚·马尔克斯而言，大概就是写他一部一部的小说——如果我们还是心有芥蒂，终归还是放心不下这样豪爽地抛掷时间在一本一本书里不问收益是否划算，从这里，我们应该找得到路再往下走一点。

我们说过，拥有一本书很容易，也很便宜，更花不了你多少时间，你走进一家书店，掏个两三百块钱，在书的扉页龙飞凤舞签上自己大名，书就是你的了。但严格来说，这种拥有是产权意义的拥有，不是阅读意义的拥有，所以博尔赫斯说："究竟书的本质是什么呢？书本是实体世界当中的一个实体，书是一套死板符号的组合，一直要等到正确的人来阅读，书中的文字——或者是文字背后的诗意，因为文字本身也只不过是符号而已——这才获得新生，而文字就在此刻获得了再生。"博尔赫斯还引用爱默生的话说："图书馆是一座魔法洞窟，里面住满了死人。当你展开这些书页时，这些死人就能获得重生，就能够再次得到生命。"

因此买一本书是举手之事，确认一本书买错你不想读下去也用不了一晚上时间，但要完成阅读意义的拥有，你就得再多花几个晚上，也许一星期半个月的，快慢随人，然而终归还是很有限——这是需求面的时间耗用实况，那供给面又如何呢？

想大致了解供给面的时间耗用状况要简单可以非常简单，我们只要查一下统计数字就成了，若没有现成的完整资料，那就翻翻每一本书封面折页里的作者简介或书末附录的作者年表自己算一下，或干脆你上亚马逊书店网站，key 进随便哪位作家大名，把他的全部作品清单给列印出来，你马上就会发现，人一辈子是写不了几部书的，不管他多么才华洋溢，多么创作不懈，多么学养富饶，还有，多么长寿不死。

就加西亚·马尔克斯先来吧。这位如今已高龄七十九的不世小说之魔，承继着欧陆深厚的小说传统，还以整个哥伦比亚乃至于整座拉丁美洲几乎没停歇过的战乱苦难为代价，在死亡枕藉的尸体堆上书写，这样的人一辈子交出几本书出来，不就是《百年孤独》《霍乱时期的爱情》《迷宫中的将军》《族长的秋天》这寥寥几个长篇，《没有人给他写信的上校》《一桩事先张扬的凶杀案》几个中篇，《异乡客》这个系列集子，还有数得出来的一些短篇小说吗？当然，小说而外，他还写过剧本，写过报道，写过随笔文章和影评，像台湾出版过的《智利秘密行动》就属他小说而外的演出。

博尔赫斯呢？台湾商务印书馆才出版他的全集，四大册，而且不会再有了。

太忙了没空读书怎么办？　143

卡尔维诺呢？台湾也差不多出齐他的书了，包括他随笔集子《巴黎隐士》，他的讲稿《未来千年文学备忘录》，以及他采集整理的《意大利童话》，十本左右，也不会再有了。

托尔斯泰、陀思妥耶夫斯基、屠格涅夫、纳博科夫、福克纳、康拉德等等这些超一流的小说家也差不多都这个数字；一脚跨入类型小说的格林多一些，有个几十本，算是很特别的了；还有，就是把小说当历史写，以"人间喜剧"为名意图记录下人生百态的巴尔扎克也属最多产作家这一层级的；另外，就是贫穷的契诃夫，他得靠卖文养活自己和家人，篇数惊人有几百上千，但短篇短文居多，内地那边早就译出了他的全集，连小说、短文、笔记、游记、书信、剧本，共辑成十六大册，论字数也没想象中的多。

小说尚且如此，那些搞思想、搞理论的书写者就更有限了。

相信我，实况真的就是如此，这上头我个人是有第一手资料的，或直接可以讲我就是小说书写者的现场目击者——我个人因为生命机缘的关系，身边俱是一流的小说书写者，事实上，我家中就自备了三支这样的小说之笔，我和他们相处了整整三十年，知道他们是如何慷慨抛掷时间在书写一事上的，包括如何跟一本书、一部作品拼搏十年以上的时间。

而这些书，我们这些挑眼的读者还总是挑挑拣拣。除了少数的重度阅读者或你对某一位书写者有特殊情感和心得之外，我们肯读完他们其中两三部所谓的代表作已经算很不错了,像托尔斯泰,这位很多人心目中小说史上最了不起的巨匠,几个人真的念完他的三大长篇《战争与和平》《安娜·卡列尼娜》,还有《复活》呢?

重演书写之路

正如阅读永远比写速度快,在书籍生产的书写和阅读这两端,时间的耗用也永远是不成比例的。十年书写,三天阅读,这不好人抱怨吧。

购买只完成了产权转移,不及内容;内容的转移唯有通过阅读,即便这本书在法律的认定上不是你的都无妨,不管它是借来的、偷来的,或光明正大站在书店免费把它给读完(小说家阿城很多书就靠这种方法"取得其内容",因为那会儿穷,买不起)。你要唤醒这一个个已然死亡的符号,让诗意重新获得生命,多少便得重走一趟原书写者走过的路,看他所看,想他所想,困惑他所困惑,这个原初可能极其艰辛极其耗时的来时之路,因为书籍——或该说是文字——的神奇发明,变得省事,变得可节约绝大部分的时间,但没办法完全省略,工具载体再进步再炫目至此皆无能为力(是的,我说的正是一大堆人心存不当幻想的电脑),阅读者还是得老老实实自己走这一趟。

已故的名生物学者古尔德的所学所思不仅仅是他的专业本行而已,他有相当深厚的人文素养和驳杂多好奇的横向知识涉猎，无怪乎古尔德对生命价值的认知如此复杂柔软有"人味"，完全不同于比方说道金斯那种科学主义的专横和缺乏见识。在《别紧张，程度不同而已》这篇文章中，古尔德引述了英国剧作家德莱顿《亚历山大的盛宴》剧中的一段，是亚历山大大帝喝多了酒兴奋起来，夸耀起自己昔日战阵上的功业：

国王的虚荣心大起来了，
重演一遍他所有的战役。
狠狠地打败了三次敌人，
三度对敌人死了又杀，杀了又死。

然而，对阅读者而言，做同样的事既不必亚历山大的虚荣，也无须借助酒兴，比方说我个人和《迷宫中的将军》这部小说，我就不止三次把玻利瓦尔从一八三〇年十二月十七日下午一点零七分的死亡唤醒，让他一次又一次重新航行于马格达莱纳河——即便如此，我心知肚明，相较于书写者本人加西亚·马尔克斯投入此书的时间，我的仍远远不成比例。

这让人想到曾在十九世纪末生物学上显赫一时的美丽学说"重演论"。重演论的想法是"个体发生过程是整个种系演化过程的重演"，也就是说，动物在它胚胎时期和出生后的生长发育，事实上是重复一次它祖先的成年阶段。当然，这重演的过程一定是省约的、加速的，把耗时亿年的艰辛时光，浓缩在几天、几月,最多几年的时间里。像人类胚胎期会出现的鳃裂,重演论者便以为正是我们鱼类老祖宗的成年特征,记忆着那段迢遥的海洋生活岁月。

这么美丽多情的学说,只可惜在生物学上不是真的(古尔德大概会说"美得不可能是真的",因为生物演化生死大事没这么悠闲的美学余裕);然而,在我们阅读的世界之中,重演论不止成立,而且还是必要的,我们因此跟着加西亚·马尔克斯航行于马格达莱纳河,随康拉德进入黑暗大陆的中心,和扶病东行的契诃夫穿越春泛的西伯利亚大平原到达酷冷的库页岛,和马克·吐温一道测量过密西西比河水深("水深两英寻",即马克·吐温此一笔名的意译),和梅尔维尔一起追猎大白鲸莫比·迪克,和托尔斯泰刺杀过小矮子拿破仑,和吉卜林漫游于印度半岛找寻那道洗涤人间罪恶的佛陀箭河,还伴着希罗多德搜访地中海沿岸,探究文明第一道曙光照临的大地……

别担心时间,时间不管在你怎么算都是占尽便宜的,如果可能,真正我想说的是,除了功能性的必要,这里还包藏着作为后代阅读者一份尊敬和感激的心意,对那些书写者,那些为我们艰辛耗时演化成书的慷慨书写者。

6 要不要背诵？

有关阅读的记忆

随着船队快临近大海，人们对大自然的渴望越来越强烈，大多数军官都欣喜若狂，有的帮忙划桨，有的用刺刀捕杀鳄鱼，更有把简易的事情复杂化，用划桨犯人的谈话来消耗过剩的精力。相反地，何塞·劳伦西奥·席尔瓦只要有可能就白天睡觉，夜里干活，他这样做是因为惧怕自己可能因白内障而引起失明，就像他外婆家几个亲人所遭遇的那样。因此，他在夜里起床干活，以便学成一个有用的盲人。在战地营房的那些难眠之夜，将军曾多次听到他动手干活的忙碌声，锯断自己刨光的木板，组装已做好的零件，轻轻地敲锤子以免把别人从睡梦中吵醒。次日的大白天里，很难相信这样的细木活儿是在夜里摸黑干的。在皇家港口的那个晚上，何塞·劳伦西奥·席尔瓦因没有即时回答口令，值班的哨兵以为有人企图趁着夜偷偷接近将军的吊床，差一点向他开枪。

翁贝托·埃科的小说《玫瑰的名字》书中那位守护大图书馆的博学偏执瞎眼僧侣豪尔赫，摆明是用博尔赫斯的造型写的；我们不晓得加西亚·马尔克斯写这个深谋远虑的前瞎子席尔瓦有没有也想到博尔赫斯，我猜一定有，因为即便锻炼的是木工技艺，席尔瓦显然比豪尔赫更像博尔赫斯。

觉不觉得？故事中的仆役随从，总是远比他的主人要坚强，而且理智，尤其在最困厄最崩溃的时刻，故事中的仆役随从往往更像一座大山般的冷静可靠，仿佛入水不浸遇火不燃。

其原因，我想，其一是仆役随从在小说里，通常是E.M.福斯特说的概念性人物、扁形人物，不是实体，因此不容情绪也不会受伤；其二如果小说诚如博尔赫斯所引述梅肯的话那样，大部分小说的精髓都在于人物的毁灭，在于角色的堕落（当然，博尔赫斯自己的话更好，他说的是"失败者所显现的特有尊严"，如《伊利亚特》史诗中战败身亡的特洛伊王子赫克托尔），这个毁灭和堕落当然体现在小说主人翁的身上。仆人一无所有，也就一无所失；仆人没权利分享主人的财富名声、奢华梦想以及爱情，也就一并没那荣幸分享主人的挫败和哀伤，就像安娜·卡列尼娜那样的致命悲剧，也只能由她一个人孤独去死，仆役随从不与焉。

显然，当社会阶级分割森严之时，仆人无由参与世界，他们有的只是受苦，没有悲剧——尽管，我们把席尔瓦看成玻利瓦尔的仆人是有点过分，小说中讲，他是黑白混血的下等阶级出身没错，但在大解放战争带来的局部性阶级瓦解的缝隙之中，凭战功和一身伤痕升到司令，但下层阶层的印记一直没真正褪去，也许正因为如此，席尔瓦反而最容易洞穿上层权力游戏的过眼烟云，远不如一门细木工技艺扎实可靠。

革命大事业有诸多代价，成功之后革命阵营一大批不事生产者解甲归田的麻烦是其中一样；就不说革命这离我们这么遥远的事，光是我们寻常可见的政治人物下场，那些从权力角力场退下来的，那些选"总统"、选"县市长"、选"立委"输掉的，每一个都几乎成为社会集体必须忍受并支付代价的大小麻烦制造者。我们该不该发起一个"席尔瓦运动"，要他们还呼风唤雨时就学好一门技艺，平车考克、修摩托车什么的，以政治作为一种"职业"的人，其政治生命基因中大抵都有宿命的病如席尔瓦的白内障遗传，我们得好心早提醒他们。

这正显示了《迷宫中的将军》不同于一般小说，尽管他瞄准的是玻利瓦尔这样巨大的历史人物，但仆人仍有他自身的命运和意志，以及得仰靠自己来料理的独特烦恼，一句话，"脱离主人翁仍能独立存在"。这里，席尔瓦冷静地为自己的后随从生涯作预备，玻利瓦尔的世纪大梦是成是败，无助于他一己的、源于家族性遗传基因的失明威胁；另外一位更资深的仆从，从年幼就一直侍候将军的何塞·帕拉西奥斯则缺乏这样的算计，也相对地晚景凄凉。玻利瓦尔在遗嘱中坚决保留了八千比索给他，但"何塞·帕拉西奥斯不善经营钱财，笨拙得跟将军不差分毫。将军死后他留在了卡塔赫纳，靠公共施舍度日，他借酒浇愁，放浪形骸，八十六岁时，被可怕的震颤性谵妄症所折磨，在污泥中打着滚，死在一个阴暗潮湿的洞穴里，那是'解放者'军队退伍人员沦为乞丐后的集聚之地。"——相对于席尔瓦，何塞·帕拉西奥斯的下场，则准确表达了一个忠贞者丧失了自身主体性的悲剧，他显然才是玻利瓦尔最亲密也最能干坚强的仆从，但却不是个能干坚强的何塞·帕拉西奥斯，他没被定过工资，也没在新国家新社会中被确定过新的身份地位，"他个人的需要一直和将军的需要结合在一起，他甚至连吃饭穿衣的方式都与将军完全一样"，只是他并不真的就是玻利瓦尔，却过玻利瓦尔的生活并承受玻利瓦尔的命运，更要命的是，他偏偏又独自活下来到八十六高龄，没像他跟将军说的那样（这是小说中他唯一泄露出情绪的时刻，相当动人），"我们一起死才算公正。"

从另一个角度来说，何塞·帕拉西奥斯的悲剧，也说明了纯粹经验论者的致命性，说明了单一记忆者的危险（记忆的单一性，通常因为它只仰赖经验这单一来源），特别是这经验若曾经太成功太辉煌，会更强固这个单一记忆并且排他，从而让经验并非做不到的触类旁通弹性和必要的概念性拔升变得更加困难，因此最禁不住外在世界迟早总会发生的变动。他永远无法真正了解，为什么以前可行的现在会行不通，过往这么做一定会得到的结果为什么会失灵；而且，昔日的辉煌和成功顽固地成为生命中一个最严酷的判准，一个永远召唤不回的失落乐园，以至于就算尚有不恶的成果，也在记忆的荣光中黯然化为粪土，幸福的时光一生只来一次……

所以，还是多少要读读书，不能只靠一己经验。

这次，我们要谈的正是记忆。通过席尔瓦奇特的构想和自我预备，他提前将走盲人生活的细木工技艺了然深印胸中；也通过没失明威胁、曾经更强大干练的何塞·帕拉西奥斯的准宿命悲剧。这一明一暗，或可如星光如萤火，照亮我们的路，看看能引领我们向着阅读世界的记忆深处走多远。

同时扮演读者和印刷机器

从阅读的角度谈记忆，我们可能得先帮"记忆"这个词清洗一下。让它回复干净面貌——记忆，尤其是动词性的记忆，最起码从我们这一代人读书懂事之前就有成为脏名词的倾向，至今犹然。这个动词性的记忆一词，我们通常直接称之为"背诵"，把它和理解对立起来，势不两立。

但事实并不真的是这样子，它们是兄弟，而不是寇仇，而且通常记忆还走在理解前头，是兄长的身份。

背诵，一种强制的、刻意的记忆形式，之所以让阅读者感觉不堪负荷，其实是一次要阅读者做两件事——在背诵之时，一个人不只是扮演读者，而且还是个书籍的印制者、出版者。从书籍（甚至该说文字）被发明出来，到书籍大量印制取得，其间断隔着几千年的漫长时光，在这样书籍的复制、流传、存留极其不便的情况下，阅读者除了享受前人的思维创造成果而外，也得负担书籍保存传递的义务，他得用一己的身体，尤其是大脑中的记忆区，作为书籍的印刷机，尽可能一字不漏不易地背诵下每一整本书。绝大多数状况下，我们思维理解所需要的记忆，并不必要到如此激烈彻底的地步，这超出思维理解的过度记忆部分，其实隶属于出版工业，而不是阅读活动。

一件事大家不假思索地做了几千年，便仪式化了，不容易记得原初的目的，也因此生出了惯性和黏着性，没办法所有人同时说改就改，尽管时移事往老早就不需要这样子了。

围棋棋士的思考与记忆

把理解和记忆一刀两断切开来，并判定一善一恶，让双方交战，阅读很容易在一起步就走错了路，或更危言耸听些来说，一开始就进行不下去。

我们先来说围棋。之所以选择它，是因为围棋极其特殊的思索表现形式，几乎把"思维／理解"此一内心的、不具外部表现的私密活动给形象化、唯物化了——当然，人的"思维／理解"活动激烈进行时，我们并非全然不可察觉，比方说他会失神、会沉默下来、会抽烟或折折火柴棒、会皱眉凝视等等轻微的神色变化（可参看达尔文的副品牌名著《人类和动物的表情》），但大体上这只是冰山一角，十分之九是隐没在平稳的海水底下。事实上，把思索全搬到台面上来通常是有着恶心倾向的可怕之事，像咖啡馆里斜披一头长发还手拿一本书作梦幻状，或抓着满头乱发作痛苦状（"他真以为秃头有助于想清事情吗？"），这种在脸上直接黥着"我在思考"的表现方式，通常也不隶属于阅读活动，而是待遇较佳、所得较丰硕的表演事业。

但围棋不大一样，尤其是下两天的大头衔挑战赛（如日本的"棋圣""名人""本因坊"），一手关键性的棋甚至会长考到两个小时以上，两名顶尖棋士鹰一样盯住棋盘不放直挺挺跪坐在那里，我以为我们若有机会（尽管机会其实不多）都应该投资个一两天至少看一次，这是难能可看到的思维活动极精纯又极具象的呈现。

思维活动如何能不间断不漂流地持续这么长的时间呢？思维活动如何可能激烈到两天内人一动不动而且茶来伸手饭来张口却让体重减轻四五公斤？（"围棋减肥塑身法"？）我们要不要也自己试试，试试专注想同一件事半小时左右？或不那么严酷，十分钟就好？

教我下围棋的先生说，能够持续两个小时以上的长考，凭借的不是耐心，更不是意愿，而在于想不想得下去的问题；也就是说，不是你要不要想两小时，而是你脑子里究竟有没有足堪你想两小时的材料，建构得起持续思考两小时不断掉的线索。你棋力不到那里，一步两步三步就想不下去脑子空白了，剩下的只叫作枯坐，或叫如坐针毡。

思考需要材料，犹如燃烧需要柴薪，够烧两小时和只烧三分钟的柴薪量当然大大不同——而思维材料的供应者便是你先前存放的记忆。

我们试着来进一步窥探高段棋士的长考是怎么进行的——开门见山地说，他们绝不是一无所有的一切从零想起，把棋盘上全部三百六十一个着点每个都重新推演一遍，这既在时间上做不到，人的思维心力亦负荷不了。事实上，棋士基本上考虑的只是那些"看起来像"的有限着点（当然还是为数不少，而且每个可能着点又导致对手的每一种可能回应，大致是呈等比级数的暴增，这是围棋所以难算的原因），而这些初步中选的可能着点依据什么被首先拣选出来呢？来自棋士对类似棋形的熟悉所自然培养出来的敏感，这以接近直觉形式所呈现的敏感事实上绝不神秘，所谓对棋形的熟悉，说穿了就是记忆，包括对基本定式变化的记忆（这通常得完整背诵下来的）、对多少已被锤炼成模式化的各种基本棋形相关要点（即所谓"急所"）的记忆（也主要来自背诵，辅以反复练习），还包括对实战棋局的记忆（包括打谱和实战，通过类似经验的重复发生自然深印脑中）。

这些都是记忆。不同形式得到的记忆，包括强迫背诵和自然牢记；不同来源的记忆，包括自身经验或转换自他者的经验。

因此，棋士的长考，与其说是逻辑推演，还不如说是翻阅记忆。他并不像手持有限光源如蜡烛或手电筒在暗黑通道之中摸索前进，毋宁更接近是快速翻阅档案般挑拣过滤，这部分真要快其实可以快到接近不花时间的，也因此，一名能长考两小时以上、棋局方刚入中盘就能精确算出半目输赢结果的棋士，真正下起那种三十秒甚至十秒限定的电视快棋不仅照样应付裕如，而且通常这"第一感"的快速着手和长考后的慎重着手还一模一样。这个我们外行人看似诡异的常见现象，如果我们稍稍了解棋士的想事情方式和内容，你就知道一切再合理不过了。

如此说来，那么长的思考时间都花哪里去了呢？不是花在正向的找寻上，而是投资在逆向的小心检验上，好确定挑拣出来的着点有没有漏算、有没有盲点。还有，也可能部分花费在克服选择的犹豫和痛苦之上，并准备迎接这手棋下去扑面而来的无法回头炽烈战斗，正如一名棋手解释他一手看似不必要的长考的动人告白："我在培养战斗的勇气。"

所以，围棋世界流传着这么一句名言："选择最难。"——真正折磨棋士的不是如何发现，而是如何选择。在广漠的棋盘上，你通常找得到可计算的目数相等的好几个着点，你却只能下一个，偏偏这些"暂时"价值相等的着点各自指向往后完全不同的棋局变化，因此，找到并确定一个新的着点通常不意味着困难的快乐结束（围棋鲜少有一手棋击倒对手的"胜着"，但几乎每盘棋都有因一手棋崩溃输掉的"败着"），而是代表了由此歧路展开的更复杂更不确定、还此去再不能回头的陌生世界。这点，围棋的严酷一如人生，战国时代的哲学家杨朱曾对如此歧路沮丧得大哭起来，因此是需要勇气没错。

更雪上加霜的是，想太多的长考还往往会入魔而生出莫名其妙的坏棋来，这就是所谓的"长考无好棋"。

好，如果说，思考的材料是记忆，思考可被辨识的主体形态倾向是拣择，那些围棋的不朽新手，如吴清源和藤泽秀行总在众人惊呼声中啪一手弈出的，究竟从何而生呢？我们如何挣脱记忆的复制性、黏着性制约，"选择"出一手记忆清单之中根本就不存在的着手呢？

我想，这里头一定有一定程度的神秘性，关乎个别创造者奇特无伦的心智力量，也关乎创造非连续的、非因果的动人特质，也因此吴清源会被说成是不世天才，是"围棋之神"，藤泽秀行会被称之为"异常感觉"——而不神秘的部分在于，对于像围棋这样人的智力尚无法归纳穷尽的极复杂微妙世界（当然复杂程度还是远逊于我们的真实世界），人的既有记忆总和，也就是围棋史上一切棋局（包括公开的和私下的）的总和，仍无法填满它不留空白。记忆，是既有进展的记录，标示出已知未知的分界线，它一方面节约了我们的思维耗损，告诉我们想象力该倾注在哪边的空白拓垦之地；另一方面，它还是一个一个进行中的、未完成其所有潜力的思维线索（只是原思考者或因年寿、或因历史条件、或因种种机遇戛然止于此处），可供我们随时再捡拾起来继续想下去（比方说当年大雪崩定式那一手棋该内拐还外拐便不晓得弄了几年)。我们后来者，记忆承继者的最大优势便在于，我们不仅像体力充沛的接力赛跑者不必傻傻地从头跑起，而且还被告知了或暗示了往前的可能途径。新的创造活动源生于既有的记忆，在此取得了坚实的踩脚之地以为跳板，让进一步的瞻望和飞跃成为可能。

因此，有关围棋的新手创造，至少我们能说的是，它不是误打误撞猜来的，而是"不满意"逼生出来的。不满意什么？不满意记忆可及的一切既有着点，以上皆非的自己另辟蹊径。这使得新手成为围棋盘上最危险也最耗时的着手。危险，是因为记忆清单之中无直接的依据；耗时，则因为它通常是全面搜检过既有着点后才发生的。所以，长考不见得能生出好棋，但有价值的新手却通常是长考的产物，围棋史上另一句名言"争棋无名局"，揭示的便是这个道理，限时争胜的快棋只能走安全的路，没有余裕下出那种可能长留青史的名手和名局来。

如此不必重来，从既有记忆拣择并向前创造的思维方式，于是建构了每个思维领域的专业性和不可轻侮尊严——不少人陆陆续续有诸如此类的好奇，一名天资平平但训练有素的专业棋士（如日本棋院的小鬼院生），和一名乍学围棋但有绝佳逻辑推理能力和习惯的数理天才，弈一局棋谁会赢呢？答案百分之一千一万是前面那名熟记定式、勤于打谱并认真在实战中磨炼的不起眼小鬼（这不是推断，而是真的发生过）。正是因为记忆的存在及其作用，使得这位绝顶聪明的可怜数理天才其实是面对一场最不公平到接近骗局的竞赛，因为他要对付的不只眼前这个小毛头。他是孤身在对抗黄龙士、算砂、道策、秀策、秀荣、吴清源、木谷实、坂田荣男、藤泽秀行等等所有伟大围棋天才的联手围剿。胜利，如克里斯蒂笔下的比利时大胡子神探波洛喜欢引用的名言："当然是属于大军这一边。"

这样，绕了一圈我们便又回转到我们再熟悉不过的世界了，这就是我们常讲的，站在巨人的肩膀看世界，这肩膀，是用记忆一点一滴堆叠起来的。

最原初的记忆

谈记忆，好像不能不想到柏拉图，人类思维史上最狂热、最彻底的记忆拥护人。但我们要谈的不是他神秘联缀于灵魂不灭、所有理解其实都只是与生俱来的记忆、是人想起他本来就有但已然忘记的事物和概念这个大哉讲法，这里，我们想引述的是他另一段话，一则应该是他自己诌出来的埃及寓言故事，在《斐多篇》。

说话之人，假托给埃及王萨姆斯，他向造字之神塞马斯抱怨："你的这项发明（指造字），只会使学习者的心智变得健忘，因为他们会变得不肯多用自己的记忆，只相信外在被写成的文字，不肯花时间记忆自己。你发明之物的特性不能帮助记忆，而是帮助回忆；你授予门徒的也不是真理，而是外表看似真理的东西。他们将会发现自己确实耳闻很多事，可是一样也不记得；他们将会看似无所不知，其实却一无所知；他们将会成为令人厌倦的友伴，表现得好像充满智慧，事实上却虚有其表。"

这段看似激烈反文字反书籍但不失意味深长的话，却一下子把我们温柔地带回记忆最原初的时光及其最干净亲切的模样——在还没文字、没书籍的日子，记忆就已活生生地和我们相依为命了，它是彼时我们抵抗时间流逝万物凋变的唯一友伴，也是我们生存传续的最重要咨询对象。说它活生生，是因为它绝大部分直接是人自己或身边伸手可及之人的真实经历，联缀着实物实景实人，也通常还保有着其来龙去脉；它源于经验和实践，是其中最珍视、最惊异、最哀恸、最恐怖云云因此刻骨铭心从混沌的整体中被分离保存下来的，却不只是个视觉形象而已，还包含了声音、气息、味道、触感乃至于幻觉梦境等等一切感官，因此，纵使其中不乏未知的部分，静静存放于人心中等待我们来日的体悟和解释，但它很少是隔阂的、事不关己的，它像影子般忠诚、亲切而且和人亦步亦趋。

萨姆斯王（或说苏格拉底，或说柏拉图）对文字的质疑，我想，一部分来自于记忆和人自身的脱离。外借的、辗转自他人的记忆也许不像输血或器官移植手术般得小心考虑到两造之间致命性的相容排斥问题，但省略不了一个重新理解体悟的过程，而仰赖文字为载体的他者经验，又得再加上一个转译的必要手续，这里便有着异于人直接经验的两重阻隔、两道分离。而偏偏文字相较于人的记忆又是个太省力而且不易淹灭的方便存放形式，它甚至只需要动用到我们眼睛和手这两部分，不必心智参与，这固然节省下时间和心力损耗，却也往往少掉了我们要将某事某物牢牢铭刻心版之上的心智搏斗过程，而这个用力记忆的搏斗过程，其实同时也是个专注精纯的理解过程，是人对他者经验的第一次充分浸泡，萨姆斯王另一个耿耿于怀的损失便在这里。

工具是人聪明的发明（一度，人们还以此作为人的定义，后来沮丧地发现黑猩猩也会），但工具往往也带来单一性方便的陷阱。我一位老师最爱取笑那些挂着照相机的现代观光客——"好漂亮，这里好漂亮，快来照张相！"于是大家巧笑倩兮摆足姿势咔嚓一声，然后头也不回就走人了，刚刚那个令人尖叫的好漂亮风景连看都不再看一眼。

这里我们再来读另一段话，教我们如此看风景。这段话一样来自没有文字的国度，是美国西南地跨亚利桑那和新墨西哥两州的最大印第安人保留区纳瓦霍国，纳瓦霍人称这片土地叫"四角之地"，由他们神话中四座圣山围拥而成。说话的是纳凯老人，纳瓦霍传统巫医和颂歌者，以智慧的话和美丽的仪式为族人治病，让他们回归"美"里头。纳凯老人教导有志承传颂歌和仪式的警察外甥吉米·契怎么面对举目可见的四座圣山："记住你眼前所见，把目光停在一处，记住它的样子。在下雪时观察它，在青草初长时观察它，在下雨时观察它。你得去感觉它，记住它的气味，来回走动探索山岩的触感。如此一来，这地方便永远伴随你。当你远走他乡，你可以呼唤它，当你需要它时，它就在那儿，在你心中。"

的确如此。

我自己便还算可印证并且也持续实践着纳凯老人的谆谆教导。比方说旅游京都一事，如今我可以选在农历春节假期京都最荒凉的时日前去（日本人过阳历年），人少，方便订机位和我们喜欢的那家便宜商业小旅馆，又可以逃开那时往往冷雨不断的湿漉漉的台北市。我记得四月吉野樱铺天盖地以及花荫下席地饮酒唱歌欢宴的京都模样，记得六月雨季初歇蝉叫声中浓绿到有着厚度的京都模样，记得入秋夹道黄金小扇子叶片飞舞并散发怪异催情气味银杏和血红高雄枫冷森森沁着人的京都模样，记得偶尔大寒流由里日本越山岭而来大雪纷飞神社和老树干枝丫承雪转为黑色如水墨画的京都模样。我记得大文字岭上回头看见的黄昏古都，记得哲学之道那一家子猫，记得洒了水的宁宁之路青石板地，记得锦市场如莫奈绘成的酱菜铺子，记得华灯下花见小路的出游艺妓和她们天鹅般弧线的颈子，记得稻荷大社表参道前烟火袅绕如祭神的庶民风鳗井，记得四条大桥头粉红色的"放课后体验"诡异看板，记得卖长毛象毛和恐龙大便的宛如时光隧道小化石店，记得夜里鸭川畔不怕冻死每隔两步一对情侣排排坐直到天边的无料恋爱，记得昏黄小灯如豆下卖烤地瓜小贩有气无力的叫卖歌谣……都记得，二月枝枯叶残的冷清清京都遂反而好像空白的画布或说只有草稿线条的未着色绘图。你的记忆一个一个叠上去，竟然比任一个热闹时节京都还华丽动人。

携带型的图书馆

因此，如果我们把顺序给复原一下，把后来才发明出来的文字，以及更后来才出现的书籍，看成我们记忆的辅助工具和延伸工具，也把价值和主客地位给复原一下，终究最重要的不是我们拥有了多少书，而是有多少东西进入到我们心中驻留不去，成为我们自身的一部分，我想，也许我们关于记忆的一些常识性困惑便可以迎刃而解了。

我们先前引用过博尔赫斯和爱默生的一段话，把图书馆比拟成住满死人的魔法洞窟，说得等到"正确的人"来阅读，这些死人才复活得着重生，记得吗？——这里，我们来看"正确的人"这个词，这个召唤回生命的关键使者。

博尔赫斯强调正确的人，我想，并不一定是卡尔文命定式的把人断成谁正确谁不正确两组，而是可以理解为"正确的时候""正确的准备"云云。我们谈到化为文字的他者经历和思维跟我们自身的两重阻隔，我们也谈到过理解的非操控性及其延迟现象，因此乍乍打开一本新书阅读，即使你是训练有素的重度读者，亦很难在第一时间就整体地、充分地掌握并吸收整本书化为己有，因此，除非某一本书你看不上眼打算让它和它的作者继续保持静默的死亡状态，否则每一本书其实都有必要重读，也就是说找到正确的时间以及正确的准备好让我们自己是正确的人来读它。我以为这才是博尔赫斯的真正意思，他曾在另一篇《书》的短文中如此谈到自己的读书："我总是重读多于泛读，我以为重新阅读一本书比泛读很多书更为重要。当然，为了重读先必须阅读。"

写《查令十字街84号》的海莲·汉芙讲得更激烈，她说她绝不买一本没看过的书，就像衣服没试穿过你会买吗？

也就是说魔法洞窟里的那些嗷嗷死者不可能一夕复活，而是缓缓重生，这其间包含着一段颇辛苦的时间作法过程。

重读的最绵密最精纯最极致形式便是记忆了。通过记忆，你把书籍会受地心引力作用的纸张硬体部分剥除下来，让书本成为最轻灵的携带形式，就像纳凯老人讲的，你随时要读它，它就在那儿，因此不是"这本书我念过××遍"，而是你远走他乡、上山下海、白天黑夜、年轻年老都保持在读它。据说，亚里士多德的最著名学生、从马其顿一路杀到印度河边的亚历山大大帝，即使在远征时候，他的枕头底下总是放着剑和《伊利亚特》一书。有了记忆，我们远征时能带的就比亚历山大大帝多太多了，像博尔赫斯这样的人，他枕头底下根本就是个图书馆。

纳凯老人说"你可以呼唤它"，但我可以告诉你更好的，你甚至根本不必呼唤它，它自己会来，像冯内古特所说的乖巧的哈巴狗般就在你脚边打鼾。这是我们人理解的一个最神秘也最有趣的现象，很多人都曾察觉到，那就是，理解在我们专注思考时剧烈地进行，但也在我们没刻意思考时自动且持续地默默进行。我们放进记忆里的思考材料，好像自己会渗透、比对、串组、分类和融通，在你发呆时，在你吃饭时，在你闲谈时，在你看风景时，当然也在你沉睡时，像生命中不熄的火，这就连写流行歌的人都知道，比方保罗·西蒙，电影《毕业生》著名插曲《寂静之声》的作者。这首动听的歌一开头就讲："嗨黑夜我的老朋友，我又找你聊天了，只因为有一个影像悄悄潜行而来，趁我沉睡时遗下它的种子，它从此在我的脑子里生根茁长，至今驻留不去，在此静寂的声音里。"

这个动人的效应只能发生在我们身体内的记忆里，那些置放于身体之外的其他记忆方式不与焉，也就是说，人的记忆，终究不是书籍乃至于电脑碟片资料库所能完全替代的，我们是比先人的命好没错，但还没好到那种田地。

所以要不要傻傻的、硬生生地背诵呢？当然可以不用这样，记忆中最好最华美的部分，不管是神奇浮现自我们的真实经历之中，抑或从书本的白纸黑字跳出来到我们眼里，往往都是"自然"记得的，也许当时我们多看它两眼，为的是看得更清晰记得更完全，当下的真切"触感"，说明你是"正确"记忆这部分的人，其他的，有对你而言太浅白太已知太常识的部分，你流水般放它走过去，也有对你而言太深奥太遥远太无法掌握的部分，你只有留待来日，像一处待填的空白。当然，要刻意背诵下来谁曰不可，毕竟你往往也会遇见通体美好到任一丝细节都不忍舍弃的好东西,甚至包括它的语调和声音,不仅都是这浑然无问的美好所无从分割的必要部分,而且你往往还得跟自己真的念出声音来,好像只有在高低抑扬的朗读声中,思维宝藏的洞窟大门才像闻听咒语般应声打开来。这样的好东西最通常是诗,因而诗也就理所当然是阅读者自古及今的最主要背诵对象。

噫吁嚱,危乎高哉!蜀道之难,难于上青天!蚕丛及鱼凫,开国何茫然!尔来四万八千岁,不与秦塞通人烟。西当太白有鸟道,可以横绝峨眉巅。地崩山摧壮士死,然后天梯石栈相钩连。

——于此,博尔赫斯有极其令人动容的真实经验告白。他在演讲中背诵并逐字朗读了济慈的名十四行诗《初读查普曼译荷马史诗》的末半段,博尔赫斯说,他对此诗的真正震撼印象仍是儿时在布宜诺斯艾利斯的记忆,是他第一次听他父亲大声朗读此诗的情景:"我不认为我真的了解这些文字,不过却感受到内心起了一些变化。这不是知识上的变化,而是一个发生在我整个人身上的变化,发生在我这血肉之躯的变化。"

还记得我们请大家记下的加西亚·马尔克斯书里那两句话吗?——那种即将获得自由的奇特感觉在大家心里产生的无情的力量,无须要看见它才去承认它。

一具巨大的记忆老人塑像

但丁在他不朽诗书《神曲》之中仔细描绘了一具巨大的时间老人塑像,立于大海中一个名为克雷塔的荒败之国中、一座名为伊达的枯废之山上:"他背向达米尔塔,面朝罗马,好似它的镜子一般。他头是纯金的,手臂和胸膛是银的,腹部是铜的,其余都是好铁铸的,只有一只右脚是泥土做成的;但是,在这最脆弱的支点上,却承荷着他大部分的重量。巨像的每个部分,除了那金做的,都已有了裂缝,由这些裂缝流出了泪水,渗入池中;这些泪水渗流过山岩缝隙,汇归于地府里。"——汇归地府的时间老人泪水,最终便是让灵魂忘掉前世洗去记忆的忘川之水。

说得真好不是吗?相反地,如果我们不要遗忘,而是要记得;不在神国灵界或任何无何有之乡,而就要在此时此刻的现实人世之中。如果我们要如此找一个巨大的记忆老人像,我想,那一定就是博尔赫斯了。

尤其是晚年失去视力、只能以记忆和声音和他钟爱的书相处的那个博尔赫斯。

世人一直要等到博尔赫斯瞎了之后才普遍知道博尔赫斯的记忆力和记忆容量有多惊人,尤其是那些现场听他演讲的人。但我们晓得,博尔赫斯并非生下来就瞎眼的人,因此,他对书籍的可怕记忆力不是源于天生盲人的不得不尔,而是因为他是如此一个精纯贪婪的阅读者,那些他在演讲时信口引述而且一字不漏不错的诗行、小说片段乃至于哲人的大段论述,是早在他还能用眼睛读书时就记忆下来的,如席尔瓦记下的细木匠技艺。

写《阅读史》一书的加拿大人曼古埃尔原来出生于阿根廷的布宜诺斯艾利斯,年轻时便担任过博尔赫斯的念书人两年时间,曼古埃尔如此写下这段令很多人妒羡的奇特回忆:

> 在那间客厅,在一尊皮拉内西的圆形罗马废墟雕刻下面,我朗读吉卜林、史蒂文森、亨利·詹姆斯、布罗克豪斯德文百科全书的一些条目、马里诺和邦契斯以及海涅的诗(但这些诗人的作品其实他早已熟记,所以,常常我一开始朗读,他犹豫不决的声音就会扬起,开始背诵起来;他的迟疑只是在于韵律,不在于字句本身,后者他可是记得一字不漏)。之前,这些作家的作品我所读不多,所以这道仪式显得特别古怪。我靠着朗读来挖掘一部作品,正如同其他读者利用眼睛一样;博尔赫斯使用他的耳朵来扫描书上的每个字、每个句子、每个段落,以确实他的记忆无误。当我朗读时,他会打断,评论那段文句,这是为了(我推想)将其铭记于心。

我们来问,什么样的记忆或说什么样方式记忆下来的东西,可以这么多这么广这么完整这么深刻,而且驻留不去无惧肉体的苍老和精神的耗竭?曼古埃尔的推想,说博尔赫斯打断他，评论那段文句好将其铭记于心。这给了我们很棒的线索。

最好的记忆，不是一个单独的、孤立无援的点或原子，这就像单独一只蜜蜂或蚂蚁很难存活（尽管我们记忆的最开端往往得在此孤立的不利状况下展开），最好的记忆，不管是经由刻意的背诵或自然而然的记得，总有它和我们内心共鸣共振的所谓印象深刻成分，它对我们而言总是有线索、有来历甚至是有（暂时）秩序的，你知道该把它安置在自己记忆的哪个"柜子"里，他日要用时你也大概知道存放何处可以把它找出来。而因应着如此触及内心的美好共鸣，通常在那相遇的惊心动魄一刻，你总会要自己暂时放缓脚步甚至停下来，也许还像博尔赫斯一样作出评论，一方面是借此驻留时间让此时此刻定格，另一方面也是凝视是思索是进行整理安置，好让你自己想看更清楚更仔细些的东西，就像本雅明用的例子，如同人把目光停留在岩石久了会浮现出某只动物的头部和身体一般，从混沌的书页中分离浮现出来，进入你的记忆深处。

于是，你往往要烦恼的不再是如何牢记不遗忘，而是如何不让某一份记忆（一张脸、一个形象、一段旋律、一股气味、一节文字、一次爱情云云）挥之不去地一直纠缠你，尤其你需要放下它好好睡一觉时。

严格来说，唯有通过如此的记忆过程，那东西才完完全全变成"你的"，甚至它不再只是记忆了，而是你生命的一部分、身体的一部分，仿佛已从抽象的信息，转变成实体的筋骨肌理。

因此，记忆，包含了背诵，是深情款款的事，与其说是一种大脑的能力，不如说它是情感的表现，是人面对着无可奈何的整体流逝，尽其可能用仅有的两手抓住的东西。

我们用加西亚·马尔克斯的话作个结束——加西亚·马尔克斯说他是不做笔记的，不依赖这种存放于身体之外的记忆辅助方式来写东西，只因为需要再仰靠文字才能记住的东西，恰恰好说明它是无法真正地和你的思维绵密联结起来，无法为你的身体所存放，这于是成为一个严格但有意义的过滤，一个书写的选择判准，毕竟，作为一个真诚的书写者，你只能写那些你相信的、你魂萦梦系的东西，你只能写"你的"东西。

所以加西亚·马尔克斯说："那些会忘记的，就不值得写了。"

7 怎么阅读？

有关阅读的方法和姿势

将军吩咐让代表团成员进来见面。蒙蒂利亚和他的陪同人员面面相觑,只好让戏继续演下去。副官们叫来了一些前一天晚上一直在当地演奏的风笛手,几个上了年纪的男女则为来宾们跳起了昆比亚舞。卡米列对这源于非洲的民间舞蹈惊叹不已,她跃跃欲试想学会它。将军是有名的跳舞能手,一些和他同过餐的人都记得,他上一次到图尔瓦科来时,他的昆比亚舞跳得像一位大师。但是,当卡米列邀他跳舞时,他却婉言拒绝了。"已经三年不跳了。"他笑容可掬地说。由于将军一再推辞,卡米列便一个人跳了起来。突然,在音乐间歇时,传来了欢呼声、震天动地的爆炸声和火器鸣响声,卡米列惊心胆战。

伯爵板着脸说:"天啊,又是一次革命!"

"我们实在太需要一场革命了。"将军笑着说,"可惜,这只不过是一场斗鸡。"

怎么阅读? 177

我们来看，解放整个南美大陆这片高低起伏、有着最深奥大河和高山的广大土地，玻利瓦尔用去了多少时间？我们从一八一○年他二十七岁被流放算起（该年的四月十九日事件是委内瑞拉革命的开端），两年后他清理了整个马格达莱纳河流域，把西班牙保皇军队全数逐出该地区；三年后，他正式被称为"解放者"；到十四年后的一八二四年底，他最信任的苏克雷元帅领军取得阿亚库乔战役的胜利，整座南美洲至此完全脱离西班牙人之手——不到十五年时光，比加西亚·马尔克斯一部小说的酝酿到完成还短，像《百年孤独》，像《一桩事先张扬的凶杀案》，依书写者自己计算皆用去了十年二十年以上的时光。

有关一个领导者、一个"伟人"究竟在一场革命中起着多少程度的决定因素，他是一切的关键或只是一个代表性的名字，是革命条件抑或水到渠成的历史收割人，这不是一个容易争个清楚的大问题，加西亚·马尔克斯在小说中也没徒劳地追问，他只透过德国来的了不起自然学者亚历山大·冯·洪堡男爵和年轻玻利瓦尔的一次邂逅谈话，说了一番两者缺一不可的南美洲未来命运预言：

> 他无法想象男爵怎样从那种险象丛生的自然环境中活了下来。他是在洪堡男爵从昼夜平分线上的国家考察回来时在巴黎认识他的。男爵的聪慧博学和英俊的外貌均令他折服，他认为男爵的相貌连女人都会自叹不如，

然而，他对男爵断言美洲殖民地独立的条件已经成熟这一论点却不能信服。男爵斩钉截铁地下这个结论时，将军甚至连这样的幻想还不曾产生。

"唯一缺少的是一个伟人。"洪堡男爵对他说。

但无论如何，人类历史上最巨大、最成功的革命通常异样地快、异样地顺利、异样地始料未及。以至于一夕成功还令所有打算用这一辈子跟它拼到底的人想咬咬手指头狐疑是不是开玩笑，这与其说是惊喜，还不如讲是滑稽，还有当事人不知所措的狼狈和居然不用为它牺牲的诡异失落感，包括革命需要的种种悲壮、孤独沉郁和慷慨殒命，而势如破竹的成功革命毋宁更像是一场斗鸡，在宛如节庆来临的欢欣气氛中，枪炮声那一刻听起来还真像是鞭炮的声音没错。

置身革命中心的历史伟人因此很容易留下一抹无先见之明而显得弱智又算他运气好的尴尬阴影，像列宁在俄国革命成功前夕才慷慨说这一辈的革命者是见不到革命的美好成果了，甚至要和他老婆相约自杀；我们的孙中山先生也浑然不觉流亡于美国，以为武昌一役又是一次例行性的失败而已；更有趣的是法国大革命历史里程碑似的巴士底狱攻陷一事，今天我们全晓得了，那其实是一场比斗鸡还不紧张不危险的英勇行动，因为彼时的巴士底狱只寥寥几名受伤从战场退下来的养老士兵看守，攻陷一词所挟带的战斗暗示，从头到尾没发生过。

这里，让我们仍把目光停留在温暖美丽的加勒比海，那就是加西亚·马尔克斯挚友卡斯特罗的古巴，我们不谈革命纲领不谈革命往事和战役，而是谈音乐和电影，也就是大导演文德斯所拍摄的一部极其动人的纪录片。片名台湾译为《乐士浮生录》，是一对父子音乐家兼唱片制作人到古巴想制作一张当地音乐专辑的意想不到美丽过程。他们在哈瓦那搜寻散落人海里的乐师，却像拔地瓜藤似的一个乐师牵着一个乐师不断冒出来，阵容整齐浩大，但却都已垂垂老矣了，这些如今个个看起来像寻常农夫工人的老先生们和老太太（只有一名歌手是女性），全是几十年前在一处乡村俱乐部演出的顶尖乐师，后来的古巴不怎么需要他们（生过一场大病的八十岁老钢琴手鲁宾担任古巴女子体操集训营的音乐伴奏，算是为祖国仍作出积极贡献的一个），他们的不世技艺和音乐人生被埋进历史灰烬中几十年之久。

奇怪的是他们居然全不生疏，更遑论遗忘，乐器一上手，乐声一扬起，长达几十年的荒废流光刹那间像没存在过似的，你若闭上眼睛只听不看，让他们此刻的容貌和深镌的皱纹消失，你不会相信那么自由随兴、那样默契穿梭、又欢快又天真深情的歌声吉他声小喇叭声钢琴声，居然来自一堆又穷又落魄的老头子，那明明是节庆日子里跳舞的年轻男孩女孩彼此调情试探，是小人物卑微但实际的小小梦想，是月光下涛声里只用于当下的满口天大誓言，是玛莉亚澎的闺房失火了，她睡着做梦却忘记吹熄蜡烛了，消防队员啊你别忘了多带水管来灭火,是一个快乐勤奋的马车夫,我要赚钱娶个老婆,我还要生他一堆的小孩……

而文德斯镜头背景的哈瓦那,加西亚·马尔克斯口中最美丽的城市,格雷厄姆·格林小说中吸尘器小商人伍尔摩信口胡诌编造情报的惊悚革命首都,最令人讶异的不是它的古意盎然如伦敦,也不是它的沉郁壮阔如昔日闭锁的东柏林,而是它奇怪的鲜艳,哈瓦那人喜欢为自己房子甚至破汽车漆各种想都想不到的炫目色彩,粉红的、亮绿的、大紫的,岁月剥蚀的窘迫,仍然像从箱子里拿出来的褪色旧彩带旧舞装般,忍不住有欢快的岔笑声音流泻出来。

这么爱唱歌、爱谈情说爱、爱吵架拌嘴、爱一切俗丽东西到深入骨子里的快乐人们,怎么会进行而且至今还独自坚持马克思主义呢?

就说玻利瓦尔自己好了,我们知道,朝不保夕而且 ego 大的革命者不乏情人和浪漫韵事,但也没有谁像玻利瓦尔那样革命和爱情交错进行扯不清的。《迷宫中的将军》书中,他自己计算过共有三十五名情人,"当然,这还不算随时飞来的小鸟"。他自创了一句响亮的格言:"巨大的能量来自于不可抵御的爱情。"却把这句话归成是无辜的苏克雷元帅说的;而他和何塞法·萨格拉里奥这位美丽女子的狂热欢爱,甚至于把革命成败、个人名誉乃至于性命全抛诸脑后,因为根据情报,桑坦德已准备好剥夺他的权力并肢解哥伦比亚了,他却足足待了十夜之久,"她用何塞·帕拉西奥斯事先告诉的口令

'上帝之地'，穿一件方济会修士的道袍，并半掩着面孔，接连闯过了卫队的七道岗哨。她的皮肤洁白似玉，就是在黑夜里她那肉体的光辉亦清晰可见。那天晚上，她以一件奇异的饰物给她美貌无比的姣容增添了更多的艳丽，原来她在外衣的前胸后背挂上了当地金银工匠制作的一副玲珑剔透的金护甲。护甲的分量如此重，当他想抱她上吊床去时，几乎都不太抱得动了。"

所以说，究竟是革命抑或斗鸡，老实说也不见得非要认真搞清楚不可，太急于搞清楚，其中兴高采烈的成分也就不见了，只剩牺牲、受苦还有因此而来的悲壮和日后驱之不去的寒酸。我想，阅读一事有时也是这样。

阅读方法与速读冠军

阅读有没有方法？我相信一定有的，坊间有不少本好心教我们阅读的书，包括如何阅读他们所选出的一百本世纪经典之书，包括如何阅读西方正典，包括收集着数十上百名号称读书有成之人自述的种种阅读方法云云，老实说，我个人几乎每一本都买，也每一本都傻傻看了，而且此番要书写这个《阅读的故事》还心有未甘地每一本找出来重读一次，想说就算没发现什么亮眼值得引介的启示，至少也会有一些有趣的疑问或实战经验材料吧，怪的是，此刻想起来，也差不多每一本的实际内容都完全记不得了。船过水无痕，这我倒不懊恼，因为这是阅读常有的事，经验告诉我，这种你看得懂却丝毫吸收不了的绝缘现象，通常代表某一本书"暂时"并不符合你的需求，你跟它想的、关心的事彻彻底底不一样不相干（不是背反，而是如数学中歪斜现象的没关系，背反往往是一种最激烈、最迸放火花的紧张关系）。在此一层意义之上，阅读是很生物性很本能性的，就跟你体内缺什么营养会不自觉想摄取什么样的食物一般，就跟养猫养狗的人晓得它们会自己跑野地找某种草吃一般（催吐或治疗），这不过度延伸不无限上纲的话，可以是相当准确的阅读判准。

当然，这个判准并不一定适用于书好书坏、有价值没价值，它只判定当下的你和某本书的关系，有可能是此书及不上你此刻的程度，但也可能是它远远跑在你前面你还看不见它的价值所在。

我在想，一件事有上百种可能的方法是什么意思？这有两种可能的处理方式：一是你自己安排一个类似英国温布尔登网球大赛的单败淘汰赛程，让它们打出一个冠军好采用它来阅读；另一种是你认为方法多到如此田地，正代表没一个最适合的方法，你干脆全不理会它们，从吾所好——我个人基本上采取的是后者，你呢？

不确定这么想对不对，但我以为方法是目的的产物，方法的前提，是你得先确定你要对付的目标是什么；而方法同时也是效率着眼的产物，你希望自己投入的资源（心力、时间、金钱等）能有极大化的效益出来。

怎么阅读？　　183

说到冠军，我们这里就来读加西亚·马尔克斯一篇短文，题目是《速读冠军与美食家》，原文不长，就干脆从头看一遍：

> 世界上阅读最快的人已经出现了。当然是出现在美国，因为那里的人们最关心如何把事情做得最快，尽管在许多情况下他们可能不知道该用多余出来的时间做些什么。
>
> 这位世界上读得最快的读者叫乔治·默奇。他当众证明了他的才能：每分钟读八千个字。甚至有人肯定地说，他读了以后全弄懂了。理论上来说，如果仅仅是为了打破纪录的话，他是可以用五天读完《圣经》，可以在春假期间读完《大英百科全书》的。
>
> 每天都会产生各式各样的冠军，虽然也许是无关紧要活动中毫无用处的冠军赛的冠军。重要的是要在最短时间内达到最大的数量，来与占用很长时间的传统消遣的魅力相抗衡，与不慌不忙地做事的乐趣相抗衡。比如说，美食冠军。
>
> 与世界上读最快的读者此一消息一道传来的是巴黎美食冠军的消息。自助餐馆的大量涌现吓坏了美食者们。一个人每分钟读八千个字，另一个人脖子上挂一只死鹅坐下来读罗歇·马丁·杜伽尔的著作，等着鹅腐烂变软后自然而然地落入煎锅里。这两人脾性上的惊人差距真

叫人敬服，要这两个人和睦相处看来是半点指望也没有。

正当美国人庆祝他们能在巴黎用二十分钟为两百人做出全套午餐时，巴黎的美食家对这个消息十分反感，就像美国人听到能在两百分钟内为二十人准备出并非全套的午餐的消息时的反感。

对那些喜欢读好书的人来说，读本好书就是一种长时间慢慢享受的乐趣。读的时间愈长，乐趣就愈多，面对着每分钟读八千字的读者大概会有同样无以名状的感觉，这种感觉很像巴黎美食者对大量涌入自助餐馆所产生的那种反感。

如何？读完加西亚·马尔克斯这篇短文，有没有解除相当一部分我们对阅读方法的渴求甚或焦虑呢？

那些最好的阅读者怎么读书？

阅读是个极复杂的行为，不同的书、不同的心思和难题、不同的瞻望和目的糅合一起同时发生，我们很难界定它的边界，不稍遗漏地说出它是什么，然而，从负面表列来看，我们却不难看出它不仅仅是什么、它不该只是什么——时间和效率是阅读的考量吗？是的，有时候是，有一部分的阅读是，但我们清楚知道，那只是阅读行有余力的小小讲究，阅读的本体及其真正关怀不在这里；阅读可不可能约分到只剩单一的、明确的目的呢？也不能讲某些特殊状况不能如此，但绝大多数时候，它是诸多可能性纷杂并陈的，你甚至只能模糊地感知到某个方向，连目标都未浮现出来，因为阅读的目标总是复杂形式的，而且并非在阅读前拟定从而在书中找解答，阅读中真正有价值的目标要等到阅读展开相当时日之后才产生出来。

我个人不是反方法的人，我只是担心一种唯方法是从的迷思，这容易变成一种焦虑，原本可愉愉快快打开书直接来读的自由时光，却虚耗在阅读门外徒然地徘徊寻求；这个很容易变成一种倨傲，把阅读窄化成某种"投入／产出"的生产线作业，如此，阅读所能给我们最美丽的礼物，那个意义充满的海洋，那个无限可能性的微妙世界就永远失落了。

事实上，在阅读那一堆好心教导我们各种阅读方法的书同时，我个人心里头一直压抑不住某种小人式的狐疑：为什么教我们各种聪明有效读书方法的好人们，结果都只是"二流"的阅读者（没不敬的意思，只是心平气和的事实描述）？为什么他们有效实践的真实结果，全无足轻重到不值一提？就跟加西亚·马尔克斯短文中提到那个每分钟能读八千字而且据说都读懂了的美国人乔治·默奇一样，他是谁？你还在哪里看到过这个名字？他这么有效率地读书最终读出什么样动人的成果来？

于是，我决定转向那些人类历史上已成定论的第一流阅读者的书中寻求，如博学多闻出了名的伏尔泰，如二十岁前人类阅读量和成果第一名的穆勒，如严肃固执浸泡在书房一辈子的康德云云，当然，还有二十世纪我个人最信任的一批顶尖读书人，本雅明、博尔赫斯、卡尔维诺、纳博科夫等等。这些人怎么进行阅读的？他们成果斐然的读书方法又是什么？

搜寻的结果很令人遗憾，他们很乐意告诉我们一本一本的书名，津津乐道它们的好处，引述书里的话甚至忍不住整段整段背诵给我们听，告诉我们阅读一事对他们生命的不可替代重要性和带给他们的快乐，偶尔也心生不平地找几本言过其实的书出来开刀修理一番，他们在著述里讲，在文论里讲，在演讲和采访里讲，就是没记得告诉我们读法，什么有关书的大小话题，连典故、传闻、笑话都说了，独缺方法。

是这些家伙都留一手、传媳不传女地不肯公开自己成功的机密如同那些名餐馆不肯泄露自家独门酱汁的配方是吗？大概不至于如此，一定要计较个水落石出的话，我们也许该说写论述而不多措意自己私事的穆勒和康德或有可能，但那些以小说书写为业的，他们就连自己灵魂里最幽微最阴暗的部分、自己最不堪最狼狈的往事都肯讲出来，没任何讲得通的理由可指控他们独独在这件事上藏私。

因此我猜，唯一合理的解释是，他们普遍认定这不是阅读的重点所在，更不会是阅读的成败，或者不必教，鱼有鱼路，虾有虾路，阅读者个个不同的"性格"决定各自适用的阅读方式，有它的独特性；或者如名小说家阿城讲的"教不来",它是因应着阅读自然生长出来的,时候不到,说了也没感觉进不去。

一本读者之书

然而,阅读行为本身完全不存在某种程度的通则是吗?我想倒不至于如此,应该说让我真正讶异的是,那些好心教人如何读书的人,奇怪总让我感觉不够了解也不够同情阅读者,他们的身份和发言位置及其语言总像个老师,而不是一同浸泡在书籍之海中、被各种疑惑困扰大浪冲刷击打的阅读同志。名小说家张大春显然对此也有所感触,他为我个人一本始终想不成书名的书,取名为"读者时代",并附带了大致如此的解释:"在我们书籍的世界之中,有书写者,有评论者,好像独独缺乏读者这个角色。"大春借我一本水准有限的书意图标示或说召唤一个读者时代的来临,当然是慷慨但不能不说是极不明智,我在该书序文中敬谢了他,并抄了一段卡尔维诺的话回应他的想法:"有一条界线是这样的,线的一边是制造书的人,另一边则是阅读者。我想待在阅读者当中,因此总小心翼翼地留在界线的这一边;不然的话,阅读的纯粹乐趣会消失,或至少会变成其他东西,那不是我想要的。这界线是暂时性的,而且逐渐有被抹拭掉的趋向,专业性处理书籍的人的世界是愈来愈拥挤了,并有和读者的世界合而为一的趋向,当然,读者人数也在日益增多,但用书籍来生产书籍的人数似乎要比纯粹爱看书的人增长得快。我知道，我即使是偶然一次例外地越过界线，也有危险，会被卷进这股愈来愈升高的浪潮，因此，我拒绝踏入出版社，即使只是一会儿工夫而已。"

卡尔维诺这段话出自于他的《如果在冬夜，一个旅人》，借由其中那位聪明而理智的女孩柳德米拉之口说出来——我们知道，和张大春一样，卡尔维诺其实是他自己口中界线另一边的人，或至少说拥有界线两边身份的人，他是书写者，同时还很长时间是出版社的文学编辑，因此听他讲出这样的话，便分外有其深意和真诚，至少我们很清楚知道，他还是认为做一个单纯的阅读者是更幸福的，单纯的阅读者保有着"阅读的纯粹乐趣"。

正是这本《如果在冬夜，一个旅人》，一本普遍被视为极难读极文学专业技艺性的小说，一本人言人殊大家啃起来龇牙咧嘴痛苦不堪又不得不念的名著（看看台湾中译本书末附录专业的邱贵芬教授的解读文章，你就懂我意思了），但如果要我在浩瀚书海之中找出一本最由读者的角度、心思及其行为写成的书，一本所谓的"读者之书"，我的答案就是它。

我绝对无意说《如果在冬夜，一个旅人》只有一种读法，只有一种进入角度，我只是说，如果我们试着把它看成一本揭示阅读者心理、行为、途径、可能遭遇及种种困境的有趣之书，小说中很多幽微不易懂的、抽象捕捉不了的，甚至夸大如架空寓言的部分，好像刹那间全具象真实起来了，甚至直接就是我们每天都在发生的阅读经验，明白准确到吓人一跳。

这里我只把首章卡尔维诺的奇特书籍分类给列出来，这是我个人所知最从阅读者心理及其行为的分类法：

你未读过的书，

你不需读的书，

为阅读以外之目的制作的书，

你打开之前已读过的书——因为属于写下前已被阅读的种类，

如果你的命不止一条，必定会读的书（可惜你的日子屈指可数），

你有意阅读但却得先涉猎其他而不可阅读的书，

目前太昂贵，必须等到清仓抛售才读的书，

目前太昂贵，必须等平装本问世才读的书，

你可以向人家借阅的书，

人人都读过，所以仿佛你也读过的书，

你多年以来计划要阅读的书，

你搜寻多年而未获的书，

和你目前在进行的工作有关的书，

你想拥有以供需要时方便取用的书，

你可以搁置一旁，今夏或许会读一读的书，

突然莫名其妙引起你好奇，原因无从轻易解释的书，

好久以前读过现在该重读的书，
你一直假装读过而现在该坐下来实际阅读的书，
作者或题材吸引你的新书，
（对你或一般读者）作者或题材不算新颖的新书，
（至少对你而言）作者或题材完全不认识的新书。

我问朱天心这个分类有没有漏网之书，朱天心想一想，看看四壁图书，摇头说没有。

失传的那部分

看到有人聪明地把书如此分类，我感觉心头一阵阵暖洋洋的。我以为，阅读者（尤其在初期）常以为自己欠缺的是阅读的方法，但阅读者真正需要的是知道有人在做和你一样的事，看到你看到的东西，想你冒出来的心事，尤其是清清楚楚讲出你哽在喉咙说不出来的话，这会适时安慰你孤独阅读欢快之余不免时时袭来的寂寞和狐疑，你想弄清楚出现在你脑中心底的某个图像或念头不是幻觉，你并没有发疯，世界上有人和你一样，而他不仅活得下去，还快乐安详，通常你确认好这个就够了，其他的你都可以自行料理。

而且，极可能还非自己料理不可。

阿城所说那些教不来的，正是方法无法触及的地方。其实厨艺有限的张大春（下下别人包好的冷冻饺子大概还成），一本他白纸黑字式的多才多艺,曾以名厨或美食家之姿谈到,举凡所有的美食,尤其是其间最究极、最精妙的滋味神髓之处,事实上是无法传递的,因此大春说,所有的厨艺传承其实也同时都是"失传",这中间永远存在着一个断裂,得代代重来,重新创造。也就是说,这最重要的部分是无法教的,无法通过某种概念整理并预先订好步骤的"方法"来快速转移,它只能在实践之中重新被掌握。

所以厨师的培育训练,至今最好的方式仍是师徒制。师徒制的真正精髓不是一套方法,而是强迫实践,是在某双内行且锐利眼睛监督之下经年累月的实践。

阅读如果能用到所谓的教导,那大概也只能是实践其实的师徒制方式。

最重要的原因源自于书籍的某种本质性缺憾,或更根本地说,源自于文字语言的本质性缺憾——我们人的感受是连续的、完整的,但我们的思维和叙述却只能是条理的、语言的,这是我们从感受走向思维和叙述最陷入烦恼之处,我们遂不得不让那些最参差,最微妙的部分存放于明晰的文字语言外头,只能借由语言文字不能完全操控的隐喻松垮垮地勉强系住它们,这是绝对禁不起再一次概念性提炼而不断线逸失的。卡尔维诺把文字语言和完整世界、完整感受的联系关系比喻成吊桥,颤巍巍地悬挂于深渊之上,特意地强调它的脆弱性、暂时性和可替换性,凸显的便是文字语言、也就是书籍的此一本质必然缺憾。

大春所说最究极、最精妙的这部分，正是掉落在文字语言缝隙之中的部分，"失传"，不是指它不存在，而是说它再提炼再转移的不成。它仍存放于已完成的创作物实体之中，也就是一本一本书册里头，它没被说出来，但它仍然是可感知的，借由直接阅读实体、触摸实体来把握。

这种回归实体本身、回归一本一本书老实阅读的必要，是阅读最拙重的部分，也使得阅读的实践者图像接近于安土重迁、深耕密植的农人或作坊中埋头敲打雕琢的手工匠人。可能正是这副古老行当的长相，让实质生活于现代工商社会的我们总有某种惶惑的、说不出所以然的不安，总觉得阅读一事和时代当下的主体气氛以及未来可能走向愈来愈不合宜，总疑心在书籍更遍布、资讯愈公开、生活愈富裕（理论上都是阅读的有利条件）的更聪明更有效率社会发展中，一定有什么最重要的东西在持续流失之中。希望这只是喜爱阅读之人的患得患失，没事疑神疑鬼。

有用的威胁和陷阱

但太寻求聪明的方法，太讲究效率，在笨头笨脑的阅读实践上的确容易出事，既是陷阱，也是威胁。

方法或效率，最终都是功利性的用词，意图把混沌的整体分辨解析成重要到不重要、有用到没用的光谱出来，从而进行撷取和舍弃，而速读便是如斯图谋下最极端到成为滑稽把戏的形式，无怪加西亚·马尔克斯要语带讥诮到如此田地。

我个人没学过速读，但其道理和个中机巧多少晓得一些。乔治·默奇每分钟能读八千字，并非他眼球构造有了奇怪的进化或习成了什么特异功能，正确来说，是他眼睛平均每分钟 S 形地"扫射"过印有八千字的书页，速读教你如何捕捉冒出你眼中的所谓关键字词，再像小孩连连看游戏般，由这些点自行连接成一幅图像或一道叙述轴线，认为这就是这本书去芜存菁要告诉我们最重要、最有用、最富意义的部分，是此书的"主旨"，其余省略没看的部分，能依此轴线补满的部分自行补满，不能的部分那就是无关的、无用的、可舍弃的，或因作者的啰唆不知节制，要不就是恶意骗稿费的。

且先不管速读者这么认定对不对，这用得着学吗？这种把几十万字浓缩为五百字的野蛮方式，我个人任职于出版社，天天得帮所有人做的便是这么件无聊但不做不成的事，我们的工作成果就印在每本书的内折页或封底，你只要随便走进哪家书店，拿起任一本你想快速知道其大致内容的书，不要钱，更不必学速读，十分钟内你至少可"看完"五六本书，比乔治·默奇还快还有效率。不然，你也可花点小钱买两本坊间所谓的一百本经典名著的介绍之书，他们也是这么搞的，一百字讲完作者，三百字叙述内容，最后再一百字用人生智慧教训你，结束。

阅读变成这种样子真叫人悲伤——阅读不是"看到"，而是思索、启示和理解，它不决定于我们眼睛的速度，而是我们心智的速度、深度和延伸的广度（后两者可能更重要），一如书写不决定于我们写字或打字的速度一般，否则拿诺贝尔文学奖的就不该是加西亚·马尔克斯这些人，而是帮我们出版社噼里啪啦打字的那些双手万能的可敬小姐们。

过度迷执于方法和效率，对我们阅读的个人构成陷阱；然而，当社会大多数人集体执迷于方法和效率，倒过头来，危险的就是阅读本身了。

真正指引而且驱动人心智去勇敢想象、去探勘冒险、在未知领域摸索前进的，是人的好奇、是人认识的激情、是人想弄清楚真相的不可抑止之心，在这些宛如繁花盛开的尝试和成果中，明晰可管理的只是一小部分，"有用"的部分更少得可怜，宇宙的生成和奥秘对我们有什么用？时间的本质和意义我们能拿它来干什么？陶瓶上那些美丽的花纹釉彩有增加盛水的功能吗？故宫博物院那些摄人魂魄的青铜器，让昔日的无名工匠最花心血铸造且最容易失败得熔掉重来的，不就是无用但漂亮得不得了的装饰部分吗？

每当有人，尤其是手握生杀大权的人，想起来用效率、用重要不重要、用有用没用来逼问时，往往就会带来人自由心智的委顿和书籍的瘟疫性浩劫。柏拉图要建造一个斯巴达式、万事万物皆有功能且环环相扣的理想国家，无用（无用即有害）的神话就得全数消灭，所有的诗人也得一并被逐走；秦始皇要留下有用之书，于是便只剩卜筮、天文、农艺等几套丛书，其余的全数化为燃料，我们可想象一下，当诚品书店、金石堂书店只剩这三组书时,那是多荒凉可怖的末日书店景象。

事情当然不会一下子糟到如此返祖的地步,但这样的警觉还是得有,告诉我们不要随便启动这个可能,即使不变成柏拉图或秦始皇要的样子,成为我们近在咫尺新加坡那副鬼样子好吗?

怎么舒服怎么来

因此,与其找寻空泛无太大意义的阅读方法,还不如具体地来想阅读的姿势,这才是你真正打开一本书时马上会碰到的。

曼古埃尔的《阅读史》正是这么开始的,全书开始于他搜集来的一堆历史绘图和照片,捕捉的都是正读着书的人们——亚里士多德交叉双腿坐一张垫椅上,书摊在膝盖;诗人维吉尔架一副眼镜,看一本红字印刷的书;圣多明尼克托着下巴坐台阶上;保罗和法兰西丝相拥于树下;两名伊斯兰学生停下脚步翻着带在手边的书;童年的耶稣指着书的左页向庙中长老讲解;美丽的米兰贵妇巴尔比安尼斜倚着,有只小哈巴狗陪伴她;圣杰罗姆读一份小报大小的手抄本,旁边则是倾听的狮子;伊拉斯谟和他的朋友吉尔伯特·卡分享书中一则笑话;一名十七世纪印度诗人跪在夹竹桃花丛间,捻着胡子朗读诗句;另一名韩国僧侣从书架上抽下一片《大藏经》木简虔诚默读；还有全身赤裸的女孩玛丽·马格德林趴在铺了布的一方岩石上忘情地看书；有手握自己小说的狄更斯；有请人朗读的瞎眼博尔赫斯眯眼专注地聆听，还有一名小男生躲进森林中，坐在苍绿的树干上静静念他的书……

曼古埃尔说："所有这些人都是读者，而他们的姿势，他们的技艺，他们从阅读所获得的乐趣、责任和力量，和我所获得的没有两样。我并不孤独。"

这么多形形色色的阅读姿势，其间最重要的是什么？在我们选中的"读者之书"《如果在冬夜，一个旅人》一开始就有答案，那就是舒适，怎么舒服怎么好。

你看不出来所有的舒适放在一起，会组成多么自由怡然的图像吗？

> 找个最舒适的姿势，坐着，躺下，缩起身子，或是平躺；仰卧、侧卧，还是俯卧；坐在安乐椅，沙发，摇椅，帆布椅，或是膝垫上；如果有吊床，躺在吊床上；当然，在床头或躺在床上都可以；甚至可以采取瑜伽的姿势，双手着地倒立，如此一来，书自然也得倒着放了。

千万别相信读书只有某一种特定的正确姿势，那是好心但不了解阅读的眼科大夫看法，一如别相信读书只有某一种特定的正确方法，尤其别相信读书就得肃容端坐（除非那就是你最舒适的姿势），因为读书就是读书，你没多余的注意力分给别的事，书中有你非得专注才能享受的乐趣，有你非得专注才能捕捉的灵动发现，也一定有你非得专注才能对付的麻烦和困难；更重要的，阅读是长时间的事，而只有舒适才能持久。再说一次，不要贪心想一次做两件事，如果你还想练身体练仪态，等读完书再去健身房跑步举哑铃；如果是要锻炼自己的精神和意志，那也等下雪的冬日找一处瀑布像日本人祈愿时那样光着身子让冰冷的水柱当头浇下。

　　除非你实在不服气卡尔维诺的书籍分类，努力想再找出另一种书来，那就是，"你假装在读，其实你是在练身体的书"。

8 为什么也要读二流的书?

有关阅读的专业

"作为良好的法国人,康斯坦特先生是专制利益的狂热鼓吹者。"将军说,"相反地,有关那场辩论,唯一清楚的论点是普拉特讲的,他指出政治的好坏取决于推行它的时间和地点。在生死攸关的战争里,我亲自下令一天里处决过八百名西班牙俘虏,包括瓜伊拉医院生病的战俘。今天,如果在同样的环境下,我的嗓音将毫不颤抖地再一次发出那样的命令,欧洲人将没什么道德权威来指责我,因为如果一部分历史浸透了鲜血、不义和卑鄙的话,那,这就是欧洲的历史。"

在一片有如笼罩着整个小镇的肃静中,随着分析的深入,他自己的怒火越烧越旺。被驳得喘不过气来的法国人想打断他的话,但他一挥手就把对方镇住了。将军回顾了欧洲历史上那些令人发指的屠杀。巴黎的巴托洛梅之夜，十个小时内死者超过两千。在文艺复兴的鼎盛时期，一万五千名由皇家军队收买的雇佣军把罗马城焚烧、洗劫一空，并用刺刀杀死了它的八千名居民。精彩的结局是全俄罗斯的沙皇伊凡四世，叫他"可怕的人"一点也不错，他杀绝了莫斯科和诺夫哥罗德之间的所有城镇的居民，而在诺夫哥罗德，仅仅因怀疑有人密谋反对他，在一次袭击下就下令屠杀了他的两万居民。

"所以，就请别再告诉我们说我们应该干什么了，"将军说道，"别试图教训我们应该怎么为人处世，别想让我们成为和你们一样的人，别企求我们在二十年里做好你们花了两千年尚且做得如此糟的事。"

他把餐具交叉地放在盘子上，第一次用他闪动着焰火的目光盯住法国人："妈的，请让我们安安静静地搞我们的中世纪吧。"

所以说，尽管汉娜·阿伦特好心而且睿智地反对"第三世界"这个侮辱意味的称谓，以为是纯粹的意识形态名词，所谓的第三世界，的确也是一个个独特的国族、文化传统和个人，不可以抹平了来看。然而，就是在这种地方这种时候，尤其是面对着一个倨傲又指指点点你该这样不可以那样的高鼻子第一世界之人时，我们会有多么相近的愤怒感受，我们会发现我们果然和遥远的拉丁美洲人有某种共同的处境、某种近似的历史命运。

《迷宫中的将军》书中这场突如其来的午餐桌上辩论，纯粹是被一名海难流落南美洲却仍乔张做致仿佛他是天国下凡的白目法国佬激出来的。我们熟悉玻利瓦尔当场的愤怒反应，更熟悉到几乎会笑出声来的是吵架过后玻利瓦尔的懊恼反应："过了桑布拉诺，热带雨林不那么稠密了，沿岸的居民让气氛更为愉快，色彩更为鲜艳，有些地方的街巷里还传出'不为了什么'的乐曲声。将军躺在吊床上试图用一个平静的午睡来消化法国人的狂妄言词，但没有做到。他在想着那个法国人，并向何塞·帕拉西奥斯表示惋惜，惋惜他没有能及时找到击中要害的句子和无可辩驳的论据，而现在，当他躺在孤独的吊床上，对手已远离射程之外时，这些话、这些论据却一一浮现在他的脑际。但是，傍晚时分，稍微好了一点，他指示卡雷尼奥让政府努力改善那个倒霉法国人的状况。"

是啊，人生就是这么不美满，或者说我们的记忆力和理解就是这么不美满，我们最会吵架的时候，总是在吵架落幕、独自个回想之时，不论此一吵架的对象是街上轧车的陌生人，是办公室同事或是邻居还是自家老婆，我们总是在事后又惋惜又锐利无匹地在脑子里把他们修理得哑口无言满面羞惭——事实上，这种事后之明的时间差不只发生在吵架而已，像我个人，终于学会了棒球的正确打击要领，是在离开小学棒球校队的三十几年之后；终于掌握到如何使用手腕准确投篮也是在离开高中挥汗斗牛岁月的整整二十五年后——所以我们会期盼时光倒流，或至少有时光隧道可回到当时。

"别企求我们在二十年里做好你们花了两千年尚且做得如此糟的事。"把玻利瓦尔这句话转入到阅读世界里来，便成为今天台湾阅读者每天都发生的真实处境，那就是，"我们得在二十年内读好你们读了几百年之书"——火气消失了，否定变成肯定，这当然是挺辛苦的事。

不按照顺序的阅读

我们通常对阅读的程序有种有条不紊的理想假设，由浅入深，由一般的、基础的书再缓步进入高段的、最好的书，如同看电影由普级到辅导级到限制级再到 A 片一样，这基本上是对的，你是得这样子。

但我们也很容易发现某种诡异但再真实不过的阅读现象，那就是不管社会整体，抑或我们个人的经验，书，总是从最好的那一些读起，尤其是那些舶来自"第一世界"的翻译著作，出版社先供应的总是最好那一级的，读者买的读的也是最好那一级的书，我想，这种"不合程序"的有趣现象，不适宜把原因赖给寥寥几个出版公司选书人操纵我们的阅读走向，他们绝没有这么大的野心、能耐和霸权，这是由集体的、普遍的心志所共同决定。

有关此一集体的、普遍的心志，有各种描述方式，这里，我们仍尝试由"时间的压缩性"这个概念入手——我们要以一当十用二十年来读人家的两百年，要在短时间里把人家长期思索经历的东西转为已有，我们再自然不过会做的，首先，如列维-斯特劳斯所指出的，我们会试图先掌握其基本整体图像而很少直接钻入某一部分细节之中，因此，横的展开重于纵的深入，走马看花的多样性优先于孤注一掷的专注性。其次，在横的、多样性的基本原则下，你选的、读的当然就是"每一样"中最好或说最有名的那本书（当然，最有名和最好不见得等同，但重叠度不低）。比方说，你要用仅仅十本书的规模快速掌握人类小说书写的总体成就，毛姆的做法便是找出他心目中最厉害的十个小说家，将他们各一部代表作组合，于是我们看到的便是托尔斯泰《战争与和平》、陀思妥耶夫斯基《卡拉马佐夫兄弟》、巴尔扎克《高老头》云云这么一组的确可称之为最好的小说。比方说，当年台湾银行找出一笔钱要引入一整套经济学经典名著，其基本架构也是从亚当·斯密一路数下来，包括李嘉图、庇古、马尔萨斯、马歇尔、凡勃伦、凯恩斯、哈耶克、熊彼特、米塞斯等一网打尽。当然，这一网因为彼时的政治禁忌，放走了马克思为代表的绝大多数共产主义、社会主义经济学著作；而且，台银只消化预算做书，完全不晓得怎么卖书，以至于一整套一整套大概通过赠送、而受赠者毫无意愿阅读的几近全新书籍，最终辗转流入当时还真的都是旧书摊的光华商场，我个人手中差不多齐全的这套书，便是十元、二十元从旧书堆里抢回来的，不管是全白封面的平装本，或绿色带塑胶套的精装本。

于是，很长时间中（至今依然），我们眼中的书籍世界遂有一堆伟大的"一书作家",比方说梅尔维尔好像只写过一部《白鲸》,塞林格只有《麦田里的守望者》,马克·吐温只有《汤姆·索亚历险记》,吉卜林只有《丛林故事》,圣·奥古斯丁和卢梭好像只各自完成了一本《忏悔录》,而纳博科夫几十年灿烂的创作人生只交出了《洛丽塔》一书,这当然都不是真的。

这样的书籍出版方式、阅读方式,基本上当然是聪明的、有利的,这是后来者、追赶者的必然优势,他可以挑拣,去芜存菁,减少摸索的时间、心力和资源耗损,还能避开错误发生的代价——然而,如果说书写者有什么得时时提醒自己的必要警觉,便是最是在最有利、最聪明、最讨巧、最方便、最不耗力的顺境时刻。只因为阅读追根究底有着自讨苦吃的一部分面向,有很多重要的东西只能在困境中发生并存留,我们拿它一点点办法也没有。

两种失败之作

时间有限,我们只挑最好的书读不好吗?还是我们干脆问,为什么要读"二流"的书呢?为什么明明知道这本书不是这名作家或此一领域的代表作或公认失败之作(比方说海明威的《过河入林》或托尔斯泰的《复活》),还傻傻地读它?

这里,我们先来看一句反数学的好话:"整体永远大于部分的总和。"这是什么意思？多出来那一部分是什么玩意儿？藏放哪里？我个人的想法是，在部分与部分之间，一本书与一本书之间的关系之中，在它们彼此的交互作用之中，这形成了纵横交错的网络，呈现每一个单一部分不包含、只有整体才具备的"结构"，就是在这里，整体的容量和力量大大超越了部分的总和，超越了纯算术的1+1。

我们权且只用同一作家的全体作品来讨论，先不扩张到领域这更大范畴，这只是为着方便。一个作家的失败之作，通常可粗分为两种截然不同的失败方式，一种比较常见的，是纯粹的失败、崩毁、瓦解、惨不忍睹。失败的原因琳琳琅琅，可能牵涉到自身的用功程度、牵涉到自身书写被市场名利的不当诱引、牵涉到丧失了勇气让自己像笼子里的白老鼠般不断自我重复云云，这种失败，非常残酷的，通常代表一名作家的终结，只因为他再难以补充已然掏空殆尽的"内在"，而居然可以没品管地交出这样的作品，如果不自觉，那代表他不可能反省；如果是自知的，则代表他对自身要求的松懈和不当宽容，如此顺流而下通常不会就此打住，你几乎可以预见还会有更糟糕的作品在短期内出现。

这种纯粹的失败不胜枚举，几乎你在每一位曾经才气纵横但忽然像丧失了所有魔力的作家的最后一两本书都可看到，为着不伤感情和做人好继续在台湾存活，这里我们只举遥远异国不识者的实例。依我个人看，像聚斯金德的《棋戏》就是这么一本书，宣布这位独特诡谲小说家的书写终点。我们阅读者如何看待这样的作品呢？我建议我们温暖一点，别生气最后那三百块钱和几个晚上的虚掷，人死不仅不记仇，而且通常我们会哀伤且深情去回忆那些不复的最好时光。是啊，《香水》多好看啊，那个魔鬼般浑身无体味"宛如香水完美画布"的格雷诺耶，还有他炼成的那些带着我们起飞的神妙"形而上"香水；《鸽子》也多好看，正如朱天心说的，写一个人发疯绝不是无逻辑、无厘头地跳着乱写，他得是自身对眼前世界的重新编码，一种迥异于、背反于、歪斜于我们"正常人"的惊骇编码，疯得严谨，疯得有条有理还步步为营；还有《夏先生的故事》，一个提前窥见了死亡从而迷蒙深奥的童年幸福题材故事；甚至《低音提琴》都好，你知道书写者是个多奇怪的人……

送君一程，山高水长，我以为这是作为一个读者几近是义务的礼仪。

至于另一种失败则是我们真正要谈的。格雷厄姆·格林在他《问题的核心》小说中有一段话说："绝望是替自己定下一个万难达到的目标所必须付出的代价。有人说，这是不赦之罪。但一个堕落或邪恶的人永远不会犯这种罪，他总是怀着希望，从来不认为自己彻底失败而落到沮丧、绝望的冰点。只有心地善良的人才有力量永远背负着这受到永世惩罚的重担。"我们借格林的这番话来谈这种书写者极可能是必要的、更是光荣的失败。

一个了不起的书写者，尤其是愈了不起的书写者愈难以避免的失败，我们也可以说，这正是他替自己定下一个万难达成的目标所必须支付的代价。除非你是一个二流的书写者，你才能一直停逗在明白、没困难没风险没真正疑问的小小世界之中，从而让书写只是一场万事俱备的表演而已。真正的书写同时是人最精纯、最聚焦的持续思考过程，是最追根究底的逼问，是书写者和自己不能解的心事一而再再而三的讨价还价，我们诚实地说，这并不是一场赢面多大的搏斗，杀敌一万，自损三千，成功其实也只是程度和比例的问题而已。因此，我们谁都晓得，广大无垠的书籍海洋之中，并不存在一本通体完美的书（那种认定人间只需要留存一本《古兰经》或《圣经》，其他书籍都可应当烧毁的穆斯林或基督徒神圣主张，和我们所谈的阅读无关），每一本再好的书，都有它不成就、不成功的残缺部分，而且说起来吊诡的是，还非得有如此残缺的部分，才恰恰见证了这是一本够好的书。理由再简明不过了，正因为这个不成就的部分，我们阅读的人才看到、感知到一个够遥远也够分量的目标，如《堂·吉诃德》电影主题歌讲的，做不可能的梦，伸手向不可触及的星辰，在思维的纯粹路途上，取消了瞻望，丧失了勇气，我们所真正计较的东西还能剩多少呢？这至多只做到了不让人看到失败而已，当然绝不等于成功，事实上，它更快速地在远离成功。

也许，在书籍世界中，"成功"这说法是不恰当的，我们该说的是"进展"。

托尔斯泰《复活》一书的不成功，我个人以为，是属于第二种"为自己写下一个万难达成的目标"的可敬失败,他要为人找出灵魂的终极解答,为此,他甘心放开曾为他带来巨大声名的武器,包括他那个锐利到具"腐蚀性"的怀疑能力,这是他《战争与和平》书里已充分展现的骇人能力;包括巴赫金指出的,《复活》一书中,托尔斯泰的笔调转为简单、悲凉,如枝叶凋落的冬日街景,不复《安娜·卡列尼娜》那样华丽、丰盈而且穿梭自如的小说巨匠技艺。总而言之,用以赛亚·伯林著名的譬喻来说,托尔斯泰甘愿放弃自己智机百出的狐狸本性和能力,去扮演一只万事万物归一的笨刺猬,并丢给小说书写一件能力极限之外的不可能任务。但《复活》可以不读吗?如果你要看一部伟大的小说,那《战争与和平》和《安娜·卡列尼娜》都是不必怀疑的选择,但你如果想整体地理解托尔斯泰这个心灵、这个人最完整也最深奥之处,包括他的梦想、抉择、烦恼和生命变化,以及他一生最想做成的事,再没一部书会比《复活》告诉我们更多了。

至于海明威的《过河入林》失败得比较暧昧,我个人以为,这部小说掺杂了两种失败,包括当时全世界文学评论家打落水狗所指出的,这是这位诺贝尔奖大师的江郎才尽之作;但也正如加西亚·马尔克斯所看到的,这是一向书写目标简单、只以明亮文字、流畅节奏和生动短篇小说书写技艺取胜的海明威,在他创作的晚年退无可退的窘境和一次最困难、最沉重,也最英勇的背水一战。加西亚·马尔克斯因此甘犯文学史定论地慷慨指出，这部小说正是海明威最好的作品。

然而，尽管像是对他的命运的一种嘲弄，但是我仍然认为《过河入林》这部最不成功的小说是他最美丽的作品。就像他自己披露的那样，这部作品最初是作为短篇小说来写的，后来误入长篇小说的丛林中。在一位如此博学的技师笔下，会存在那么多结构上的裂缝和那么多文化构造上的差错，是难以理解的。他是文学史上最杰出的、善写对话的能工巧匠之一，在他的作品中同样存在若干那么矫揉造作甚至虚伪的对话，也是不可理解的。……那不仅是他优秀的长篇小说，而且也是最富有他个人特色的长篇小说，因为这部作品是在一个捉摸不定的秋天黎明写的，当时他怀着对过去岁月的无法弥补思念之情和对他所剩不多的难忘生命岁月的预感。在他的任何一部作品中也没有留下那么多有关他个人的东西，也不曾那么优美、那么亲切地表现对他的作为和他的生活的基本感受：成功毫无价值。他的主人翁的死亡看上去那么平静、那么自然，却神秘地预示了他本人的自杀。

我想，在满纸文字死伤狼藉的悲惨景象中，加西亚·马尔克斯清楚看到，这里头洗去了那个浮夸、卖弄男性肌肉和沙文猪情谊、找寻战争却一弹未发永远只躲在安全距离之外、枪支只用来对付手无寸铁动物的浅薄海明威，他第一次诚实面对自己，面对他闪了一辈子不敢处理但终须面对的难题。一方面，他系在虚耗之后的衰竭时日才来打这最困难的仗，的确已经来不及了；但另一方面，这仍不失为一次深刻且美丽的失败，有海明威前所未见的深度、情感，以及，质地真实的痛苦和不了解。

也正是《过河入林》的如此失败，才带出了海明威一人独语的著名中篇《老人与海》。书中，这位昔日在加勒比海域无鱼不抓、心中总念念惦记着远远扬基棒球队和英雄狄马乔的古巴老渔夫圣地亚哥，如今不运地整整八十四天时间捕不到任一条鱼，而他最终历经几天几夜艰辛搏斗逮住的一条十八尺长超级大马林鱼，却在返航途中被嗜血的鲨群掠食一空，只带回一架壮丽动人的大鱼骨头——海明威的象征一向浅白无隐，这大鱼骨架子就是《过河入林》，掠食的凶狠鲨鱼就是那些文学评论者，而温暖的古巴哈瓦那正是海明威最终二十年的寓居之地，最后，他开枪猎杀了最后一头残破的老狮子，那就是他自己。

一九五四年，诺贝尔奖颁给了这位差不多已写不出东西的老作家，他无意也无力去瑞典领奖，他的得奖答词如同自省甚或忏悔："写作，充其量，不过是孤单的人生……对真正的作家来说，每本书都应该是全新的开始，他再次尝试未可及的新东西。他应该总是尝试自己从来不曾或他人做过却失败的东西。然后有时候，运气好的话，他会成功。"

专业者的阅读

因此,可以的话,我个人强烈建议阅读者能对同一书写者(当然是够好的书写者)进行完整无遗的整体阅读,因为文字的符号性缺憾、文字的隐喻本质,有太多东西无法直接说出来,无法不遗失地用文字全部呈现,无法原原本本放入一本书里,你需要更多线索才有机会捕捉,因此,你还得为这一个单点一个单点的书重新接上一道时间纵轴,好寻回思维曾绵密走过的路,你也得翻找书与书之间交织成的网络,这些存放于书本之外的东西才可能被掌握。也就是说,如果你习惯斤斤计较,这会是个更划算的阅读方式,你会发现你每多读他一本,它的进展不只是1+1的算术级数增长,也许讲呈几何级数暴增是太夸张了,但多数意想不到的红利却是真实可保证的。

是的,包括书写者失败的作品。失败的作品一样有你要的线索,搞不好还更多——这绝不是鼓舞人的善意谎言,这是真的。最好的那些书往往太接近完美了,浑圆,找不出接点的缝隙,如同一体成形,不存在时间的痕迹,而是自在的原有的像天地之初就造成好端端摆在那里。如同我们读加西亚·马尔克斯《百年孤独》这样的书,即使你也在访谈文字中看到他本人明明白白告诉你,他书写的速度极慢,慢到甚至一整天下来只写一句,他总是反复修改到近乎神经质,写个短篇长度的稿子就得用去五百张打字纸,但这两个"事实"

你就是联不起来，这样流丽如亚马孙河奔流的小说若非一气呵成写完如何可能？相反地，一部不那么成功的作品，却四处留着缝隙、留着坑坑洞洞和斧凿痕迹，把书写者的烦恼和书写过程给暴露出来。我没记错的话，国内的小说名家张大春在他还用纸笔书写（如今他"进步"成电脑打字），并用修正液涂改时，曾有过一个神经质的职业性忧虑，那就是立可白修正液的化学成分抵抗时间的能力究竟如何？它会不会在油墨褪去、纸张腐朽之前就先剥落？果真如此，那手稿的存留就是个令人头皮发麻的威胁了，届时，你不欲人知消灭掉的那些失败不愿见人的句子和想法，不就再次立可白落石出了吗？张大春书写的忧虑，老实说，正是负责处理手稿的老编辑行之久矣的不为人知窥秘乐趣。作为一个编辑如我，最趣味盎然的、觉得比一般读者多点特权的，就是可看到作家手稿上大笔划去的作废文句，哦，原来如此，原来他是这样想事情的、这样子选择的，原来这里也可以而且差一点就往另外那一头写去……

正是这样，失败之处、失败的作品通常会留下更多线索，尤其是珍贵而且不容轻易察见的思考过程和书写判断。我们也许可以说，看最好的书，是阅读者最美好的享受，然而，读一本没那么好的书，你的确会少点享受，甚至有咬到沙子的不舒服之感，却有机会换取思维的更丰富线索以为的补偿，这样的阅读，于是很适用于进阶的、野心勃勃有想事情习惯的阅读者。

从这里，我们便接上了我个人这几年来不无忧心成分的一个想法——我以为台湾应该到了大量阅读"二流好书"的时候了，因为只读最顶尖的寥寥好书，是标准的业余性阅读的象征，是幼年期阅读社会的象征；开始往更广大的下一层书籍去，才是专业性阅读的建构，个人的实践是如此，社会整体的实践亦复如此。

专业者和业余者有何不同？这个问题总马上让我想到教我围棋的先生讲给我听的一件事，那是日本女棋士小川诚子拿到女流名人时的一段访问。小川的丈夫是业余棋手，被问到他们夫妻对不对弈时，小川摇摇头说，专家棋士和业余棋士是不一样的，业余棋士下棋是乐趣，可以享受围棋的纯粹乐趣而下棋，专家棋士无法这样，专家棋士有时候是很苦的，你经常只觉得困惑，不懂这棋要怎么下，可是你还是非想下去、下下去不可。那专家棋士下棋难道就毫无乐趣可言吗？被问到这里，年轻的小川秀丽的脸上浮现了一丝委屈的神色，她想了想说，有乐趣，但不是你们说的那种乐趣。

我想，我们大概可以想象出来小川所讲"不是你们说的那种乐趣"的大约意思。专业，我个人不喜欢只把它看成某种大于人而且外于人的没情感庞大工业性体制（尽管它的外形一不小心就变成如此德性，比方说文学专业一落入到某些学院科系之中，其结果便往往是人人扮演小螺丝钉、小零件的工业性体制），我以为专业的核心在于问题，以及面对问题长期经验堆累和验证的有效思维方式。它源自于人对某个巨大、切身、普遍且无可遁逃大问题的专注追索,这类兹事体大到接近某种人类共同处境的大问题,人们很快发现,它不是孤立现象和个别性难题,而是一种普遍性的关注和集体意义的思维开展;人们也很快发现,它极可能大到不适宜作为"一个思考对象"意图一次就想完它,有必要笛卡尔式拆解开来大家分进合击;人们更很快发现,问题还会引发出问题,并随环境和时间流变,绝不是一代人所可能收拾干净,人必须保持耐心和谦逊,把自己置放到这个集体思维里头,弄清楚前人思维成果并在此一基础上持续前进。

也因此,专业者受着某种必要的规范,放弃某一部分的随心所欲,以换得思维的有效展开。专业性的阅读有不得不尔的强迫成分,只因为他所感知的问题,尽管有自身的独特焦点和着色,但仍包含在一个长时间建构起来的思维传统之中,这赋予了此一问题某种坚实性和严肃性,不能随个人乘兴而起兴尽而消。而专业性的阅读更有相当乏味的成分,只因为它要求思维者对此一思维传统有足够的理解,你必须知道自己站在这道长河之中的哪个位置,他人又在哪里,因而对它的基本假设、语言和方法及其历史沿革得多少有概念,这通常不会是怎么有趣的阅读部分;过去失败的实例及其内容也很重要,不管带给你的是启示(如某种具有潜力的失败)或教训(告诉你此路不通,避免再次支付惨痛的代价),这也通常是不好玩不好看的部分;而当下平行于你的其他思维者在想什么干什么也不好忽略,因为它们作为此一领域现象的构成成分，对你的理解都是有意义的，包括迷思和病征，所以就连劣作都得咬牙不放过。

对于台湾地区这种抄捷径的后期追赶社会而言，我们常慨叹社会专业性不足，尤其在灾难暴烈袭来的困厄时日（如9·21大地震、"宪政"危机或 SARS 云云）。但我们往往忽略了，专业所以不足，绝不是顶尖的好书读得不够，不是新知的匮乏，事实上，台湾地区在追逐和全球尖端资讯的无时差同步化一事上，毋宁是最饥渴最急切到有病的状态，少有其他社会能比（比方说日本，对于欧美热门新书的翻译引进或好莱坞热片的进口上档，往往比台湾地区要慢上几星期）。我们的问题不在当下和未来这个方向，而是如小说家冯内古特说的在一百八十度的另外一头，我们要做的是回头"补修学分"的工作，是把快速追赶时不得不遗漏的一个个知识缝隙给坚实地补满起来，把过往别人（还好是别人）惨烈的失败经验给捡拾起来并铭刻在心，这是今天台湾阅读该开始的硬功夫一面。正如一位了不起的职业（亦即专业）球赛巨星深刻告诉我们的："职业球赛要处理的是失败而不是成功。一名顶尖的篮球射手，每投两球就得失败一次；一名领百万年薪的打击好手，上场十次就得失败七次；一支伟大的冠军篮球队，一年少说也要输二十场球以上；而一支拿下总冠军的棒球队，更要输到六十场以上。因此，真正的职业球员不在于怎么享受成功，而在于如何和失败相处，并在失败时好好活下去。"

在欠缺着一劳永逸的终极答案此一前提之下，我们说过，人类的每一回成功其实只能是进展，因而不仅蕴藏了不安的、暂时性的成分，而且每一个问题的成功解答通常还是复数的，不止一个。你要在两种以上的成功中如何做出唯一的选择呢？是增税还是减税？是发展还是环保？是最大效益的成长还是社会正义的分配？是"内阁制""总统制"，还是"双首长制"及其他？在如此关键抉择时刻，光秃秃如单子的末端成功"概念"很少有帮助，你得把它放回时间之流中，看它们如何被建构并发展成如今的模样，它们根据的是什么样的假设，依赖什么样可替换不可替换的时空条件，有多少历史的不可逆转机运添入其中，曾在什么状况下崩解或被利用为恶云云，换句话说，你需要的不是再多知道它多成功多威风，反倒是要努力分离掉它的偶然性，真正去理解它的限制、弱点并计算其支付的代价，而这些，通常集中暴露在它失败的灰头土脸时刻。

海明威说，运气好的话，你会成功。这便有失败是遍在的、甚至是常态的意味，成功反倒像是很偶然才肯造访一次的奇迹；而本雅明更进一步指出，即使在最成功的小说中，我们进入其内容所真正看到的，依然是"人的失败或成功底下深刻的意志消沉"——我们可不可以就大着胆子说，成功，常常带着较多奇迹似的，或至少说独特的、一时一地的成分，难以百分之百移植复制，反倒是失败较少是因为只是坏运气的成分，而是结构性地撞击到人性的痛处、暴露出人的基本限制和普遍困境，因此，现代小说要深向地挖掘人性，便只能往失败处去，那里才有超越历史机运和个别独特性的深奥共相。

我们来举一个较为台湾社会熟悉的实例，比方说美国基于总统制的今日民主成果，这个我们普遍信之不疑努力想模仿的东西，他们老牌的政论家李普塞特坦言那只能说上帝慈悲天佑美国，意思是你愈研究它愈看清它这真他妈的好险一定是一段无尽偶然到接近神迹的幸运历史过程。包括它有幸生成于一个只此一个而且只此一次的广阔富庶而且孤立两百年不受强敌干扰的好整以暇大陆，拥有着可消化大量多余人口、冲突以及种种社会发展过程中必然有的困境和过大野心梦想（人类社会最具爆炸能量之物）的无人大西部，更依赖一些今天已不复存在的天真信念、意识形态和宗教信仰通过两百年时间无数次的"微调"而成，这里头包括了昔日清教徒的信仰及其道德行为规范，包括了人类遗留在理性主义时代种种危险"真理"的诚挚信心和坚毅实践，包括已永远过时不会再返回的假说和理论如天赋人权的概念云云。是这些和政治制度设计无关的历史偶然因素疏通了、抵御了复杂不安定的基本人性，一次一次拆除了理论上必然引爆的定时炸弹雷管（美国还在社会达尔文主义时期的野蛮掠夺性资本主义肆虐下，都没能召唤起够分量的左翼力量），这显然不是人的睿智，而是上帝的悲悯，或正经点说，历史的罕见宽容。

我们若想真正了解美式民主的制度性真相及其能耐，得把目光稍稍往下降一些，到南方拉丁美洲一次又一次悲惨的失败经验里去看，或跳到大西洋另一端的戴高乐法国，那才是美式民主失去了非制度性偶然保护，和普遍人性硬碰硬的真实结果。

今天，但凡够诚实的政治学者都会告诉你，美式民主的诸多制度设计不仅古老过时，而且有太多危险到几近无可避免之处，最暴烈的莫过于每四年就来一次、赢家全拿到其意接近革命的总统选举方式（理论上，一个新总统上任可以一年间更换并任命超过两万名以上官员，这样的总统当然值得动用一切手段争取，更值得暗杀），真正节制过大总统合法（请注意，是合法的）权力让他备而不用的，不是孟德斯鸠、洛克、杰斐逊、汉密尔顿谁谁猜想假设的制度性制衡，而是历史特殊条件（如曾经强大如独立加盟国、到今天仍有一定对抗力量的州权）、宪政惯例、长时间建构而成的人的深厚民主素养和种种成熟强大的社会力量（如遍在的独立传媒和中间团体）。

而最有趣而且设计上最没道理的，莫过于已成美式民主最大神迹的大法官制度。这个至高无上的司法力量，是古老真理时代的产物，穿越了时空运行于早已是相对、妥协、对人性虚无的政治权力场域之中，他们仍奉真理之名，超越了拥有一切资源和武力的行政力量，还超越了拥有一切民意的议会立法力量，意思是既超越了代议制的议会至上，还超越了绝对民权。而这么强大且终极性的权力，掌理者是什么样的三头六臂之人呢？就只是九个"宛如壮丽民主神殿中九只安静小甲虫"的老头子，没有民意程序的加持，更没有相衬武力的保护，在寥寥有数的行政助理人员协助下，用思维和语言安安静静行使他们决定性的伟大职权。

而且，这九个宪法之神还是终身制，总统提名，国会通过，一旦任命完成，只有死亡才能阻止他们。

如此谁看都荒唐、极度不均衡的设计怎么可能不出事、不早早瓦解呢？怎么不会在施行过程中充斥着滥权、腐败、收买、威胁、贪渎、构陷、暗杀等可想而知的黑暗之事呢？是曾经有过，美国大法官在十九世纪很长一段时日声名狼藉，但他们奇迹式地撑了过来，在二十世纪绽放光芒，把一部两百年前写成的不合时宜老宪法，修补解释到今天仍堪用如新。

很多国家想学这个，但没有直接移植成功的例子，因为成功的奥秘不在千疮百孔的制度办法里，而在两百年的历史实践之中，这是最困难的部分——这使我想起那个有关温布尔登草地网球场的老故事。相传，美国人也想拥有号称"全世界最美丽一块草皮"那样地底下盘根不动、地面上青翠如茵的网球场，便去请教英国人要如何建造，英国佬耸耸肩，轻松地说："简单啊，找块地，把草种上去，记得每天按时浇水，一百年后你们就有了。"

总要有人卡位抢篮板

这里,好消息是,阅读不是建网球场,它用不着傻傻地同样再花一百年时间;坏消息是,这原本耗时一百年的浇水照料寂寞又无趣工作,你可以加速,却不可能完全省略不重新走过一遍。

职业篮球场上,一直有所谓 dirty works 的说法,肮脏活儿,又称之为蓝领工作,指的是快意攻篮得分之外,那些镁光灯不屑一顾但总得有人去做的又费力又伤身又所得不高的寂寞工作,像在窄窄禁区内和对手最高最壮最凶悍那些人比肌肉比力气加卡位,或又跳高又扑地板地抢篮板这事。在阅读的场域里,也有这样隶属工人阶级的劳动部分,它晚一点出现,通常在阅读要升级跨入专业阶段才会困扰你,只是,和篮球场不一样的是,你无法仰赖分工要别人替你卡位抢篮板,你还是得自己来,也就是说,在专业阅读的球场上,你得又是得分的乔丹又是浑身刺青的篮板王丹尼斯·罗德曼,造反取经原一人。

是的,阅读前进到这阶段,一定会出现一道鸿沟,一处瓶颈,也一定有相当比例的阅读者在此止步。

家里有成长中小孩的人很容易有诸如此类的经验。在近年来台湾的父母争着当"孝子"、慷慨供应各类昂贵图书给自己小孩眼都不眨的情况下,通常会有几年光景,家里那个愈看愈像天使下凡的小子简直就是个上知天文下通地理的天才,会告诉你遥远亿万光年的星云名字并说出命名的时间，会用正式学名分辨各种大小恐龙还画出来给你看并注记栖息地点，会走在街上只一瞥就晓得那是哪种车哪个型号哪个年份，会像专业战争贩子般把每一国的顶尖战机、坦克、舰艇、枪炮如数家珍介绍予你云云，以至于你不免开始幸福得烦恼起来，这个小小年纪就懂这么多又对什么领域都有兴趣的天纵英明小鬼，究竟要如何最适地培养他，才对得起天地祖宗的福佑。

但这种天上人间的好日子总很快告一段落。一方面当然是摧残于现实天光里可怖的教改成果，但另一方面我们也得说，生物学并不只是那些恐龙化石骨头或非洲草原上那几头被拍摄者取了名字的狮子猎豹，天文物理也不只是就那几颗巨大明亮的美丽恒星，人类古文明更不就是金字塔、木乃伊和地底下陵墓里埋着的黄金宝物而已，Discovery频道或《小牛顿》一类的杂志是美好的知识载体，每一门学问也都有它不费力气的好玩部分，但往下去，很快就会撞上森严、无趣又难懂的部分，长小翅膀的天使得穿起工作服流汗劳动了。

不想跨这道专业鸿沟，就个别阅读者而言，这当然无妨，可以只是个人的抉择，有人选择留在悠游自在的业余阅读世界之中，享受不为什么的纯粹阅读乐趣，那不仅是他的天赋权利，还令人艳羡。然而，就整个社会如台湾地区而言，如果社会集体始终停在业余阅读的快意中，看来看去就那几本书，这就开始让人担心了，雨天总会来的，无关乎运气好坏或历史宽不宽容我们，我们总不能每一大小灾难袭来，就定

为什么也要读二流的书？　223

期扮演一个落汤鸡模样的狼狈社会。

　　阅读的总人口不算少，总得有一部分人愿意坚毅再走下去，帮大家卡位、抢篮板，拼一身汗水伤痕无怨无悔，这当然是比较辛苦比较寂寞的事，想着年轻女棋士小川诚子那样带一丝委屈又坚定的脸，对这样的人，我们较愿意先把感激之情放在这里，谢谢他们。

9 在萤火虫的亮光中踽踽独行

有关童年的阅读

一个雨夜，他睡在波帕足的住所里，当从令人不安的睡梦中醒来时，看到一个福音中的少女端坐在他卧房的一角，身穿一件一般宗教团体的绿花麻布外衣，头发上饰以萤火虫做的光环。殖民地时代，欧洲的游客们看到土著人用瓶子装着萤火虫在夜间照路，感到很惊奇。后来，共和国时代，萤火虫成了女性的时髦饰物，她们用来做成诸如发亮的环圈戴在头上，闪光的霞冠饰在额顶，或者光灿灿的胸针别在胸前。那天夜里走进他卧室的这位姑娘则是把萤火虫缝在束发带上，所以她的脸沐浴在一种幻梦般的光亮之中，娇慵的倦态显得深不可测，虽才二十年华，却已华发丛生，然而将军立即在她身上发现了作为女人最引以为傲的美德：未经雕琢的才智。为了能让人放她进入榴弹兵的营地，她表示付出什么代价都可以,值班的军官感到这人很少见,便把她交给何塞·帕拉西奥斯,看看将军对她是否有兴趣。将军让她躺在自己身旁,因为他感到没有力气把她拥在怀里躺到吊床上去。姑娘解开头上的发带,把萤火虫装进随身携带的一节挖空的甘蔗里,在他身旁躺下来。

我们讲过,在《迷宫中的将军》书中,玻利瓦尔曾被手下问到一共有多少情人,据他自己计算,一共是三十五名,"当然,这还不算夜间随时飞来的小鸟。"

这正是又一只小鸟飞进来,束着萤火虫发带的美丽小鸟。

很长一段时日,或者该说在很多人心目之中,伟人或位高权重之人总等同是神或近似的东西——为免伤感情,我们且不以台湾的实例来说。比方,在君王时代的法国,人们普遍相信国王有神迹之力,染病的人经由国王之手的触碰即可不药而愈(如此身体不好的法王岂不是很容易染上自慰的不好习惯吗?),而在加西亚·马尔克斯笔下的拉丁美洲,我们看到的则比较浪漫,《百年孤独》书中奥雷里亚诺·布恩迪亚上校因此有了三十四个皆命名为奥雷里亚诺的私生子群,当然都是夜行性的胎生小鸟所生育的。

然而,在这小鸟群中,这位来得太晚、一身残破病痛玻利瓦尔连上床力气都没有的姑娘显得很特别,不因为半夜悄然离去时她仍是处女,而是这位仿佛踩着萤火虫森寒光华而来的少女,即使加西亚·马尔克斯极其节制地什么也没多说,但如此绝美景象，加诸玻利瓦尔此刻的可怖肉体之上（"腹部干瘪，肋骨外露，上下肢瘦得只剩骨头，整个身子被一张汗毛稀少、如死人一样苍白的皮包裹着，而他的头，由于风吹日晒，则像是另一个人的。"），很难不让人想到死亡，想到疲惫之后的甜蜜永恒沉睡。

果然，书中紧跟着而来的便是苏克雷元帅被暗杀的噩耗传到，这位玻利瓦尔认定的接班人、也是他最后希望所寄的忠诚老战友身亡，至此，玻利瓦尔完完全全可以死了，他和生命本身的最后一丝挣扎力气遂正式告终。

这里，最抓住人目光的还是萤火虫明灭的、四下飞舞的、仿佛带来信息却完全不知拿它如何是好的光华。

我们这一代童年夜晚仍和萤火虫相处长大的人，对于萤火虫一直交织着惊异憧憬（即使你每个夏天晚上看到它们而且能伸手抓住它们仍不改惊喜）和惆怅的复杂心情，这类记忆今天仍清晰到令人心痛。一方面，小虫的真实模样抓在手中，其实和草叶间滑翔的小光点完全不相衬而且还是丑怪的，如某种梦想的破灭；另一方面，抓住了然后能干什么呢？抓住了就一切结束了，你甚至不晓得如何才能让这只脆弱的小虫活下去，不立刻放它走，你就只能看着它的光亮很快黯淡下去，然后，死成一只黑色的虫子尸体。

我不晓得梅特林克当年写《青鸟》，说青鸟无法在日光下存活，说青鸟抓在手上会变黑并死去，念头是不是源于萤火虫。

也因此，当我个人读到《迷宫中的将军》书中这一段，女孩取下发带,"把萤火虫装进随身携带的一节挖空的甘蔗里"的温柔举动,遂有一种不早告诉我们的震动之感,原来可以这样,原来这样就能让萤火虫在我们手中活下去。

在生物学史上,萤火虫曾"错误"地扮演一种我们今天看来天真荒唐生物起源假说的主角,那就是最早期的"自然发生说"理论,人们相信并且一再"实验"证明从湿腐的烂泥巴里能诞生萤火虫。当然,今天我们早晓得这不是神奇的生命创造,而是萤火虫的寻常生态,它们产卵于腐土之中,像其他一些昆虫同类,如此生态,使得萤火虫曾经遍在,凡有荒草荒地的水边,每到夏天夜里就会点亮小灯集体飞出来,像当时天空更高处的满天繁星一样寻常而且便宜,但当时谁晓得这千万年来供应不乏的生长地点,有一天会变得昂贵无比论坪计价呢?放眼周遭,我们如今到哪里找一方有水有草没人打扰利用的荒地呢?今天在台北市,于是烂泥巴极可能比一方同体积的黄金还不好找,萤火虫也就比钻石更罕见了。而且更糟糕的是,积水的闲置土地不仅孕生萤火虫,也一并孕生登革热、日本脑炎以及近日又败部复活的疟疾传播者蚊子,也因此,让荒地消失不仅是经济的,而且还是人道的。

于是,就好像许多美好事物和价值一样,没有人存心要消灭这些无用但也全然无害的漂亮萤火虫,事实上问起来还谁都不舍得,如果可能我们极乐意让它们和我们代代小孩相处下去,为他们乏味的童年记忆亮起几盏小灯。谁都没错,我们只好说萤火虫自己选错了生长地点和方式,变得不再适合生存了。

萤火虫从我们手边流逝，于是一如现代生活乃至于现代阅读的一则隐喻，尤其是童年的、启蒙的阅读。

当然，我从头到尾没忘记萤火虫在中国的阅读传说中扮演过照亮真理微光的要角，留下来一个穷而好学小孩的可歌可泣夜间苦读的故事。但这可能太特例也太懂事太有明确意志了，恐怕不是童年阅读的普遍图像和应有内容，它比较合适的是准备考试的熬夜苦读，也就是今天每个台湾小孩都会做而且天天被迫得做的事，因此我们就让它依然留在励志的教科书中，一如我小学母校的校歌歌词："冬映雪，夏囊萤，一勤万事成。"再者，我一直好奇的是，他用来装萤火虫的那个"囊"究竟是何物、何种质料，在未有石化工业透明塑胶袋的时代，什么东西这么轻薄、透气（要不萤火虫当场全挂了）而且透光（萤火虫的光线极弱，除非那时代那地点品种不同）呢？要有也应该是相当稀罕昂贵的东西吧。

果真要把萤火虫和童年的、启蒙的阅读联系起来，我宁可选用我大学时期一次永难抹灭的萤火虫记忆，那是我个人生平一次，或应该说一刹那间，所看到最多的萤火虫，真的吓到了。

事情发生在台湾东北角一处湿冷的小山头。我一位童年邻居兼同班同学的姊姊嫁入瑞芳煤矿大王李家，一年暑假我们随他到李家祠堂住过一夜，老豪门的祠堂非常夸张建在完全无人烟的当地最高山头，面向着壮阔的太平洋，祠堂里的电来自一具燃油小发电机，非常珍贵，印象深刻则是收音机轻易能收得到非台湾的广播，天候对而且天线方向也调对时，小电视机还几分清晰可看日本NHK的节目，在那个闭锁的年代，这都是很刺激的事。

东北角的向海山坡一直是全台湾最会下雨最潮湿的地方，我们在祠堂前的小池塘里一下午钓到百来只长臂虾子烫了吃，太阳下山后一片漆黑大家也就早早躺到可睡十人以上的大厢房榻榻米上有一搭没一搭地聊天。突然间，理论上应该是得有时间过程的，但记忆告诉我的却完全是突然、瞬间、同时的。在我们仰卧面对的屋梁拥进来几百只萤火虫，而且没间断地还一直增加，铺天盖地，以至于你像悬浮在光点穿梭的半空中一样，你的人生经验里完完全全找不出任何记忆能告诉你这是什么一种状态，你究竟置身何处，因此，剩下的你只能想到的是死亡。

太多光亮了，却照不亮周遭任何东西，每一个光点于是都美丽而神秘，更要命是亮度大小相等无分轩轾，让你无法不分神只盯住其中一个，你才盯住一个，它就熄灭了，却又有其他在旁边亮起，而且你心知肚明，盯住一个，等于是你放弃其他所有明灭滑翔不已的光亮，用劳伦斯·布洛克的煽情语言来说是，那会让你心碎。

最近听岛内的大阅读者南方朔讲，对一个读书的人而言，一辈子真的是不够用的。这绝对是真话，最起码，那个萤火虫满天飞舞的晚上，告诉我的讯息就正是这样。

意外得到的无所事事童年

米兰·昆德拉面对东欧苏联势力解体、流亡告终的尴尬新处境写成的《无知》一书，有太多值得一提的精彩话语，其中一处是这样的："关于未来，所有的人都弄错了。人能够确定的，只有现在的这一刻。可这说法真确吗？人真的能清楚认识这一刻、真的能认识现在吗？人有能力可以评断现在吗？当然不行。一个不知未来为何物的人，如何能理解现在的意义？如果我们无法得知这个现在将引领我们走向哪个未来，我们如何能对这个现在说长论短？我们如何能说这个现在值得我们赞同、怀疑，还是憎恨呢？"

我喜欢这段话，包括它的火气。

到了一定年纪，或早或晚，就说四十岁好了，人经常会油然而生一种悲伤，那就是你只能盯住那一只萤火虫而已，你只能实现一种人生，不管它其实多光亮美好绝对就是最大的那一只，你自己对此其实也是满意的。诸如此类的喟叹实例多到不及备载，总脑子忽然发热般一波波冲击着婚姻、家庭、职场事业等等稳定可靠冷静坚实的每一处既成人生位置，我最会心的一个故事来自美国小说家冯内古特，他讲，他一位大有来头的小说家朋友一回在聚会时酒喝多了，当众大弹起钢琴来，忽然痛哭失声："我这辈子一直就想成为一个音乐家，但你们看这把年纪了我成了什么？我就只能是个他妈的小说家而已！"——说得实在太荒唐了，因此一定是真心话。

所以迈克尔·乔丹要去打棒球,因为这辈子他也只能是个他妈的篮球之神而已。

如果人生大体上就是这么一道此去不回头的单行道,那么,所谓童年人的最大幸福便在于一切都还没实现尚未发生,一种生命最根源之处的无与伦比自由,用无知撑持起来的——几乎所有的生物学家都会告诉我们,人类的"幼态持续"是生物界最长的奇特现象(请注意,这是在今天的生物学家认知基础上说的,今天任一位诚实的生物学家都不愿夸张人和其他生物的相异之处,尤其不愿赋予那种万物之灵的老掉牙自我陶醉哲学解释),延后了交配生殖的演化第一大事;而且,真的要讲到底的话,我们还可以说人的婴儿根本就是"提早出生"的,其关键原因便在于人在演化之路上发展出和母体骨盆大小并不相衬的大脑袋来,逼使母体得将犹处胚胎状态的小儿给"排"出来,对比于其他哺乳类生物(哺乳类之外更不用比了),人的婴儿是最脆弱的、最发育不完全的,不像牛羊,出生后颤巍巍站起来,接下来就能跑能跳了。

如此幼年期的意外延长,原本绝对是人类生存传种的危机和巨大负担,但最后居然也可以是礼物。幼年期的加长,使人类没那么有效率立刻被卷入生殖繁衍的演化铁链之中,多出了一长段漫漫无聊的奇特时光,而无聊,正如本雅明说的,是孵育想象的梦幻鸟儿的温床,如此说来,人类之所以发展出生物界最复杂、缤纷、如亮光四下漫射的生命现象,极其关键便在于这个纯属意外多出来的童年岁月、没特定之事可做的好整以暇童年岁月。

从生物演化史的如此角度来看，我们大约就清楚我们该保卫的是什么不是吗？保卫一个无知加无聊为基调的无所事事童年。阅读的进行也应当在如此大氛围之下谦卑地展开，不忙着兑现，不急于揭示，与其说是求知，还不如讲是游荡，不要神经病一样用未来必定如何如何去惊扰他们，本雅明细心提醒我们，那只孵育想象的梦幻之鸟是很胆小的，现实的枝叶颤动很容易就惊走它。

我自己的残破不堪童年书单

在如此看不见未来又不知道现在是什么意思展开的童年阅读，依几率，是不会那么准正巧挑中什么多有价值的了不起之书的不是吗？事实的确如此没错，但到得今天这种年纪我们回头想这件事，应该有资格讲句粗鲁点的话了——那又怎样？

事实上，在三四十年前我们当小孩那个年代，你连赌几率的机会都不会有，只因为一般人家根本没几本书可挑可拣——就以我个人为例，我童年家里有的，除了上头四位兄姊的课本参考书之外，只有一本海明威的《老人与海》，一本霍桑的《红字》，一本我从未读完、罗曼·罗兰的《约翰·克利斯朵夫》，一本拍过电影的意大利温馨小说《爱的世界》，一本只到卢俊义登场就没了、缺了后面好几页的《水浒传》，

在萤火虫的亮光中踽踽独行　235

一本同样没结尾的琼瑶小说《几度夕阳红》,一本香港依达的小说《斗室》,一本禹其民的言情小说但名字忘了,一本《世说新语》,一本以《笑林广记》为主体的厚厚《历代笑话两千则》,一本《学生作文范本》,一本我当空军风流舅舅留下来的《情书大全》,记忆里就这么多了,纵有遗漏,也不会有一两本。

对了,还有我二哥抽屉里藏了一本悠悠写的古典艳情小说,那种吹熄灯就以下全凭想象的《中国古代名人恋爱故事》。

这怎么会是一张好书单呢?怎么会是给成长儿童的好读物呢?也许我个人就是这样不自知地被毁了这辈子也说不定,要说这些书中哪本影响我个人最大,我猜我的朋友们会一致推选那本笑话两千则,我自己的答案也是如此。

当然,除了固定"藏书"之外,一些因人生偶然际遇、如天外飞来闯入我贫乏童年的书,用祖国大陆的话来说,"质量"明显好多了,主要来源,我回忆起来大致可归为三处:

一是大约我小学三年级时,班上有位家里卖米、望子成龙的李姓副班长,忽然手中有个七八本崭新的,至今还买得到的东方出版社少年读物,节译有注意符号的,像《鲁滨逊漂流记》《十五少年漂流记》《爱的教育》云云,我的同学很慷慨地每一本都借给我过,我猜我是看得比他本人还彻底。

然后,大约四年级开始,我那位后来一辈子再不读书的反智型大哥(借口要和"罪恶"的中国文化划清界限),人生仅此一回地迷起战争类中国平话小说和一、二次世界大战战史秘辛,也就是薛仁贵、薛丁山、薛刚、罗通、狄青五虎、岳飞岳云那一堆征过来征过去的东西(可想而知不可能有《红楼梦》),以及附着模糊不清黑白老照片、隆美尔、山本五十六、巴顿、麦克阿琴(麦克阿瑟?)的英雄杀戮往事。

再来,则是我二哥考大学那两年的悲壮岁月(高三一年、重考一年),有四五位他的同学借住我家集中读书,也因此带进来一批不同的书。其中一位考上成大、日后在宜兰还干过民进党主委的,是他们之中最好读书的,陆陆续续借过送过我不少书,送的依序是《基督山恩仇记》《人类的故事》和糜文开译的《泰戈尔诗集》;借的比较多,主要是杰克·伦敦的动物类小说,彼时今日世界出版社的大美国读物,像《白鲸》、《湖滨散记》、《爱默生文选》、《基甸的号角》、《苏醒的大地》三部曲等等,以及纪伯伦包括《先知》在内的几本哲理诗,还有稍后印象良深一本欧玛尔·海亚姆的《鲁拜集》,书名当时是"饮酒歌",有插图的,很漂亮一本书。

当然,不会没有的,我爱做梦的大姊紧跟着也进入青春期,一定会冒出来几本唐诗宋词的集子,李商隐、李后主、李清照、李白等以李氏宗亲会为主,搭个晏殊、朱淑真什么的,家家户户都有的青春热病家庭常备良药。

我的人生为自己真正买的一本书,则是史蒂文森的《金银岛》,小学六年级要到台北比赛排球前夕,在长达三小时半满是隧道乌浊空气的慢车上读,老实说非常失望,完全没想象中海盗航行七海加大把大把金银珠宝的预想画面,还被史蒂文森阴郁沉缓的说故事语调吓个半死。

多坦白从宽一点。三年级时，我认为全世界最好看的书是《十五少年漂流记》，四年级时被大仲马的《基督山恩仇记》取代，之后比较对劲了，我一看再看花最多时间的变成了房龙的《人类的故事》，时至今日我仍想它才是我真正的启蒙之书，到小学六年级，我认为人间最满藏智慧、一句句背诵下来努力想读懂参透的，则是青春期完就再没翻过一次的《泰戈尔诗集》，哪天应该再拿回来重念看看。

一九七一年秋冬之交，我十三岁刚升初二，便带着这么凌乱邋遢的阅读成果来到台北，面对完全陌生的大城市，更觉得自己什么也不会什么也不懂。

理性极限的除魅真相

这样一纸散兵游勇式的书单，流窜在我全部的童年岁月之中，有一口气念完的，有断断续续每天三页五页、横跨好几年才结束的，有屡攻不克的，也有看是看完却丝毫进不了脑子里的。而其共同的部分是，没有一本书恰恰好对准了我彼时的程度和心智、知识准备，因此，像坑坑疤疤的产业道路，随处都留着不解的空白，想想，一个只知道半个宜兰市的小鬼，怎么可能对神迹般的美国大法官制度及其历史有任何概念可言？怎么会晓得昔日新英格兰十三州那种动不动把人烧死打死的清教徒可怖道德呢？

卡尔维诺在一篇费里尼之书的好看序文中，提到过他小时候看电影的特别经验，因为非得抢在父亲发觉的固定时间返家，他每一部电影于是都无法看到结尾；还有，卡尔维诺也讲到他彼时看报纸上的美国四格漫画，语言能力关系从来就看不懂画中人物云状框格中的对话，因此，电影的结局，以及漫画的联系，都只能靠自己一厢情愿但哪能每次都猜准的想象力去补起来。这里，卡尔维诺这两种经验细节可能是特殊的，但其真实内涵却再普遍不过了，对我个人来说，不只《水浒传》和《几度夕阳红》这样（直至今日我依然不晓得《几度夕阳红》的真正结局），而是每一本书都是这样，都有种种原因造成的空白得靠自己一厢情愿的想象力补起来。

但依然是今天想回去那句话：真的那又怎样呢？

在如此贫乏不利的童年阅读世界中，回想起来我们至少有一个可贵的优势，仅此一个，那就是极度的自由，完完全全不受打搅的自由——彼时本来就自顾不暇而且又动辄生养一堆小孩的我们父母，我们没去打搅他们、惊走他们的梦幻之鸟已经算他们运气好了，不是这样子吗？此外，我们还不受太满溢太明确知识的挤压打扰，没有导师，没有百科全书，没有快速即溶的答案，每一种疑问你都得和它相处好几年。无知，逼迫想象力非得飞起来不可。

这样，我们大约就了解了，为什么本雅明认为报纸的出现及其普及，大幅度地消灭了人说故事的能力，甚至我们今天仍清楚看到，还在持续吞蚀小说书写的根基——知识的进

在萤火虫的亮光中踽踽独行

展和普及当然是好事，但好事到来时，我们顶好养成一个相应的好习惯，那就是提醒自己去检查我们因此得支付什么大小不等的代价，不是要守旧得负隅顽抗，但也无须只会当个敲锣打鼓的推销员，做个清醒而且自主的人不好吗？

用马克斯·韦伯的话来说，隶属于理性王国的是非分明知识是人类历史最强大、最持续的除魅力量，而人的想象力，夜间世界的某种奇异飞翔（借用诗人歌德的美丽譬喻），却是幽黯巫魅王国最甜美可爱的小女儿，她只能躲藏在星光月华的朦胧森林之中，理性的大太阳升起来，她就只能随草上露水一起蒸发。

在普遍的知识进展和永远只归属于单一人称的想象力之间，我们总是毫不犹豫地选择前者，对生活于多艰多难之中的绝大多数人们而言，想象力也只是有很好、没有也无妨的奢侈礼物。然而，很吊诡的是，一个毫无想象力的个人要活下去没什么问题，但一个整体性的社会若丧失了想象力，却很难进展存续下去，也因此，韦伯的理性除魅预言，对他自己而言从头到尾不是个愉悦的宣告，毋宁是某种阴郁到近乎绝望的预警，这不是凭吊性的文人私密感伤，而是眼看人类希望一点一滴不间断流失的冷静认识，是以他引用了《圣经》守夜人的悲伤回话："黑夜已经过去了，黎明却不到来。"

原因这里我们只能粗略来讲——是哪个著名欧陆学者说的，"在人的全部心智活动之中，理性总是被用得最少的部分。"也就是说，很遗憾地，我们对人类理性的强大热爱和信心,实际上和人类理性的能耐和其可能统治范畴严重地不成比例,在理性有效管辖的基本王国之中,仍随处可见留下了力有未逮的空白之地,而在王国的疆界之外,依旧是无止无尽的阴暗世界,要命的是,那极可能才是我们明天非去不可的地方,此时此刻你当然可以假装它并不存在让自己好过一些,但时间的暴风还是会把你吹到那里去。

我们因此可以这么讲,理性的除魅,并不真的意味着知识的普遍进展会一直以势如破竹甚至等比级数的速度和效率进行下去,直到所有一切皆是非分明、都纤毫毕露,再不留任一方幽黯朦胧的土地为止;而在于理性的顿挫,最终总是转变成为某种宗教性的顽固执念,不再用于思考,而转用于拒斥,用于傲慢地取消问题,带来了认识和思维的停顿和画地自限,这就像我一位念康德的热爱理性友人的有趣告白:"理性这两个字,对我永远有让我震颤不已的迷人魔力。"

知识当然日有进展,令人瞠目结舌的惊人进展,不需特别举证,光是今天四十七岁的我回想十七岁之前的我就可以信心满满讲这话,但在此同时,我们已然挣脱了无知的统治了吗?也没有,而是相反的,你不断认识到无知的巨大不可撼动,正正因为你有幸看清楚了更多事物的明澈一角,你这才同时惊叹并带着相当程度绝望地一并窥见了它原来何其巨大无匹。由此,我们再次回想昔日苏格拉底回应德尔斐神谕"最有智慧之人"的著名无知自省,很清楚绝不是对当时雅典乃至于希腊知识水平不足的描述或者控诉,这是人自我认识的清醒声音，揭示了人的认识和人的无知并非常识里的替换零和关系，它们有点不可思议地携手同行，愈认识，同时也愈无知，这与自谦以及任何道德修养不相干涉，而是没他种可能的硬道理。

守夜人的学校教育和教科书

当然，差不多四十年后的今天，事情好像戏剧性地全倒过来了，如今我们不吝惜地给小孩一大堆书，却没给他们读这些书的时间，这是太多事太多东西的壅塞童年。

有时候我们会沿用人类历时几千年不衰的大型感慨，说现在的小孩世风日下再不懂惜福读书了。的确，今天打扰他们诱惑他们的东西也比较多，尤其是影像类的，不管是通过漫画、电视、电影或电脑的形式或渠道前来，但终究难以否认的一桩事实是，如今我们的儿童反倒是人一辈子最沉重最暴烈也最有清楚目标的求知时光，像他们肩头上动不动就十公斤重的大书包，像他们拥挤不堪的学校教室或补习班才艺班，小学二三年级就开夜车念书绝不是什么新鲜事。这些年来，我始终记得新竹科学园区一位才念了博士回来的妈妈的一句惊骇之言："才几岁孩子，做什么了不起的大学问要读成这样子！"

什么大学问？不就反反复复那几本老实说很不怎样的书。几年前，我曾经做过一件自认为挺缺德的事，我把初中一年级的语文课本的目录连同作者名给抄下来，问遍出版社里的各线主编和发行的主管，这样一本选集值不值得出？你预估发行量可以多少？所得到的第一线实战回答百分之百是：绝无出书的可能，而且在市场能卖个三五百本就偷笑了。

但真实世界里它却是每年保证印行超过三十万册的东西，而且还花大把时间逐字逐句被研读背诵——即使它是教科书，拿到出版市场去竞争并不完全公平，但差距大成这样难道不是问题吗？何况，被我考试的，不乏最抵抗市场机制、仿佛跟钱有仇的骄傲主编，亦不乏和童书打交道一二十年的主编，并非一群唯利是图的没良心家伙。

我还是觉得真正骚扰他们的主犯就是我们大人，我们奉爱护、担忧、为你设想以及一切善意好听说辞之名，把大自然天择亿万年下来偶然赠予他们的最重要礼物拿走，真正照顾的其实就只是我们一己的遗憾和焦虑（遗憾我们当年没好好念书、没成为什么什么样的人云云），以及由此遗憾衍生而来的胡思乱想和胡作非为，这尤其在近些年的教育改革大型闹剧中正式达到巅峰。

基本上我个人甚愿意承认，人多少得勉强学一些无趣但必要的东西，再好的东西也一定有它严肃不好玩之处这我们老早实话实说了，也因此我们有基本的学校教育和教科书，并不惜动用法律来保证它被服从执行。但让我们先搞清楚一件事，那就是学校教育和教科书的宿命保守性和安全性要求，它是在同一年纪但其实个个心性、兴趣、才分不同的小孩中，勉强寻找出一个最基本的公约数来，这是它不可逾越的根本尺度，这个尺度，本来就把几乎所有精彩的、有独特个性的、富想象力的，但也因此不稳定、带着争议甚至说有"危险"的美丽东西给排除出去——说真的，我还真想不出来有什么真正美好的东西不存争议、不带着火花和锋芒、不焕发让很多人惊骇的香气和色泽的，因此，我们的语文课本总是二流但不痛痒的朱自清徐志摩，不会有鲁迅钱锺书张爱玲；有蒋勋那种滥情软如棉花糖但"无害"的情调文字，但真正了不起当代作家的精彩、富爆炸力文章一篇也不会有，你以为舞鹤的东西会编入教科书中吗？

懂得了教科书的基本限制，就可以去除我们一堆不当妄想——你当然隔段时日随现实 update（某些爆炸性的言论和主张会随时间平和下来成为安全的常识），你当然也该在它无趣的基本小范畴中尽量求其活泼，但最终，它得清楚自己的角色和能耐限制，不要想包山包海，不要伸手伸脚到自由、有个性的真正阅读领域之中，你要做的不是帮天下人做抉择，而是把时间和空间交还给人，这是"守夜人"的学校教育和教科书基本概念，管得少，你才有机会管得好。

童年阅读的地狱，往往是善意的学校教育和教科书铺成的。

我个人也担忧不已我们下一代人似乎愈来愈不愿意阅读、愈来愈不愿意进入文字的丰饶世界之中，但老实说我不忍心疾言厉色谈这件事，毕竟，一个人如果每天被迫和那寥寥两本无趣的书相处十二个钟头以上，若他还挣到半小时一小时自由时间，你以为他还肯再打开另一本书来看吗？管他是加西亚·马尔克斯的《百年孤独》、是梅尔维尔的《白鲸》或格林的《喜剧演员》，做得到的人请举手。别看我，我不要，我选择发呆、睡觉，或抱个篮球去投三分线。

我选择旅踪较稀之径

回头看今天小孩的学校教育及其阅读，我们若诚实的话，一定会感慨要当个自由主义者有多困难，我们没事时夸夸其谈的自由主义基本信念其实多单薄靠不住——尤其在你当了父母、家里有了学龄小孩时。父母真的是全天下最脆弱的生物。

我有太多到几乎每一个没结婚时、没小孩时潇洒、进步、一肚子主见，而且发誓将来一定要给自己小孩一个泥巴、草地、萤火虫童年的朋友，如今一个个都遑遑如儿女被坏人挟持为人质的忧郁症父母，小孩被挟持何处呢？大体上依财力顺序，在有家教老师盯着的紧闭书房中，在各补习班，在晚上九点钟犹亮灯未归的学校夜读教室里。

风声鹤唳到禁不住任何一丝危险征候的地步了——自由主义的最最基本信念之一，便在于我们肯正视风险、忍受风险，并坚持风险的存在恰恰是自由的拥有及其必要代价，你抉择，相应地便承荷其后果及其道德责任。这不只因为在自由主义者的价值权衡序列之中，自由的位阶远高某种程度的危险威吓，更是因为我们不心存侥幸地真实认识到，人的生命暴露在未知、不乏机运和敌意的广大世界之中，风险是不可能完全清理殆尽的，往往，你只是在有危险的自由世界和完全封闭的、提前绝望的"安全"幻觉之中做抉择而已，那些把抉择双手交出、认为上面有明智不犯错掌权者会帮你料理一切的人，人类二十世纪的一百年真实历史不是做出了悲剧的判决了不是吗？

自由主义大师以赛亚·伯林说，自由主义和所有的宿命论不相容，不论是强硬的宗教或历史命定论，或是软性的、挟带偷渡各式各样历史必然命运及道路的——今天，老大哥败退了，却来了未来学者，软调子的当红宿命论者。

我个人真的完全不反对人忍不住窥探未来想做点准备，这不仅人性，而且明智，事实上我还相信人的任何发现、论述和主张一定包含了未来的成分。但该怎么说好呢？我想借用两位文学大师的话，一是博尔赫斯，一是纳博科夫。博尔赫斯当然肯定任何文学艺术的创造一定包含了人对"美"的体认和寻求，但博尔赫斯说"美学"这样一种东西非常奇怪，把"美"独立成为一个抽离的研究题目乃至于一门科学，令人感觉非常不对劲而且不舒服；而一向直言不讳的纳博科夫一定会不耐烦地反问，未来你指的是谁的未来？我的未来？还是你的或比尔·盖茨或马英九的未来？纳博科夫绝不肯相信有一种可以不加任何代名词所有格在前头、不属于个别之人的光秃秃未来。

我个人的最根本感受和博尔赫斯完全一样，只除了抽离的"未来学"比诸"美学"还多了现实性的不寒而栗之感，因为它不单单粗鲁化约掉我们复杂缤纷的生命图像，还侵扰甚至压迫了我们的意志、希望和可能。这是一种极坏形式的新乌托邦版本，伪装成科学论述，最终十之八九是为特定的政治霸权或跨国商业集团当推销员，奉未来为名意图把我们全驱赶到依赖他们商品才能过活的生活方式去。哪个未来学者不是这样呢？比方才几年前那些不断用电脑、用网络恐吓我们的人不都还健在吗？我们要不要打算一下我们因此花了多少冤枉钱回头跟他们恳谈一番呢？

知道怎么当个骗子最安全吗？人类历史最资深未来学的宗教可以给我们最清楚的启示，那就是预言实现的距离平方和安全成正比。也就是说，你对未来的预言如果不智到下一小时、明天、下星期一就一翻两瞪眼，那你被扭送法办的几率就大到接近必然；相反地，实现的日子相隔愈久远，你不仅落跑的时间愈有余裕，而且大有机会跑都不用跑而成为趋势专家或未来学者，因为时间会自动转换成空间，时间还会带来失忆、遗忘且让人心平气和。我们谁曾在十年二十年后回头去找那个保证我们现在必然大发的可恶算命先生掀桌子拆招牌呢？而当实现的时间到达无穷远，像《启示录》末日审判那样子，那你就牢不可破不再是骗子，你一定是智者，是先知，一不小心还会变成神。

还有另一安全守则：预言大事别预言小事，预言众人之事别预言个人，人数多寡和安全性一样成正比。

我们就只举一个例子，华勒斯坦，鼎鼎大名的世界级未来学学者，他的《自由主义之后》一书前些年才由联经公司中译出版，书中最关键的铁口直断并且作为全书论述大前提和基础的是，到得二十一世纪初，全球将形成三大经济集团力量，美国一个，欧盟一个，东亚以日本为核心一个，而且无可避免地，日本一定轻易击垮欧美两方而成为真正的霸主——话还热的，日本却已深陷经济泥淖十年之久了，于是华勒斯坦的话听起来比较像恶意的嘲讽。

我相信，人对未来瞻望的最基本图像，很接近《迷宫中的将军》书中借萤火虫微光照路前行的殖民时代土著，眼前可见的大致仅仅限于一个个单一的、暧昧闪逝的小小光点，以及朦胧的大世界轮廓，作为人的某种好奇和期盼，更作为人的自省和警觉。终究我们别忘了，未来根本就还没发生，也如博尔赫斯说的什么都有可能发生，一个还没存在的未来若还有迹可寻，那必定是蕴藏在过去和此时此刻之中；若还有意义，那必定是作为我们思索过去和此时此刻做了什么的一部分而已，至于进一步的清楚细节和普遍内容，那在我们思维的萤火微光之外，还安睡在漆黑的未知状态之中。

人类历史上最有意义的"预言"、最重大的未来瞻望，从不为着猜中什么，甚至还生怕就这么猜中，像韦伯的理性铁笼预言，像《美丽新世界》和《一九八四》——这里，在未知和明澈之间有一条界线是严肃的，不容人轻率地跨越，这是睿智和糊弄的分界线，是认真负责思维者和江湖术士的分界线。

最重要的，不管那些未来学者怎么恐吓我们，只要末日一天不降临，复杂的、缤纷的、容纳着个别意志和抉择的基本样态仍一如今日会持续下去，只因为这是人类世界唯一可能的存在方式。

博尔赫斯晚年讲，知道宗教里的天堂地狱只是夸张的讲法，令人感觉很舒服。

你真的确定明天搞电脑的人不马上供应过剩吗？你确定好厨师和好木匠会在下一波人类生活中饿死而不是更抢手吗？你要不要告诉你的小孩，在我们那个年代，台大法律系曾经长期是台大法商类联考中分数最低的吊车尾科系，就连"不实用"的经济系和社会系都在它之前？

在担忧小孩该看什么书之前，先想点办法为他们卡出一点自由、有余裕的时间，我也一样为人父母，深知那并不容易，但记得那是大自然天择赋予他们的珍贵礼物，当你信心动摇的时刻找上你，建议你在心中默念弗罗斯特熠熠发亮的诗，我相信那会带给你力量，一如这些年它支撑我个人前行——

> 林中分歧为二路，我选择旅踪较稀之径，未来因而全然改观。

/ 10

跨过人生的折返点

有关四十岁以后的阅读

"这是圣玛特奥糖厂的气味。"

距加拉斯一百三十二公里的圣玛特奥糖厂是他多年乡愁的中心。在那儿,他三岁丧父,九岁丧母,二十岁失去爱妻。他曾在西班牙跟一个秀丽的美洲姑娘结为伉俪。这姑娘是他的亲戚,他跟她结合的唯一幻想是在圣玛特奥糖厂做个好厂长,管好资产,增加他的巨额财富,夫妻双双安居乐业,白头偕老。婚后仅八个月,妻子即与世长辞,他一直没弄清楚妻子是死于恶性热病还是由于家里的偶然事故。对于他来说,那是一次历史的新生,因为在这之前,他还是一个出生于委内瑞拉西班牙血统的土著贵族之家的花花公子,整天沉湎于世俗的灯红酒绿之中,对政治毫无兴趣。自从失去了爱妻之后,他就成了一位伟人,直到他去世为止。他没有谈过他的亡妻,也从没有想到过她，当然也没有续弦的打算。在他的一生中，几乎每天晚上都梦到圣玛特奥故居，梦到他的父母，梦到兄弟姊妹们，但没有一次梦到过妻子，他把她忘得一干二净，仿佛是跟她一刀两断似的，似乎没有她也能活下去。唯一能稍微掀动一下他记忆的，是圣佩德罗·亚历杭德里诺糖厂制糖后飘散出来的糖浆味儿，糖厂里表情冷漠、甚至连一道怜悯的目光都不曾向他投来过的奴隶，和为了迎接他们刚刚粉刷得雪白的房子及它周遭的参天大树。这是另一座糖厂，在这里，一种难以逃脱的劫数把他推向死亡的深渊。

"她叫玛丽亚·特雷沙·罗德里格斯·德尔托罗·伊·阿莱萨。"将军没头没脑地忽然说道。

梦，真是人活着最奇怪的东西，那么私密亲切，到仿佛跟自己都不好透露，可又遥远恍惚得好像跟你没相干，是个陌生人的造访，因此，它是文学中最不好写到几乎一定失败的东西，却又是每个书写者受尽诱惑而且一辈子总非试它两次才甘心的东西。

朱天心曾说过，一个作家开始写梦，常意味着创作生命大概差不多了。

弗洛伊德那一套对梦的天真烂漫解释当然是不行的，正如巴赫金和纳博科夫嘲笑的那样。这里，加西亚·马尔克斯写玻利瓦尔从不曾梦见过他唯一的妻子，也没在生命中任一刻想到过她，却最终在仿佛圣玛特奥糖厂的糖味中将她从黯黑的死亡深渊释放出来，叫出了她那一串南美洲人层层叠叠的完整长名字，或者说玻利瓦尔像个提前踩入幽冥地府的人，在那里他终于又认出来自己死去多年的妻子。这奇怪让我想起没什么相干的博尔赫斯来，我们知道，博尔赫斯和阿根廷的独裁者贝隆将军水火不容，贝隆掌权时刻意撤除了博尔赫斯原来图书馆馆长的位置，还把他调出当市场禽类调查员，就像中国古代把大臣贬去看守城门一样，这当然是极大的侮辱，耿耿于怀的博尔赫斯脑中一定挥不去贝隆的影子，但博尔赫斯同样从未梦到贝隆此人，他自己说的是："我的梦也是有品位的——要我梦他，门都没有。"

因此，入梦来的究竟是谁呢？是早已遗忘于无何有之乡的玛丽亚·特雷沙·罗德里格斯·德尔托罗·伊·阿莱萨呢，还是镌刻于心的贝隆将军呢？

这里，我们要再次提醒玻利瓦尔的年纪，此时他四十七岁。当然，几乎每一个读《迷宫中的将军》这本书至此的人，都已经心知肚明玻利瓦尔距离死亡亦只一步之遥了，不管这是得知于本书而外的相关资料，告诉你玻利瓦尔将在这趟马格达莱纳河之旅的终点倒下；或你在小说进行中早已看清此一终局，事实上，写小说的加西亚·马尔克斯并不讳言此一死亡，这毕竟不是一本故布疑阵的推理小说；甚至，你不必凭借思维，光是物理性的触摸就了然于胸，你阅读至此，发现原本厚实的长篇小说只剩薄薄的页数了，你于是晓得结局即将不保留地摊开在你眼前了。但试着抛开这一切阅读者心有旁骛的预知死亡,单单纯纯只看加西亚·马尔克斯的这一段书写,一个曾经矗立于南美洲安的列斯山历史最顶峰的人,在他荣光逝去又一身残破的四十七岁某一刻,忽然温柔地又想起他的由来之地,想起他尘封二十几年的亡妻姓名,这个回忆自身,便已流漾了满满是糖浆甜味的死亡气息。

我自己一直认定,不在于垂垂老年,而是人到四十来岁左右,才是死亡意识最猛烈袭来的时刻,是驱之不去的死亡感知弥漫于你心思的时刻。不管你清醒,或是酣睡做梦;也不管你勤勤恳恳地忙碌于现实人生,或偶尔坠入孤单的沉思之中;更不管你欢快兴奋,或是心思寥落,你都能嗅闻出多了一股死亡的异味于其中,死亡静静在一旁坐着,在你转头那儿,在你眼角的余光之处。

是的,自然也包括阅读在内,过去你不曾察觉,但这年岁你却轻易在字里行间看出来死亡的各种脚迹。

开始浮现出来的身体

米兰·昆德拉的《无知》一书,是我个人近一两年内读过最好的一部小说,尽管台湾当前一些年纪轻轻的小说家评论家对它嗤之以鼻满口讥嘲,或好一些,充满同情地慨叹这位了不起的小说家老去了、磨损了,再不复昔日的锐利、繁复、技艺夺目云云——我并不想费神为昆德拉辩护,我相信时间，这些个卅几岁、尚未通过人生一半折返点、犹野心勃勃向上攀爬的年轻人，很快也会到达我现在这般年纪，到达玻利瓦尔恍惚于圣佩德罗·亚历杭德里诺甜蜜糖味的年纪，那时，如果他们还诚实，而且也还持续长进的话（我说不出来哪样对他们比较困难），他们自会了解这样一部小说写得有多好。

在《无知》中，有如此一段话：

  逝去的时光愈是辽阔，唤人回归的声音就愈难抗拒。这样的说法似乎言之成理，但却不是真的。人不断老去，生命的终局迫近，每一瞬间都变成愈来愈珍贵，根本没有时间可以拿来浪费在往事上头。我们必须去理解这个关于乡愁的数学悖论。

我想为昆德拉这番语含机锋的话加进一点物质基础，那就是人自己的身体。得先说明在先的是，我绝非那种阅读的唯物论者或生物决定论者，我只是无法愉悦地放心，阅读会是一种完全脱离身体的纯精神活动，没这等好事，它多多少少总会被人的身体重力不舒服地拉扯住，也许在专注进入美好的阅读世界中你会遗忘如此的不快，像孔子讲的暂时忘记自己已然老去的事实，但姑且不论这种遗忘终究何其短暂，事实上，遗忘并不等于作用不存在，年纪，或说年纪带来的身体变化，直接改变了你的感受方式和内容，成为你一部分的阅读前提，成为你阅读准备的一个重要成分。

可是为什么会在四十几岁才跨越人生折返点的时刻，而不是距离死亡愈来愈近的老年呢？所谓人生的折返点，用现实的语言说，就是你身体开始往下坡走的时刻，这是一种全然陌生的新感受，因为它是第一次，你一时找不到可应付它的经验材料；更糟糕的是，它不真的是新来的、陌生的东西才对啊，它是你须臾不离相处了四十几年的身体，怎么忽然翻脸忽然背叛你而去了呢？于是这不仅惊骇，甚至还是哀恸的。

我相信，人是有韧性有办法的，山不转路转，时间一久，我们又会习惯于不断坠落的身体新状况，我们若不像玻利瓦尔般迅速死去，一定会找出和它再次融洽的相处之道，就像老年后的了不起小说家纳博科夫一样，这位人生前十九年在俄国圣彼得堡度过、中间十九年在欧陆、再来十九年在美国大放异彩、最终逝于瑞士的漂荡小说家，晚年在瑞士接受采访时说他如今最需要的是"安乐椅"，好安置自己又老又肥胖的身体——当然，身为最顶尖的现代主义大师，纳博科夫的"安乐椅"是隐喻，他旋即解释，"安乐椅在另一间屋里，在我的书房。这是个比喻，整个旅馆、花园、一切都像个安乐椅。"

可是四十几岁你才乍乍跨过人生折返点那时候，你既来不及习惯衰老，更不可能甘心就范——不是再怎么操劳、再怎么病、再怎么彻夜聊天饮酒至东方既白，好好睡一觉就全部好了吗？牙齿、头发、指甲、皮肤、关节乃至于各器官内脏，不都会自己料理自己吗？什么时候开始还要我们分神去关心它修护它呢？

没错，还有眼睛，这是所有乍乍老去的阅读者尤其最感刺激的部分。你被迫得开始计较字体大小，得计较灯光明暗，甚至还像个养尊处优之辈般计较阅读地点的舒适性，于是，阅读不再能是造次颠沛都能做的事了，它变得乔张做致起来，在顺利进入书本世界忘掉一切之前，你总有一堆仪式般的动作非得先完成不可，这很令人痛恨，但无可奈何。

跟着忧患而来的

有关人的乍乍衰老，恋慕青春到不能自持的三岛由纪夫用了不止一部小说对付它抗拒它到真的抵死不从的地步，但我以为讲得最精准的还是加西亚·马尔克斯，只一句话，这是他另一部小说《霍乱时期的爱情》书里的，老去的乌比诺医生以为，他现在完全晓得自己内脏的位置及其形状了。

无神论的博尔赫斯曾讲，光是一次牙痛就足以让人否定上帝的存在。意思是，一个仁慈、睿智而且万能的神，不可能把牙齿设计成这样子，痛起来会到如此田地。如果说他仁慈爱世人，那他一定是个笨拙无能的创造者；如果他有足够睿智和能力做更好安排而不为，那他必定是残酷坏心眼的。总而言之，在牙疼暴烈袭来那一瞬间，你深切了解我们有关上帝的最基本属性描述必定是彼此矛盾的。

其实,有关人的身体,矛盾的岂止是那小小三十几枚牙齿而已。

乌比诺医生之所以可以感觉到自己每个内脏(理论上肝脏除外),是因为我们的神经知觉系统是预防性的设计,报忧不报喜,像警铃一样的东西,只有损毁时或有异物入侵时才反应,并以各式各样程度不等的痛苦来逼迫我们非正视不可,也就是说,我们的身体没感受欢乐的物理性设计,快乐是唯心的、飘忽的,于身体只是一种轻松无事之感,身体最大的快乐便是你全然不感觉到身体的存在,所以老子才说,人的痛苦忧患,只因为我们有这个身体拉着我们,如此而已。

我个人曾经以此为答案来回答人类学家玛格丽特·米德的一个再准确不过的询问——为什么人类所有宗教乌托邦的天堂描绘都如此空阔、贫乏且毫无实感呢?相反地,所有有关地狱炼狱的想象却都淋漓尽致生动不已到吓个你半死?

带着这样"新的"身体进行阅读,你便不仅仅只是惦记着自己胃肠何在、支气管和前列腺何在而已,随着这些曾经透明的器官浮现出来,书本里某些年轻时一眼扫过,完全无感的部分也开始一样样在你眼前自动跳出来,有时多到目不暇给到每一本书都像第一次读它一样。身体的苦痛在阅读时取回了代价,因为书本中有诸多"内脏"部分,只对经历过同样折磨的人开启,而且,这通常还是书中较深刻较扎实的部分,毕竟,写书的人也有他烦恼不已的身体,并借由如斯苦痛真切意识到自身存在的极限以及等在那里的终点，而死亡，如昆德拉指出的，从年轻时概念的、文字的、意有他指的托情想象，变得真实、迫切而且带着病痛之苦而来时，人方有机会真正站到死亡的位置，也就是生命之外的位置，回头去看整体生命本身，而不是埋在生命之中无意识地、理所当然地活着，好像万事万物连同自己都会这样无休止地存在下去。

在这里，阅读者和书写者因同病而构成了联系，通过文字的有限负载力沟通并相濡以沫，消解了一部分痛苦，还相当程度安慰了孤独受苦的寂寞。

更好的可能是，一直透明抓它不住的时间，也像染了色般开始具象浮现了出来了，一种深刻无匹的惊喜——连续如流水奔驰的时间，只有在被打断时才被我们真正感知，才显示了当下、过去、未来的丰硕层次出来，而最能打断时间的，总是死亡不是吗？一具过了折返点开始逐步瓦解的身体，死亡如我们所说的不再是个名词、是个平滑溜手的概念而已，它开始一路装填可感知可惧怕的物质性内容，神经质些，你甚至还开始嗅闻到它的异样气味（你有过和老年之人坐计程车封闭空间的经验吗？），不是香水、芳香剂、花草精油、口香糖或各类漱口沐浴药水所能完全遮掩的，这个腐败中的气味，在《霍乱时期的爱情》的迟到老年爱情之中，加西亚·马尔克斯把它称之为"秃鹫味"，当然是充满死亡意味并仿佛招引来秃鹰觅食的不佳气息，书中的费尔米娜便是在航于马格达莱纳河上的霍乱船上担心阿里萨嗅闻出来。伴随着你身体一点一点地死去并腐朽（雷蒙德·钱德勒在他的名著《漫长的告别》书中说，告别，是每次死去一点点。也就是说，我们的死亡是分批的、渐层的，在心脏停止跳动被医学的、法律的宣告不治之前，我们的身体已有某些部分早已完成死亡，比方说，掌理性爱生殖的那一大堆东西），你于是变得很容易留意到遍在的、每时每刻发生的他者死亡征象，落叶、季节、昆虫尸体、家中宠物、熟识不熟识的人们、烟囱冒起来的青烟、关着门的店家、一条街、一座城市、头顶上变幻的天光云影和看似永生明灭的美丽星空云云，时间屡屡因此被打断，或更好如加西亚·马尔克斯《百年孤独》书中的霍塞·阿卡迪奥第二在经历了三千多名工人遭机枪扫射屠杀独自逃生回来、关闭于老上校孤独小房间里见到墨尔基阿德斯鬼魂的那段感想："他发现时间也会失足、出意外，因此而裂开，在屋里留下永恒的断片。"

当死亡伸手可及了，成了可预期之事，成为谶识的判决，我们便因此窥见了时间的形状及其内容，如同幻觉，如同墨尔基阿德斯洞视生死奥秘的动人鬼魂。

从仰望到平视

四十多岁的阅读，你看见了更多隐藏于字里行间的东西，有时它是发现，也有时会是揭穿和破除。

博尔赫斯在谈书写技艺时曾毫不留情面指出来，时间一长，很多文学的诡计都会被看穿。这原本谈的是文学历史的迢迢时间效应，但阅读者却也发现，随着阅读的数量和年资渐增，随着年纪的日长，我们也有了更多看破诡计的能耐——精确点来说，这既是眼力，同时也是一种资格。我所谓的资格，意思很简单，那就是你发现自己年纪已然大到超过了大多数书写者写其书的年纪了，年轻时我们看这些人全是天才、是怪物、是长者和智者、是遥不可及的天神一样人物，忽然，他们还原成"正常"人了，甚至，其中一部分还是你的小辈。依据年纪，他们只是你的弟弟妹妹、你的儿子女儿、你的学生，或咖啡馆坐你旁边座位跟自己女朋友大吹大擂吵个你半死的毛头小伙子。

尼采说，耶稣要是再活久些，到他说这话的年岁，应该会收回那些天真昂扬而稀疏的教义，大体便是如斯心思。

举两个熟悉点的例子吧。比方说马克思和恩格斯的历史不朽文献《共产党宣言》，这份末世启示录般的神圣宣言，很长一段时日你根本只敢卑微地仰望它，不解的地方你不敢认为是它语义不清或书写者自己没搞清楚，你只会认定一定是自己程度不够没能弄懂；看到不安的地方你也一样不敢相信它会讲错，同样一定是你自己想法不对有问题云云。然而有这么一天，你忽然想到了，写《共产党宣言》的马克思根本不是你深印脑中那个须发怒张、仿佛才从伦敦大图书馆书海浸泡归来的老马克思，那个恩格斯也不是晚年书卷味十足、

跨过人生的折返点

眉宇间透着睿智的好看恩格斯。一八四八年纂写好宣言那会儿，恩格斯二十八岁，马克思三十岁，用台湾现在的流行年龄分类学来说，这两人彼时皆是你现在满街看到的六年级小鬼。我们知道，有些东西源于天赋，有些可一步到位直接获取，但有些则非得耗时间缓缓堆叠不可。那个小小年纪的马克思和恩格斯，也许可以写很好的诗如普希金，也许可写出不复杂不世故但才气纵横夺人耳目充满潜力的小说，打天下无敌的篮球或飙出时速一百六的快速球，但说到总结人类的总体思维成果和复杂万端行为，从而找出历史规律并据此断定未来那些还没出生的人怎么想、怎么做、怎么走，你真正能赞叹再三的便是他们两个毛头小子的勇敢无匹，可以凭借这么单薄的知识准备把话讲到如此巨大且斩钉截铁的地步。

另一个实例则是张爱玲小说。这位生长在极古遗老家庭和极现代（当时）租借地交壤之处的天才小说家，从小拿老人家东长西短的真实故事传闻当童话听、因此一直被看成是个精微洞视一切人情世故的无与伦比小说家。张爱玲小说在这上头的确惊人，就她书写时的轻轻年纪而言，但等你自己年过四十了，被迫知道人心的复杂种种，你再回头读张爱玲，不管是《怨女》《金锁记》或其他珠玑般的短篇传奇，你很容易发现原来她是如此"文学"，小说中诸多人的反应、诸多触及人性复杂幽深的地方，张爱玲往往力有未逮，她只能凭借自己惊人的聪明去猜去想去编，并仰靠自己漂亮灵动而且气氛营造能力十足的笔盖过去——真是苦了你了，孩子。

附带说一下,那些熟读张爱玲的学养俱佳专业文学评论者如夏志清、如王德威为什么不跟我们讲这些呢?我猜,这恰恰好说明了他们之所以学养俱佳的原因,他们太专注于学院书斋的睿智世界了,代价是,他们于是在社会大学的人情世故里遂相对地简单、相对地天真,看不穿张爱玲如美丽迷雾烟尘的"诡计"。

如此来说《共产党宣言》和张爱玲小说,我们当然也冒了不小风险。但这种因着阅读者年纪到了的一眼洞穿其实是自然而然的,并不是坏心眼的刻意揭短,更不会是犬儒的、虚无的尖酸嘲讽,所谓"别人的失败就是我的快乐"(这句充满恶意的话系出自于某个可怜悯的脸部残疾者之口)。我们并不因此丧失了对马克思、恩格斯以及对张爱玲的尊敬,只抹消了表层一些神圣泡沫而已——至至不济,你也得真心承认,今天你放眼四望,哪里找得到这么聪明、这么视野恢宏而且基本配备如此超越自身年龄限制的六年级之人呢?我们更该回想一下自己在那个年岁时又是个什么样子。

对一个真正热爱阅读的开始老去之人而言,如此年纪的诡计揭穿,纯粹是寸心得失之事,其效应只达对一己的除魅为止,让一大部分浮沉于不假思索的、人云亦云风中的尘埃落尽,像秋日滂沱大雨过后的干干净净街景,暖暖阳光,有点森森然金属味的凉风,乃至于空气中的微小分子,毫无阻拦地全直接沁入你皮肤。禅学把这种凉爽清醒的感受称之为"体露金风",很漂亮的一种说法。

这无疑是人四十岁之后阅读最为舒适的一面，你得到了某种平等，对书籍的仰望角度在时间中缓缓微调，如今已大致呈现平视、不弄酸脖子的人性角度，阅读亦从下对上的学习转成平辈之人的对话。

对话，光看字面就知道远比学习悠哉不迫人，也远比学习绵密，有较大让阅读者的思维自由自在回身的空间。我们以学习为主体的阅读，通常会把绝大部分注意力严重集中于书籍的主轴线上，甚至就是书中最清晰、教训最明白、应该手持红笔画下来熟记的那些部分，我们无暇亦无能力去掌握书的整体，更轻易就忽略过书写者状似不经意的部分。然而，一部完整的书，其实包含了它未说出来的部分，开始于它文字出现之前，包括启动它的意念，困扰它的疑问，它思维展开所依据的前提和假设，它不得不暂时搁置的思维缝隙，以及它画上全书完句点之后的另一阶段瞻望。简单点说，在对话为主体的阅读中，书写者不再是个全知全能的导师，而是一个大体上比你认真、比你缜密、比你学有专精而且在此话题比你先走一步的思维者，你也不再只是唯唯诺诺、忙着记笔记的学生而已，你同样也成了个思维者。阅读者和书写者在此平等地分享同一身份，建立起双向的往复联系，摆在你们中间那些有限数量而且有限负载能力的文字遂丰饶起来、深邃起来，借由隐喻，借由联想，借由它的语调、声腔、触感甚至不经意的转折停逗，它"说出"了远比它的直接呈现更多的东西——是的，这我们其实都有经验的，作为一个对话者，你不会只满足于听对方说出来的话，你必定寻求可述说语言背后真正的心事和烦恼。在书籍之外的现实世界之中，我们以为这才算真正了解一个人；一样地，在阅读的世界中，我们也说这才算真正了解一部书，呃，或者说，这部书背后那个孤独但认真美好的心灵。

也因此，四十岁以后的阅读节奏遂有了松紧变化，多样起来生动起来，不再像年轻时候那样，往往就只一种速度贯穿到底，伴随着均匀且坚决的进行曲乐声，而没变化的节奏最容易转变成催眠曲不是吗？四十岁之后的阅读，有些书你看看就好，如踏花归去，但有些书你却一字一句不舍得放过、不舍得快，如促膝长谈，那种你提着心不知道拿它如何是好的油然孤寂之感，最让你又时时听见时间的汩汩流水声音，骇怕东方既白生途悠悠。我总会无端想起年轻时候莫名背下的一首司空曙的诗，诗名忘了，但字句却历历分明——

故人江海别，几度隔山川；乍见翻疑梦，相悲各问年；孤灯寒照雨，深竹暗浮烟；更有明朝恨，离杯惜共传。

做出抉择

享有着四十几岁之后的阅读悠闲舒适一面，也就得来说说它迫促不得已的另一面，人生总是这样子没办法，它给予了你，也取走你，没一面倒的好事——这里，我们先放两句小说家格雷厄姆·格林的话在前头,《文静的美国人》书里头的:"你迟早总得选一边站的,如果你还想当个人的话。"

《文静的美国人》所设定的历史现场是法国势力尚未撤离犹最后挣扎、美国则乍乍伸出黑手这个犬牙交错时刻的越南。小说中,不快乐、世故到已出现阵阵酸味的英籍记者福勒,原是洞穿每一方罪恶、决意只过自己生活的中立者,谨慎地和彼时眼花缭乱的任一方势力保持等距。然而,这个在美丽越南女子凤儿的身体寻求慰藉、在鸦片氤氲香气中放松看世界打打杀杀的怡然良心位置,最终却只能是单纯的颓废之人、彻头彻尾的虚无者甚至冷血者才能站得住脚的位置。福勒没办法真的让自己成为这样的人,他一直极力抵抗的自身血气、热情、价值信念和对人生命的素朴同情,最终在一场伤及无辜包括小孩的阴谋爆炸声中,逼他做成了抉择。这个抉择绝不是个愉快的发现或皈依,而是失去一部分自己、放弃一部分自己的极不得已选择,也因此,那句出自共产党员韩劝告他的话才透露着这么驱之不去的无奈和不甘心:"如果你还想当个人的话。"

四十岁以后的阅读,你也会真实地感受到福勒的尴尬处境,开始发现你好我好大家都好的和气生财中立位置极可能只是一处流沙之地。其实对敏感些、用功些、在某个领域走得远些的阅读者而言,大约在之前三十来岁时候就不祥地瞧见这一端倪了,只是你认为自己还有大把时间在手,而拖到如今的四十几岁,你再没置之不理的躲闪空间了,你得做出还是挺痛苦的抉择，放弃一部分书，放弃一部分热切的瞻望，目送这些路上犹昂首前行的坚毅背影，并再一次确认生命不可能圆满、不可能完整的老结论。

这不只是时间分配从而丢失东西而已，就像你放弃临了十年以上的汉隶魏碑，让一堆美丽而且相当不便宜的日本二玄社书帖在书架上招尘；或你收起围棋子并把陪伴你度过千百个不寐夜晚的吴清源实战谱封存起来云云。四十岁之后的阅读抉择不仅仅只是这样单纯的悲伤告别，还包括阅读内容的路线冲突问题，除非你不打算再深入追究了，除非你肯让阅读从此停留在消遣享乐的浮面上，否则你终究得选某一边站，因此，这是人生位置的确认，决定你只能当什么样一种人，这会是很激烈的。

你当然老早知道了，人类思维世界不存在终极答案，找不到统一性的单一语言，如今你更加清楚地看出来了，人类的思维，系起始于互不相属的假设，并依此以各自的独特语言和思维方式分道前行，愈往前愈分离，最终大致呈现了两两对峙、无法说理相融的意识形态拮抗景观，比方说自由主义和社会主义的、唯物和唯心的、科学和人文的、集体和个人的云云。是还不至于到全然不可对话的彻底断裂地步，也因此一再提供人们假以时日的动人希望，但起码到可见的未来为止，所有试图调和两端、只采撷两造之长的梦幻明星队式努力看起来都是行不通的。

你晓得，在美国的职业棒球世界之中，有某些大城市同时拥有两支球队，像纽约的扬基和大都会，像芝加哥的小熊和白袜。有趣的是，远仇不如恶邻，这同城而居的两造球迷反倒比什么都水火不容——在芝加哥，于是就有这么一段球迷的精准名言流传："如果有人跟你讲，他是小熊队的球迷，也是白袜队的球迷，那这个人一定是个骗子，在芝加哥，这一套是不成立的。"

一样的，若有人告诉你，他既是个自由主义者，又是社会主义的坚定信仰之人，那他——那他一定在这两个思维领域中浸泡时日尚浅，只有浮泛的理解，如果他恰好不是个骗子的话。差不多六十年代时候，曾经有一波所谓"调和论"的思维小热潮，顾名思义想当跨海大桥联系两端，像写《不确定的年代》一书、在台湾亦小有名气的加尔布雷斯便是其中大将，这批好心的调和人很快证明他们只能在表层现象打转，因此迅速归于失败销声匿迹；九十年代苏联瓦解冷战告终，也有意识形态终结的声音再次传出来，但这回正如名经济学家克鲁格曼指出的，这只是大声讲话的传媒现象罢了（像章家敦《中国即将崩溃》一书便是最典型急于出名取利的肤浅实例），再没有稍为认真点的思维者当它一回事了。思维的矛盾和断裂可以演变成现实政治力量的对峙，但其根源处是严肃的，穷尽思维论证力量的，并非人的愚昧和顽固，轻率的二选一，因此反之不亦然，派生现象的偶然消解，并不等于而且绝不简单就等于其本源处的矛盾就此跟着解除，也许更糟糕也说不定，它使其中一方不在思维的深度和真确性上获胜，只单纯让它拥有主宰一切的现实压倒力量，这种内外失衡的结果极容易流于某种压制和暴乱，像美国在九十年代之后一连串愈来愈荒腔走板的返祖言论和行动，特别是小布什这个呆子上台之后那些全球唯一帝国式的言论以及四下挥兵的侵略行径，多少便是其后果。

回到我们安静阅读的四十岁以后个人来。

当如此冰炭不容的现象矛盾于、断裂于同一人身上时会是怎样？会很不舒服到可称之为痛苦，但其实也就是再正常不过的阅读思维现象，是每一个持续阅读到起码深度的人总会遇上的。我个人的实际经验尽管并不足为训，但最起码可看成一个真实发生的病例，乃至于一具捐赠出来供教学解剖用的尸体。就以自由资本主义和社会主义的矛盾来说，我自己便再清楚不过感受到理性和信念几乎是彻底背反的无可奈何情况。我大体上知道市场机能的运作原理及其实况，大体上晓得价格和工资如何决定；我也同意社会组织起来和分工的必要，所谓的剥削和人的异化物化毋宁是其结果而非图谋；我基本上也相信人性的某种恒定性和惰性，并非如黄金白银般有那么大的弹性系数可随意槌打延展搓揉，因此自利之心仍是人行为的根本驱力，难以用其他更高尚的动机来替代云云。也就是说，在经济学此一大范畴之中，我自己花较多的阅读时间和心力在泛资本主义的论述书籍之中，也接受其基本假设和往下的观察和推论大致上是合理的没错；然而，如果我们直接跳到其终端的现实结果呈现素朴地来看，却不乏太多令你茫然、沮丧、悲伤、愤怒的事实。比方说，一个年轻黑人只因为会把个海碗大的皮球想办法扔进个漏底的篮子里，别说他的工资所得了，光是你请他在电视上公开喝一瓶汽水的代价，便足以支付整个大台北市每天大清早帮我们打扫街道、冒着被喝醉酒驾驶员撞死危险的所有工作人员一整年工资还有余不是吗？真的就可以这样子吗？又比方说，在这个仍随时有全世界四分之一人口濒临饿死和长期营养不足并饱受各种病菌病毒肆虐同时，我们地球另一侧的聪明人却花最多资源在减肥药、壮阳药、生发水和男性除臭剂上头，而且动不动就把生产过剩的粮食给焚毁或倒入河中；或比方说就连加西亚·马尔克斯也拿起笔计算过的（在他某篇短文），人类大规模生产，购买各式杀人武器，但一枚飞弹、一架隐形轰炸机、一部新型坦克，乃至于前些日子被当成海豚搁浅于台湾东海岸的鱼雷，就足以改善卫生条件、解决学童教育经费或让小孩有营养午餐可吃云云。诸如此类的见怪不怪现象合理吗？合理的，如果你顺着资本主义经济学一路推论下来的话，不必什么大经济学家，我都可以讲给你听何以至此，而且好像非如此不可。

相当程度来说，你一旦接受了它的假设和逻辑，结论差不多就被决定了，因此你只好说这是必要代价，是你得忍受的不完美结果，或干脆把它们给逐出经济学范畴之外，说那是政治学、社会学乃至于道德该负责料理的问题，不关价值中立经济学的事，如此如此，这般这般。

你要不要忍着心加入这边呢？加入生发水、壮阳药、减肥药（确实俱是你这样超过四十岁之人非常需要的没错）和各式杀人武器这边而且讲道理为它们解说辩护呢？你要不要不回头成为这样的人？

还有二十年时间

因此，四十岁之后的你，得开始把握愈来愈有限的生命时间，集中在你最想望的某些个领域中锐志深入，但每个领域都有其独特的性格和指向，深入同时也意味着你极可能由此愈走愈远，距离你另一些最原初的、最素朴的，而且压根儿你就不打算失去的生命信念愈来愈远。

可是你能因此停下来吗？当然也存在这些抉择，但停下来只意味着你两边都没有了不是吗？就像古希腊那只等距于两堆相同草料却饿死了事的过度理性笨驴子不是吗？

于是，如果有可能，你也真想问问当年回头想这一辈子的老孔子，我相信他的自我反省必定是诚挚的，但四十岁之后不再疑惑是什么意思？是解开了抑或毅然选择完毕了？不管哪一样那又是如何可能做到的？

然后，五十岁之后就清晰无比找到自己在广大世界中舒适且怡然的生命位置了；六十岁以后听什么都对都有，都可以调到接听频道而且让讯息无间然地进入自己生命之中；再到得七十岁，真正的生命终极自由就来了——这真的是一幅绝美的阅读者图像,是阅读世界的一个乌托邦版本。

我是个超过四十岁并持续向五十岁蹒跚前进的阅读者,唯至今满心疑惑也许是远远落后了,但最起码我想我大概还有整整二十年时间可以读书,对我们这代人而言,这应该不算是太乐观的估量才是。我不知道也没资格来谈人五十岁、六十岁乃至于七十岁以后的古稀疲惫年纪又会是哪种阅读模样、内容和感受,但既然我大致可以算出来我还大有读书的余裕,也许,有些现在不可解的事或许还有伸缩变化的余地也说不定。

也许四十几岁的这次抉择也并非你人生不可逆转的一次,也许你终究会找出更妥善安顿自己争执不休的理性和信念的方法,谁知道呢?博尔赫斯说好像未来什么都有可能会发生的,这是阅读者的乐观,我也并没忘记,我自己所相信的阅读,本来就是个包含着无尽可能性、永远抵抗绝望的世界。

11 阅读者的无政府星空

有关阅读的限制及其梦境

将军让伊图尔维德带给乌达内塔的另一封信，是要求乌达内塔销毁他以前和今后写给他的一切信函，以免留下他情绪忧郁的痕迹。乌达内塔并没有使他满意。五年前，他曾向桑坦德将军提出了类似的请求："无论我生前还是死后，您都不要去发表我的信件，因为这些信写得既随便又杂乱。"桑坦德也没有按他的要求办。与他那些信相反，桑坦德给他的信无论从形式或内容看，都是完美无缺的，一眼就可以看出来，他写这些信时就意识到它们最终将被收入历史的篇章。

从写于韦拉克鲁斯的那封信起，到他去世前第六天口授的最后一封信上，将军一共至少写了一万封的书信，一部分是他亲笔写的，一部分是他口授、记录员抄写的，还有一些是记录人员根据他的指示撰写的，被保存下来的信件有三千多封，被保存下来经他签署的文件有八千多份。有时，记录员们被他搞得不知所措，有时又与他们合作得很好。有几次，他觉得口授的信不满意，他不是重新口授一封，而是在原来的信上亲自加上有关记录员的一行字："正如您将会发现的那样，马特利今天比什么时候都笨。"一八一七年，在离开安戈斯图拉以便结束大陆解放事业的前夕，为了按期处理完政府的事务，他在同一个工作日一连口授了十四个文件。也许由此产生了那永远也没有得到澄清的传统，他说同时给数位记录员口授各不相同的信件。

不必辩论，在南美的大解放者玻利瓦尔和哥伦比亚国的真正创建者桑坦德之间，加西亚·马尔克斯百分之百是比较喜爱玻利瓦尔的。从一生的言行来说，哥伦比亚人是极宠爱他们这位"为国家争得前无古人最多荣誉"（这话是加西亚·马尔克斯自己白纸黑字写的，他当然知道自己的所作所为和分量）的伟大小说家，加西亚·马尔克斯也相应地给予自己极严厉的自我规范，对这个其实毛病不小的国家，加西亚·马尔克斯要求自己绝不在国外、甚或面对外国媒体时批判自己国家，他只关起门来在国内讲，对一个并不以忍耐力和自我砥砺能力见长的双鱼座人而言，这个实践显然是要在长时间中用尽气力才做得到的。

然而，在哥伦比亚国内，他却是个不折不扣的加勒比人，就像鱼悠游在这方温暖多阳光的美丽海域,至于首都波哥大所代表的湿冷安的列斯高地连土地带居民他可就没什么好话了。他十三岁离家初次沿马格达莱纳河溯流而上(恰好和玻利瓦尔的最后旅程逆向而行,也难怪在这趟明明是放逐之行死亡之旅的绝望笔调中,我们总还能在字里行间嗅到某种奇怪的欢愉,像是归乡,也像某种重获自由),在波哥大念了高中,"那所学校是一种惩罚,而那座冰冷的城市简直是一种不公了。"他也如此描绘过眼中的波哥大印象:"一座遥远而又凄凉的城市,那里自从十六世纪以来就淫雨连绵,这座阴暗的城市首先引起我注意的就是在街上来去匆匆的众多男子,他们跟我一样,都穿着一身黑衣服、戴着礼帽,可是满街竟见不到一个妇女。引起我注意的还有冒雨拉着啤酒车的高大佩尔切隆良马、有轨电车在雨中拐过街角时迸发的火星以及为了给络绎不绝的送葬的人群让道而造成的交通阻塞现象。那真是普天之下最为悲壮的葬礼,四轮马车拉着大祭坛,黑色的高头大马披着黑天鹅绒,驾车的把式戴着饰有黑绒羽的带檐头盔,还有那一具具的死尸,可是那些大户人家还自以为葬礼操办得尽善尽美呢。"——因此,同在哥伦比亚的咫尺,波哥大成为全世界他最异乡的所在,超过巴黎和维也纳,超过任一方遥远陌生的土地。

最口出恶言的,可能在《百年孤独》书里,彼时他还不是诺贝尔奖大人物,肆无忌惮多了。书中最乔张做致的人菲南达·德·卡庇奥,娶自波哥大的第三代媳妇,整个加勒比

阅读者的无政府星空　　279

海岸地带只她一人用金马桶,"夜壶虽是纯金的,表面刻有贵族纹章。里面却是大便,而且比别人的大便更脏,是自负的高地粪便。"

哥伦比亚之外,加西亚·马尔克斯极关怀南美洲的集体命运,尤其是加勒比海沿岸这些本来人性欢快却国族命运悲惨的国家,他在墨西哥待很长时间,同情古巴革命且和大胡子卡斯特罗是好友,加勒比海水拍打的国家他唯一痛恶的是美国,《迷宫中的将军》书中玻利瓦尔所说:"也别和您家里人一起到美国去,那是个无所不能又非常可怕的国家,它有关自由的神话到头来将给我们大家留下一片贫穷。"这话加西亚·马尔克斯自己一定百分之百点头称是。

因此国族是什么?家乡是什么?范围该画多大?在更小、更肌肤可亲可感的加勒比小乡小镇和更大、有生物学共同基础的人类集体生命归属的同心圆状层层光谱之中,为什么独独非得排他性地高举其中不大不小的国家这一环呢?——当然,国家不只是个抽象概念或幻觉,它是现实的,通过权力的占有和行使成为坚硬的存在实体,操控甚至相当程度决定我们的命运,但不正正因为这样,我们更该随时随地警觉并努力寻求超越吗?更该回头来问哪些是我们真实的情感哪些只是别人(尤其是权势拥有者)的催眠?

每个人都不止一个身份、一种分类归属,不管是你自己努力争得或极不舒服被划分认定。以加西亚·马尔克斯而言,从"加勒比人电报员的儿子加博",到人类共有的不世小说瑰宝，我们以为他最珍贵的是什么？我相信绝不因为他是哥伦比亚人，全世界那么多哥伦比亚人从种咖啡豆种香蕉、挖祖母绿矿石、踢足球到当毒枭的，我们为什么只认他一个呢？

加西亚·马尔克斯和法国的密特朗也是谈文学的好友，他曾回忆一九八一年十二月密特朗颁他荣誉骑士勋章时，演讲词中"几乎使我热泪盈眶"的一句话："你属于我热爱的那个世界。"

是，我们珍爱加西亚·马尔克斯，是因为他属于我们热爱却一直无从让它在现实中存在的那个世界，那个世界，至今只存留在我们读者的世界里。

留下狼狈不堪的模样

因此，哥伦比亚不哥伦比亚当然不成为最终判准，加西亚·马尔克斯比较喜欢玻利瓦尔，可能是玻利瓦尔的南美洲国人梦更揭示了某种心智的辽阔想象和可能性，可以联系那个令他热泪盈眶的美好世界，也可能是加西亚·马尔克斯综合了诸多细碎史料的整体判断云云。然而，单单从《迷宫中的将军》书中这段对书信的不同做法来看，玻利瓦尔的确比桑坦德是个"素质"较好的人。

正如加西亚·马尔克斯知道自己是历史上为哥伦比亚争得最多国际性荣誉的人一样，玻利瓦尔也不会不知道他活着时已同时是个被写入历史的人物，他的一言一行，乃至于一句话一行文字一件衣服或任何一个日常用品,都将成为后人搜集、研究、取证的资料,如此自觉是人活着一种极沉重的负荷,就像《百年孤独》之后的加西亚·马尔克斯处境。我们知道,诺贝尔文学奖比诺贝尔其他奖项具公众性,因此诺贝尔文学奖得主通常再难写出重要且成功的作品来,它被视为人活着的文学荣誉顶峰,也因而一不小心就是书写生命的巨大句点。

但我们来回想一下拿下诺贝尔奖之后的加西亚·马尔克斯写什么?不就是他那本奇妙而美丽的爱情故事《霍乱时期的爱情》吗?——这我们不晓得该说他勇敢呢,说他专注呢,还是说他不在意好?在全世界人不合理的殷殷期待目光之下,加西亚·马尔克斯居然选择了"爱情"这么小而且古老的一个题材,而且从头到尾收起了他震撼全世界读者的所谓魔幻手法不用,他无事般回转到传统叙事,耐心且兴味盎然地讲一个两男一女长达七十年以上的恋爱故事,一直要到小说几乎是临结束那两三页,那艘承载了费尔米娜和阿里萨以及他姗姗而来爱情的河轮,才在马格达莱纳河上的永生航程中正式"起飞",让我们又瞥见了那个叫人惊呼出声的魔幻加西亚·马尔克斯。

也就是说,与其讲玻利瓦尔不像桑坦德那么在意历史声名,不如讲他更在意更专注于手中当下得做的事,两下相权,他宁可选择失败和后悔,愿意承荷失败和后悔的风险代表人还好端端活着,犹迎向生命的无限可能,而不像照顾历史声名的人那样已经关好门在料理后事了。《迷宫中的将军》书里另一处,加西亚·马尔克斯便如此写道:"对于外界一切有关他的传言,无论是真的还是假的,他都很敏感,任何关于他的不实之说都会使他卧不安寝,一直到他临终时,他都在为揭穿谎言而抗争,但是,在避免谎言产生这一点,他注意得很少。"

在当下、短暂时间里,困扰人的通常是不形诸文字、在口耳之间飘浮的风言风语,然而,最可怕的终究是文字,一种抵抗时间的历史镌刻形式,风会止息,埃尘会落定,但文字,尤其是写入了书籍的白纸黑字,却顶多变成了黄纸黑字而已,所以了不起的近东诗人欧玛尔·海亚姆说:"任世间所有的泪水,也洗不去任一行。"

孔子曾大剌剌地讲说人最该介意的是自己死后没在后世留下痕迹,这是好的,由此人拉高了自身的视野和规格,但那些在生前就预先窥知自己必然存留于历史的人如玻利瓦尔这样,却得神经质于究竟留下什么痕迹,不只为"揭穿谎言而抗争",更麻烦是为真话而抗争。毕竟人漫长一生之生存痕迹,从无知、启蒙、尝试、成熟到衰老昏迹,总是一个不断和失误打交道的艰难过程,不能不留有狼狈不堪、每一回想起来就脊骨发冷脑门一阵晕眩的言行记录。才故世不久的古生物学者古尔德告诉我们,大自然里只有无机体才可能形成对称的完美形式,有生命的东西是做不到的,因为生存传种所时刻面对的天择是严酷没侥幸的大事,救死不暇,甚至匍匍匐爬行各种爬虫类的不雅观姿势都得采用，因此不会有那种完美形式的美学余裕。加西亚·马尔克斯也写过这么一副玻利瓦尔的滑稽模样："生活已使他充分地认识到，任何失败都不是最后一次。仅在两年前，就在离那儿很近的地方，他的军队被打败了。在奥里诺科河畔的热带森林里，为了避免在士兵中间发生人吃人现象，他不得不下令把马匹吃掉。据不列颠军团的一个军官证实说，当时他那副滑稽可笑的样子很像一个游击队员。他戴着画有俄国龙的头盔，穿着骡夫的草鞋，蓝色的军服上带着红色的穗饰和金色的扣子，一面像海盗似的小黑旗挂在平原居民使用的长枪上，小旗上的图案是颅骨和交叉的胫骨，下边则用血写着：'不自由毋庸死'。"

当然不止这一处，事实上，从常识性的伟人形象而言，整部《迷宫中的将军》中的玻利瓦尔样子，简直都是——用某位读了原稿的历史学家的话来说是："这是一个赤裸裸的玻利瓦尔，求求您，请给他穿上衣服吧。"

这类历史级人物的诸如此类宿命性麻烦，我们这些寻常人等读者是有余裕当笑话来讲的——多年以前，我个人曾恶魔般地想编一本短篇小说选集，对象是当前台湾最好一批小说家的第一篇小说，尤其是那些十几岁就开笔书写的，像张大春高三那年发表于敝校校刊的某青春绮丽力作（为张大春一世英名着想，姑隐那么长的小说题名及其内容），像朱天心写于北一女高一时的《梁小琪的一天》，像朱天文写于中山女高高二时的《强说的愁》云云。事实上我连腰带上的宣传文字都拟好了："本书献给所有有志成为小说家的人，您瞧，这些人都曾把小说写成如此模样，您还有什么好怕的呢？"

就算是加西亚·马尔克斯，一样也有他年少的第一首诗、第一篇短篇小说，不止如此，我们讲过的，他还有白纸黑字签名的欠款条子——那是他年轻落魄岁月在某异地积欠旅馆主人房钱的凭据，最终人穷志短逃之夭夭，诺贝尔得奖之后，该旅店主人君子报仇不止三年地公开此一稀罕欠条，并开心地决定永久保存传诸后世子孙，千金不易。

源远流长的反书籍话语

白纸黑字，尤其是更装订成为书籍的可怖威胁，很奇怪也很有趣，有极聪明的人在书籍才诞生不久的曙光时刻就神经质预见了，而不是在受尽痛苦折磨之后才生出的经验之谈。

这让我想起一段篮球史上的有趣名言。我们知道，美国的职业篮球曾在七十年代分裂成为两大联盟，有三十年历史传统、较文雅的NBA，和新创的、打红蓝白三色球的ABA。后面追赶的ABA人为了抢市场，努力发明了不少球场花招（如三分球、灌篮大赛云云），还刻意强调暴烈性冲突性的球风，尤其鼓励球员在比赛中灌篮。因此，这句名言便是："NBA球员不大灌篮，是因为他们以为在对手面前灌篮是不礼貌的；ABA球员拼命灌篮，则是因为他们也以为在对手面前灌篮是不礼貌的。"

人类对书籍的正面负面看法也是这样——今天我们赞叹书籍的发明,是因为我们相信书籍可抵抗时间传之久远;而古人质疑书籍的发明,则是因为他们也相信书籍可抵抗时间传之久远。

有些唯恐天下不乱似的,博尔赫斯只要一谈书籍的相关话题,几乎忍不住一定先谈这个,我们这里只举他《论对书本的迷信》文中的一段:"众所周知,毕达哥拉斯没有写过东西。贡佩茨曾为他辩护说,他不写是因为他更相信口头表达的优越。柏拉图的确凿无疑对话,比毕达哥拉斯纯粹的冥思默想更具力量,他在他的《蒂迈欧篇》中宣布:'发现这个宇宙的创造者和先祖是件艰难的事,即使一旦发现了,也不可能向所有人宣布。'在《斐多篇》中,他讲述了一则埃及寓言来反对书本(书本这种实践使人疏于利用记忆而依赖符号),并且说书本就如画出来的形象,'外表栩栩如生,但却不会回答任何问题。'为了减缓或消除这种缺陷,他想象了他的哲学对话。老师可以选择学生,但书本无法选择它的读者,他们可能是愚钝或歹毒之人。这种柏拉图式的疑虑曾见之于非基督教文化大师克雷芒特·德·亚历山大的话语之中,他说:'更为谨慎的做法是不写东西,而是用活生生的声音去学、去教,因为书面的东西会流传下去。'他又说:'把一切写在书中犹如把剑放到了孩童手中。'这些话也出自福音书中:'勿将圣洁之物赠予狗,不可在猪群之前撒珍珠,以免遭其踩踏而后又来糟践你们。'这是最大的演说大师耶稣的格言。他一生只在地上写过几个字，而且没有任何人看过这几个字。"

感谢博尔赫斯为我们做此博学的搜罗，当然，更得感谢的是书籍，为我们一路辗转保留下来这么多睿智而且反对它自身之话语。

我们看到，在这些对书籍和文字不信任的声音中，并不只是玻利瓦尔式的为自身的历史声名清洗护卫，他们有更大、更无我的真实忧虑。这个忧虑，我们可以说，最根本处起自于赫拉克利特式的敏锐警觉："你不可能伸脚到同一条河水里两次。"如果说万事万物如流水般是瞬息的、变动不居的，你如何可能以一组固定且有限的符号去捕捉不停运动中的活生生事物呢？就算我们别无他法，非得"暂时"地用语言或文字来表述不可，我们又如何可以让这暂时性的、理应用后即弃的表述凝冻起来存留下来呢？不是就该像纳瓦霍人仪式颂歌的沙画般在结束时立即毁去吗？从连续的、流变的万事万物，到当下的口语，再到固化的文字，最终到碑铭般风雨不动的书籍，这不就是中国人"刻舟求剑"故事里的老教训，一种随着时间愈失真愈远离的愚人做法吗？

的确如此，这些忧虑全是真的，即使几千年后的今天听起来仍令人心头一紧——否则聪明如博尔赫斯也就用不着再重述一遍给我们听了。

不再直接面对自然了

但怎么办呢？好像并不能怎么办。我的意思是，了解文字乃至于书籍的如此明晃晃缺憾及其使用风险，并不代表于是你就有妥善的、对症下药的解决之道，生命里有诸多这样子的事，像人生必有死亡，你只能忍受，程度上地应付它，并最终诉诸抉择。

有什么样的抉择呢？最激烈的一种我们或可称之为"仙人吕洞宾式的抉择"。这些流传于中国民间的寓言故事，相传在吕洞宾成仙之前，曾随仙人学艺修道，在学习点石成金之术时，吕洞宾问这是物理变化或化学变化，黄金是否就此不再回转成石头了呢？他的仙人老师坦白告诉他，不，五百年后仍会还原为石头。于是，向往24K纯金绝对境界的吕洞宾遂敬谢不学了——"去圣邈远，宝化为石。"玄奘取经的《大唐西域记》书中这两句苍凉的话，掌故出处可能就是这则故事，成为玄奘亲眼目睹旅途中倾城废墟、昔日人的艰辛经营成果重又被自然风沙侵蚀吞噬返原回去的千古喟叹。

是的，你可以如吕洞宾那样抉择，拒绝文字，终你一生不著书，甚至不记日记不写信，而且还不读书，直追毕达哥拉斯，在罗兰·巴特所惊惧的符号讯息充斥嚣嚷的五浊红尘中，做个洗耳颍川的今之古人。

但这样的抉择，我们得说，落在我们这个"堕落"的时代中，仍有它的另一种风险，而且几率更高更难幸免——有没有看过东京上野恩赐公园里那些用蓝色塑胶布拦起草坪遮挡风雪的辛苦无家人们呢？有没有在比方说京都四条河原町每一道巷口为色情酒店卡拉OK举广告牌换点清酒喝的流浪人们呢？在这个没有隐士的窄迫时代中，毕达哥拉斯一不小心就会成为这样的人。

这正是瓦尔特·本雅明告诉我们的，人直接面对自然的时代可能已永远过去了，如诗人席勒所说那种素朴诗的时代已永远失去了，七月流火，九月授衣，我们当然可以堂堂正正地悲痛我们是被抛掷到一个我们并不乐意的时间里，如活在大唐盛世的李太白诗中一辈子挥之不去的感慨一般，但感慨完，你还是有当下的功课得去面对。

失去了朗朗声音的智慧

曾经，在书籍文字始生、稀有、昂贵的那个时代中，书籍要说是智慧的载体，也只能是带着权势财富的那一部分智慧，民间素朴的智慧用不起这奢侈品，于是只能留在语言口耳的空气之中，因此，在有钱的智慧和没钱的智慧之中，便隐隐有着紧张关系。今天，我们从博尔赫斯搜集的质疑书籍各种声音中，仍然可以读出这两种逆向行驶的不安气味，一是来自直接面对完整、连续、流变世界的民间声音，质疑的是一种时间被取消、变化被静止的固化；另一则是来自书籍智慧世界的占有者声音，他们惊惧的焦点则是书籍的传布及远力量甚至还包括书籍将愈来愈便宜、愈平民化的势不可遏走向,这不只将撼动现实世界四民不乱的安定层级秩序,还会永久改变智慧的既有形貌,他们的忧心不一定源自于独占者的自私之心,还包括对既有秩序瓦解之后世界不知道变什么鬼样子的合理担忧。

文字的确是人类历史可以让"鬼夜哭"的巨大发明,而书籍的产生则是它形式的完成,由此合成了一场空前而且大概也绝后的深远革命,一场宁静革命,用千年以上时间滴水穿石因此无人可阻挡的柔软方式完成。今天,我们这些曾被贬喻为无知小儿、被圣者用不是太有风度的狗族猪群来形容的寻常人等,都可以掏出三百块钱直接购买伟大的智慧成果,事情便完完全全倒过来了,仍受限于物理性时空世界的口耳相传方式反而相对昂贵起来了——买一本教你炖一百种汤的精美全彩食谱一样几百块钱,但要追随个大厨被他又使唤又辱骂地学成一种汤可能得要五十万元;而更普遍的实例是,今天那些送自家小孩进才艺班、进双语幼稚园于是节衣缩食的父母都咬牙切齿知道我们在说什么。

历史的变化屡屡出人意表,在经济学上有所谓公共财的分类概念,写书的经济学者最爱举的说明实例便是阳光、空气、水,这三种最有价值却最没价格的特殊物品,但我相信,今天的经济学者在沿用这三个实例时一定心有忐忑得附加说明才行,只因为世界真的变了,这三大公共财已逐渐稀有且必须支付代价取得了(暂时是还没到昂贵的地步,除非你坚持的阳光、空气、水是那种高品质的别墅世界青山绿水）。同样地，曾经悬浮于阳光下、井水旁、空气中靠口语传递的智慧分子，一个个固化为文字掉落了下来，落入书籍之中，这个效应一经启动，立刻形成反馈式的循环，有智慧的人转身回书房改以文字来表述自己，寻求智慧的人也不再徘徊街巷通闾之上如昔日的苏格拉底，以至于一度是智慧集散之地的巷语街言，只剩一些流俗的、轻薄的传闻闲谈如今天我们所见到的模样。智慧这个行业失去了声音，沉默起来，当然也孤独起来了。

有关智慧失去了声音这件事，在圣奥古斯丁著名的《忏悔录》书中留下了不经意的生动记录，那是他去见米兰主教安布罗斯时惊愕发现的："当他阅读时，他的眼睛扫描着书页，而他的心则忙着找出意义，但他不发出声音，他的舌头静止不动。任何人都可以自由接近他，访客通常不须通报，所以我们来拜访他时，常常发现他就这般默默阅读着，因为他从不出声朗读。"

这个让昔日圣奥古斯丁啧啧称奇的读书方式，正是我们今天每个阅读者日用而不自觉的——既是实然，也是隐喻。

无聊乏味的行万里路

当然，在历史的实然因果之间，原因极少是单个的，但本雅明所指出的，人的经验的空洞化、廉价化乃至于后势的不断看跌，书籍的发明和传布的确扮演了重大的角色。人一方面用孤独的沉静思维来替代如柏拉图《对话录》或孔子《论语》那样往复的、热切的集体争辩讨论；但另一方面，它抵抗了空气的阻力，用视觉串起另一个更多人参与的对话网络，接通了更远方甚至更古老的珍稀讯息，使得人受困于物理法则的个别经验相形见绌，失去了令人惊异的魔力。

翁贝托·埃科便不止一次谈到，不管你乐不乐意，如今我们的确得以文字为主体才得以认识这个世界，眼见为信早已远远不敷我们基本生活所需了，遑论进一步取得心智拓展所必备的思维材料。如果万事万物都要求亲身抵达现场才算数，把埃科的话转为我个人的经验，那我将不确定地球上真有澳洲这块土地、真有美国这一个国家，等一等，地球是什么？这恐怕只有美苏两国那寥寥几个太空人（但真有太空人吗？）见到过，还有，别说埃科、加西亚·马尔克斯、卡尔维诺这些严重影响我生命的哲人可能都只是虚构人物，事实上，我就连我亲祖父是否真的存在是不是骗局现在都没把握了，那我究竟从何而来？我的生命经此怀疑还能残留哪些东西？我该不该开始考虑我的脸只是镜子的曲折幻相？

我不确知今天犹存的某些过度强调实践因而不免敌视文字书籍世界的强硬左派，究竟如何看待本雅明对经验贬值的判决，多半还一如当年把这位不马克思主义者的泛马克思学者当异端吧。但事态的急剧进展不仅再再证实了本雅明半个世纪前的此一"预言"，甚至还大大超越了本雅明论述所及的幅度——以当年欧陆的旅行工匠制为代表,本雅明以远游归来的人为说故事的人两大传统典型之一,当然包含了水手、行商、冒险家、远征的兵士乃至于被神差遣的传教士云云。是这些人负责携回了远方的珍稀故事,并像传递花粉的蜜蜂蝴蝶般穿梭交换两地的讯息。但今天,我跑远洋货柜船、动不动行万里路的水手朋友告诉我,全世界大概不容易找到比他们更单调更无聊更封闭的行业了,绝大部分时间,他们只是在"圆天盖着大海,黑水托着孤舟"的一成不变风景下,靠打电玩、打乒乓球、翻漫画和武侠小说,以及赌赌小钱和发呆过日子,而且安全得全无幻想,不迷航也碰不了暴风雨,好容易靠港了,"你也知道,全世界有哪个货柜码头长不一样的?"而且,"你晓不晓得现代货柜码头的卸货装货速度有多快?那都是成本,才半天一天时间你去得了哪里?"那种在异国小酒馆里买醉、思乡、哲思、撒钱兼勾勾搭搭,在每一个小港口都留有种一畦金线菊情妇的浪漫诗意行径,称之为门都没有。

至于我家乡宜兰南方澳渔港的,不管是抓鲣鱼、抓乌鱼或钓鲔鱼的,除了不是孤单一人,真的就是海明威《老人与海》小说里描写的那个样子。

无政府的阅读梦境

我以为,今天仍在说反书籍言论的大致有两种人,一是读书读烦了累了或虚无了，打算告别好好休息或干点其他事的人，是阅读者的离职声明；另一是重度阅读者，这种人并不打算转行，对书籍乃至于阅读一事的狐疑只是一个必然发生的反省，一种自觉——真正从头到尾不阅读的人不太讲这些话，一来他们直接就做了，二来他们也发现不了书籍的如此致命要害。

博尔赫斯当然是第二种人，他从没打算停止过，连失去了视力都阻止不了他，郁郁乎文哉，吾从博尔赫斯。

我说这是一个必然会发生的反省，指的不只是理性的察知而已，当你阅读累积到某种地步你要不看到书籍的限制都很难没错，但最深沉来说，我个人坚信，一个好的阅读者，自觉不自觉地，应该都拥有着一个无政府主义的干净灵魂，即使在现实的政治主张上，他的理性另有归属。

少了这个无政府的灵魂，阅读会变得很容易完成，三年五年十年，而再不是终身实践白首偕老的事了。

我当然很担心白纸黑字这么讲会带来不好的误解（你看，我这儿也玻利瓦尔起来了不是吗？），尤其在今天懒惰虚无的民粹主义空气之中。民粹是一种不用大脑、永远冒着法西斯恨意不去的无政府堕落形式，它因为自身又笨又懒的缘故，并不想追寻任何美好的东西，不想和美好的人比肩齐步，而是满心妒恨地把好东西砸毁，把好人拉下来践踏，以为这样就一切平等了，但这当然只是一种反智的、无望的平等，还带着狞笑，它奉自由之名行动，并借助虚伪的民主形式，走向的却是一成不变的法西斯式集权——因此,它和阅读智性的、自由的本质永远背反,如果说阅读有什么永久性的大敌,那非民粹莫属,民粹对阅读的戕害,超过了人类历史任何已知的论述和现实压迫形式。

阅读的世界是不玩民主游戏的,它必定有怀疑有矛盾,但这是一种肯讲道理的怀疑和矛盾,更是一种极具耐心的怀疑和矛盾,即不借助民主表决的数人头方式来快快弭平争议,事实上,赞同反对的人数多寡根本无意义可言。我们可以说,在现实世界之中只有少数秀异之士所做得到的虽千万人吾往矣的坚强勇毅,在阅读世界中却是常态,是任何像回事的阅读者天天做到的事,这当然不是说阅读赋予我们什么神奇的力量,而是阅读的世界自有它不妥协、寸步不让的判准。我们夸张点来说,加西亚·马尔克斯说一部书好,对我个人而言,永远超过百万寻常人等的网络投票结果,当然,不必是加西亚·马尔克斯也不只是加西亚·马尔克斯,你大可把这个名字换成爱因斯坦、以赛亚·伯林、本雅明、海涅、纪德、伏尔泰、克普曼、阿城云云。阅读者痛恶集权,但他相信是非对错,即使是非对错暂时陷入混沌而呈现出悬而不决的矛盾样态,也并不因此跳入另一端的相对主义里,因而民主表决殊无意义可言,解决不了任何真的、具体的怀疑和矛盾。

阅读者服膺是非,衷心信任某一些了不起的人,但请留意,"这些"了不起的人永远是复数形式,而且通过阅读者自身的阅读积累和必然变化,这些名字又是可替换的,就像我个人青春期时光曾短暂相信诗人泰戈尔和纪伯伦是其中最光亮的两个人一样——我常想,如此复数的、闪动的瞻望追随图像,在我个人的实际经验记忆之中最像什么?我以为最接近星空,理性上,你完全知道他们巨大、不可逼视而且距离你遥远以亿万光年计,但对你个人而言,他们却"慧而有情"(借佛家对"菩萨"一词的诠释),仿佛可为你一人而存在,永远在你抬头那儿还像伸手可及,跟你一人讲话但温和不迫人;而且虽然个个闪烁独立,你却又可以把他们画线联系起来,浮出一个又一个、一次又一次不同的图像来。

"星辰下,涛声里,往事霸图如梦。"自古以来,星空底下就是人的想象之地,人甚至在这里发明了神;这也是人思省自身之地,人在这里找回了自己的历史和存有。世俗的权力、计较和压抑暂时睡着了,天地之间又回复成辽阔自由的无政府模样,也正因为这样的辽阔自由,才容得下一切不相互挤压,包括万物微邈但平等坚实的存在,包括一切不易容见的念头,包括所有所有的怀疑和矛盾。

除了这么辽远空旷的自由和宽容,哪里还会有怀疑和矛盾的栖身之处呢?

星空之下,人察觉出一种深不见底的奥秘,一种全然自由心绪下必定生出来的不确定之感,保有一个永恒的狐疑,以至于坚实存在的万事万物还有你自己,同时每一个边界处全渗透模糊开来了,形成了光晕,转成了梦境。博尔赫斯、卡尔维诺都引过而且喜形于色地详述庄子"是庄周?是蝴蝶？"的栩栩如生梦境，我相信其他人只是没讲出来或不幸没读到而已，每一个了不起的阅读者一定都珍爱这个人类最美丽的寓言，它再难更好地透露出无政府主义者自由的最后心事。

我们知道现实是残缺的，所以我们转身进入了书籍的丰饶世界；我们又发现书籍是有限制的、仍是不完美的，所以我们存留了想象、梦境和告别这一切而去的可能——很抱歉，我暂时很难把阅读者的终极无政府本质说得更明白一些，也许将来我还会更进步、想得更清晰，但即使只是这样，我相信这个不完整的交谈仍会成立，只因为语言文字的残缺，并不真的阻碍我们看到、或者说叫唤出我们共有的心事和希望，不是这样子吗？

12 — 数出 7882 颗星星的人

有关小说的阅读

在将军的随从人员里，何塞·玛丽亚·卡雷尼奥的残臂所感到的不便是大家友善的取笑的原因。手的动作，手指的触感，他都感觉得到，虽然他的胳臂里已没有骨头了，阴天骨骼的疼痛他也有知觉。他仍具有讥讽自己的幽默感。相反地，使他担心的是在睡梦中回答别人问话的习惯。在梦里他仍能与人进行任何方面的交谈，但无一点清醒时的控制能力，能说出他在醒着时守口如瓶的打算和挫折；某一次，曾有人毫无根据地指控他泄露军情。船队航行的最后一天夜里，靠着将军吊床守夜的何塞·帕拉西奥斯听见睡在船头上的卡雷尼奥在说话：

"七千八百八十二个。"

"你在说什么啦？"何塞·帕拉西奥斯问道。

"说星星。"卡雷尼奥答。

将军睁开了眼睛,他确信卡雷尼奥在说梦话,于是欠起身透过窗户看了一眼夜空。夜,广袤辽阔,皎洁灿烂,明晃晃的星星填满了天幕。

"差不多要多十倍。"将军说。

"就是我说的那个数字,"卡雷尼奥说,"加上两个在我数时一闪而过的流星。"

这时将军离开吊床,看到他仰面睡在船头上,显得比什么时候都清醒,光着的身子上布满了横七竖八的伤疤,在用伤残的胳臂数着星星。委内瑞拉白岗子那一仗结束后,找到他时就像这样,上下染满鲜血,浑身几乎被砍得稀烂,人家都以为他死了,就把他放在泥沼里。身上有十四处被马刀砍伤,其中几刀使他丢了胳臂。后来,又在别的战斗中受了另外一些伤。但是,他的精神丝毫无损;他的左手学得如此灵巧,以至于不仅刀枪精绝,声名卓著,他那精妙的书法也遐迩闻名。

"连星星也逃脱不了生活的衰败,"卡雷尼奥说,"现在就比十八年前少。"

"你疯了。"将军说。

"没有,"他答道,"我老了,但我不愿相信这是真的。"

"我比你足足大八岁。"将军说。

"我的每处伤口要算两岁,"卡雷尼奥说,"这样我是我们中间年龄最大的人。"

我个人非常非常喜欢《迷宫中的将军》书中这一段，打算用它来谈一个我喜欢的较私密话题：读小说，为什么我们要读小说？这个仰睡船头心思游了出去数星星的卡雷尼奥，首先总令我想到古希腊找金羊毛阿尔戈号上一名和大伙儿不同工作步调、做自己独特之梦的船员，那就是俄耳甫斯，他在远征船上只负责弹他的琴唱他的歌，但他的歌声琴声使这艘年轻、野心勃勃的船变得不只是远洋商业货柜轮。

再怎么凄凉绝望，这趟最后的马格达莱纳河之航怎么可以没有一个诗人伴随呢？或者该说，如果生命已颓败至此，人都已经付出了如此沉重的代价，怎么可以没有文学家小说家来收尸呢？好多少取回些东西、保护住些东西——整部《迷宫中的将军》书中，我想，卡雷尼奥这个数星星的人是最像小说家的一个（数星星这浪漫的行为让他像个诗人，但拉回现实说星星比十八年前少那番话，让他更像个小说家），拥有一个小说家的奇特灵魂，尽管他真正的身份是一名英勇的解放战士。

但多么呼之欲出不是吗？加西亚·马尔克斯讲他的每一句话看起来都像隐喻，比方说他残臂的奇特知觉，比方说他睡梦中仍与人交谈的能力和总是失控讲出心事和真话的烦恼，但最有趣还是他数星星坚持的具体数字，7882颗，还有他对人年龄计算方式的执拗主张，身上每一处伤疤都得再加两岁，相信受伤会让人苍老世故，就像职业拳击手都知道的，中拳比挥拳流失更多体力。

数出 7882 颗星星的人　303

有关7882颗的星星准确数字,让我想到博尔赫斯以《隐喻》为题的演讲中的一段话:"我记得这个比喻是从吉卜林一本名为《四海之涯》这本不太为人所知的书中所引用过的:'一座如玫瑰红艳的城市,已经有时间一半久远。'这种话他大概说了也是白说。不过'有时间一半久远'就给我们魔幻般那样的准确度了——这句话跟一句奇怪却又不常见的英文拥有同样的魔术般的准确,'我要永远爱你又多一天'。'永远'已经意味着'一段相当漫长的时间'了,不过这样的说法实在太过抽象,不太能够激发大家的想象空间。"

插句嘴,就在博尔赫斯的话语中,我所在写稿的咖啡馆正播放披头士的老情歌,*Eight Days A Week*,一星期我爱你八天,这是四位利物浦少年最具体但也最狂妄的情感承诺。

然后,博尔赫斯列举了《一千零一夜》的1001,莎士比亚诗《四十个冬天围攻你的容颜》的40,都和卡雷尼奥的7882一样具体而且武断——它们其实都是"多"甚至无限,但却是如此文学诡计所说出来的一种有感觉的、有内容厚度的、可让情感找到踏实焦点的"多"和"无限"。

我们的诗人郑愁予也懂得这个技艺,他写的是:"我从海上来/带回来航海的二十二颗星/你问我航海的事儿/我仰天笑了。"

格林这位小说家试着告诉我们个小道理。格林说上帝是"无限",但人爱上帝,如何去爱一个"无"呢?爱得有对象、有焦点、有宛如音波撞击到某一实体传回来让我们接收到回声的回报对称感才行，所以尽管道理上我们都晓得上帝不该命名，更不可造像，但为了人，为了我们有限存在的自己，我们还是得赋予上帝名字和形象以便爱他。

无限不是人的可知对象，但文学巧妙地以具象来处理它、指称它并相当程度地驯服它。文学以有限的焦点实体和我们自身有限的存在打交道，接通并唤醒我们的感受；文学并且以此具象的一点为发光星般的核心，用其光晕般漫射出去的隐喻，点燃我们的想象力，负载我们飞离自身的局限试着去窥探无穷。

以下这段文字系取自于卡尔维诺的名著《看不见的城市》：

大汗试着将注意力集中在棋局上：现在困惑着他的反而是下棋的理由。每一棋局的结果非赢即输，但输赢什么？什么是真正的赌注？对手一将军，胜利者的手将国王撂倒在一旁，只剩下虚无：一黑色方格，或一白色方格。忽必烈将他的征服抽丝剥茧，还原到本质，便走到了最极端：明确的征服，帝国的多样宝藏不过是虚幻的包装而已；它被化约成刨平的木头上的一个方格。

马可波罗接着说："大人，阁下的棋盘嵌有两种原木：黑檀木和枫木。阁下聪慧的目光所注视的方格是从干旱年头生长的树干上的年轮切砍下来的，您瞧见了它的纤维组织如何排列吗？这里可以看出一个隐约浮现的节瘤；这代表曾有一嫩芽试图在一个早临的春天发芽，但夜里的寒霜却使它凋零。"

那时大汗才知道这个外国人懂得如何流利地以本地的语言表达意思,然而令大汗感到惊讶的并非他表达的流利。

"这里有一个细孔:也许曾经是昆虫幼虫的窝;但不是蛀木虫,因为蛀木虫一生出来,便开始蛀蚀树木,毛毛虫啃食树叶,是造成这棵树枝挑出来砍掉的祸首……这边缘是雕刻师用半圆凿刻画出来的,以便与下一个方格相接合,更突出……"

一小片平滑而空洞的木头可以解读许多道理,令忽必烈汗惊奇不已;马可波罗已经在谈黑檀木森林,谈载运木头顺流而下的木筏、码头和倚窗而立的妇人……

用实体来思索

一边是忽必烈汗式的概念思维,尖锐的、深入的、如昔日蒙古铁骑般一路征服过去,快速地抵达世界尽头,柏拉图曾以为"路的末端"是至善、是统一一切的真理,但大汗找到的却只是如棋盘格子画成的世界帝国,也是虚无,如海德格尔、德里达找到的那样——这是人类几千年来走的思维主流之路。

另一边则是马可波罗式的实体思维,专注地、兴味盎然地,把目光集中在眼前就这一小片木头上,然后,就像一朵花缓缓舒展开来的模样，从嫩芽、虫窝、一棵树、一片林子、筏木工、大河、码头商埠、人声鼎沸中单独静静等待的一个女人……每一个都是真实的东西真实的人，如此没有尽头地流淌下去，不舍弃，不放过，直到我们再分不清它是新知还是记忆，是经验或仅仅是梦境里的景象——这是文学独特的思维方式，尤其是小说。

卡尔维诺在他《未来千年文学备忘录》的演讲中重新引述了自己这段惊心动魄的文字（对他这么谦逊不自恋的人而言，这个不寻常的举动饶富深义，至少可看出这段文字对他的重要性，以及难能找到其他作家有类似的文字可堪替代），用来揭示他自己以及人类的两种不同思维方式、两种不同认识世界的方法。在那回演讲当时，卡尔维诺并没有也无意做出任何优劣或说偏好的判决，事实上，他把自己描述为一个忙碌不堪的思维者，总是反复在这两端冲过来冲回去、拼命在维持这两种思维方式的不易平衡。

但我们得说，像卡尔维诺这样总是在两种极端之间寻求对话和联系的人是极稀少的（轻与重、快与慢、简与繁云云），这使他不像个"纯粹"的小说书写者，既写出如《马可瓦多》这样马可波罗式的动人小说，也有像《帕洛马尔》这样忽必烈式的，几乎是运用数学、天文物理学演算出来的奇特作品，这是卡尔维诺个人的独特野望，说真的也是小说的冒险，绝大部分的好小说家并不这样，他们毋宁专注地留在马可波罗的实体世界之中，包括在台湾饱受误解，好像他一辈子只在想镜子和迷宫的博尔赫斯在内。博尔赫斯直截了当而且还不止三次五次地讲,他是个实体思考的人,事实上,他说的是他只会这样,他根本就不会概念式的思考。("我想我重形象胜过注重概念。我不擅长抽象思维,正如希腊人和希伯来人所做的那样,我倾向于以寓言和隐喻的方式而不是以理性的方式来思考问题,这是我的看家本领。当然我不得不时而做一些笨拙的推论,但我更偏爱做梦,我更偏爱形象。")

然而,一样在《未来千年文学备忘录》书中的另一次演讲,我们却也看到了卡尔维诺终究讲出了如此沉重的话来:"但或许这种缺乏实体的现象不但存在于意象和语言当中,也存在这个世界本身。这种瘟疫侵袭着人们的生活和国族的历史,使得一切的历史变得没有形体,松散、混乱,没有起点,也没有终点。我的不安来自于我在生命中察觉到形象的丧失,而我所能想到的抗衡武器就是——文学观念。"

在这段话语中,卡尔维诺用了"瘟疫"这样的字眼告诉我们如今现实世界发生的事及其迫切性,几千年努力下来,概念性的抽象思考已成为普世性的暴政,成功地建构出一个没形象没实体的虚空漂流世界,比方说市场,不再是那个摆满琳琅物品,时间一到大家都来了,人人大声讲话、挑拣、讨价还价、调笑、争吵、散播东家西家八卦的一派热闹聚散之地,它不在任何地点,也看不见找不着,更遑论触摸和感受,它就只是供给和需求而已,同样地,世界、国家、社会、人民、群众、城市、政府……无一不抽象，无一不是概念，相应于此，卡尔维诺所提出的文学，便有着迫切且重大的救赎意义，它不再只是作为学科分类之一、作为书籍诸多品类之一的专业性文学而已，它还是一种人看待生命、和周遭真实事物相处的态度，一种失落久矣的实体招魂术，一种全然不同但必要的思维方式，以它特有的实体思考，重新为整个虚无的世界装填丰饶可感的内容。

为什么要在此时此刻讲阅读小说，简单一点说，就为这个。

凝视的能力

卡尔维诺的忧虑绝不夸张，今天，在抽象概念所统治的虚空世界之中，实体反而变得不"真实"了，成为碎片的、鬼魅的、如本雅明所说"转过一个街角就断去线索"的存在。或者应该说相应于居于统治地位抽象概念的要求，所有的实体得被割裂、分解、把自身也提炼成薄薄一层的抽象概念才能塞得进这个窄迫的秩序中好求取生存。我们再难认识一个具象完整的人了，他只是某个劳动力、某个统计数字的尾数零头、某个号码、某个机构的说话声音或人形界面（你一定听过各种语音服务那种非人式的人声不是吗？）、某个职业身份或就只是一张寥寥几个字就讲完全部包括公司名字、职称、姓名、电话、手机、传真和 E-mail 信箱的名片；同样的，我们也得把自己动手"整理"成这样好符合社会的询问，社会已经没耐心或者说再不具备可接听稍微复杂、具实体内容回答的能力了。因此，你相处整整十八年之久的女儿，也就只能是"青春期""某女校高三学生""第一类组考生"云云，每一个抽象身份都是概称的、公约数的，都只联结着制式的内容和想象（其实该说全无想象），大致组合成一个情绪不稳、易哭易怒、睡眠严重不足、瘦弱双肩被沉重书包压垮，而且将来大学毕业很可能找不到工作养活自己的悲惨女生模样，你熟悉而且珍爱的"那一个"女儿消失了，或者说，你忽然拥有了成千上万个、满街走着都是的陌生无比女儿了，你当然再明白不过这不是真的，可是能怎样？你只能为作为一个完整独立个人的女儿感到委屈和抱歉。

当所有具体的人、具体的事物都成为碎片的、虚空的存在，不再有自身的独特性，他们和消灭究竟有什么不同？我们所说甚至一代代被郑重书写在人类各个伟大宣言的不可剥夺、不可侵犯、不可让渡生命便失去了意义了，不再是庄严、得认真信守的终极命令。概念当然是可替换，比起替换机械零件还不需费手脚，也比替换零件更平静（更换零件时你起码还会心生惋惜和懊恼），因此，格林的小说以"喜剧演员"为名嘲笑自己，曾经，人的死亡至少还会是悲剧，是本雅明所说最具公众展示意义的大事，如今我们只是被更换或被删除被注销。

斯大林可能是历史上把话讲得最白的人，他那句众人皆知的名言："一个人的死亡是悲剧，一百万人的死亡就是统计数字。"

文学，尤其是小说，如何处理一百万人甚至一千万人的死亡呢？我们就以雷马克的小说为例，不管是《西线无战事》或《生死存亡的时代》云云，他都只处理一个人、一对情侣、一个班或一个家庭，具体的、独特的、有来龙去脉的，我们当然知道一次世界大战倒下了数百万人，二次世界大战更连兵士带平民死去上亿人，但文学只专注于有限甚至单一的死亡，接通我们的感官和同情，还原成为悲剧。

概念化的快速扫射成为习惯，成为我们彼此对待的方式，我们会失去一种凝视的能力，那种众里寻他、在众声喧哗中定定辨识出某人某物的感动，如本雅明说的，我们把目光固定在岩石上某个定点够久，一个人头或一只动物的身体便会缓缓浮现出来；或者如小时候我们很多人都有的、如同何塞·玛丽亚·卡雷尼奥那样不寐夜里抬头数星星的经验，在第一时间内，你能看到的通常只是那几颗叫得出名字的一等星二等星，你得耐心，让瞳孔缓缓适应那种光度，宇宙最深处那些密密麻麻的小星才有机会将它的微光投入你的视网膜之上，几年前，我个人曾为一个看星星的文化性公益广告写过一句轻微恶心的 slogan，"看得久，你才能看得清楚。"

在人群围拥中演讲的博尔赫斯，便说过这样的好话，当时他八十好几了，双目已盲："我不是在对他们说话，我是在同你们每一个人说话。说到底,人群是一个幻觉,它并不存在。我是与你个别交谈,华尔特·惠特曼曾说:'是否这样,我们是否在此孤单相聚?'哦,我们是孤单的,你和我。'你'意味着个人,而不是一群人,人群并不存在。"

一种千真万确的经验

博尔赫斯引用惠特曼的"孤单相聚"来确认你和我具体完整的存在,是借由你此时此刻的真实存在,才让我获得,或者说忆起了,我真实的存在,并一并想起这一路行来多么孤寂难言,这是否全为着这一刻的相聚做准备呢?在现代"孤岛化"的世界中,这给我们带来一种杳远的感动甚至是震动,这是已变得极珍稀但人人似曾有过的美丽经验,时间停止,却又仿佛缥缈如一瞬,因此欢乐中带着不敢置信和忧伤,用本雅明冷酷到带着幸灾乐祸口气的旁观者之言是,"别具易感之美"——本雅明的话较完整来看是这样:"然而这是一个在长时段中发生的程序。如果我们只把它当作'倾颓时代的征兆',甚至是'现代性倾颓'的征兆,那就犯了大错,这毋宁是一个具有数世纪历史的力量所形成的现象;这些力量使得说故事的人一点一点地走出活生生的话语,最终只局限于文学之中。同时这个现象也使得那消逝的文类,别具易感之美。"意思是,现代人的隔绝处境由来已久,它并非忽然降临的惩罚或更大灾难的预兆,它已是一种确确实实的现实;同时本雅明的意思也是，人和人这样相聚，实体的、完整的、活生生语言的，是常态而不是千年一瞬，人就曾经"定居"在这样的世界之中，而无须特别去寻访，不是在逆旅中不期而遇，需要珍惜需要喟叹还得互赠礼物。

我想起我的老师一首七言诗，果然是写于逆旅流亡之际，末两句是："唯恐誓盟惊海岳，且分忧喜为衣粮。"把彼此分担的忧喜化作实物的、可用的、拿手上沉甸甸的、他日各自逃难路途中或救得了一命的衣物粮食，这样的誓盟于是有了重量有了内容。

真实的人，真实的事物，真实的相聚，不复存在于我们的居住之地，得动身去寻访，这使得现代人的生命深处总有一种逆旅之感，总想听见什么样的召唤声音。我在想，也许这正说明了多么需要恋爱，即使在眼前并无一人的独处时刻，除了生物性传神的演化命令之外，更多的是，我们渴望一个真的人、完整具体的人在我们面前、在伸手可及之处，好确认恍惚的自己。

本雅明的嘲笑的确没错，现代的小说读者的确是生活于孤寂之中，比其他读者都更加孤独，这是读到一部好的、仿佛把自己讲不出来的话全写出来的小说时，每个人或者都油然而生过的经验，仿若恋爱。但我们可能得这么想，如果那个活生生的年代、那个莱斯可夫所说人和自然共鸣的时代、那个席勒所说素朴诗的时代已经结束且一去不回头，那孤独总比纯粹的隔绝要强，孤独起码还存在感觉，还可以意识到自己作为一个独特个体的存在，一如旅居纽约的作家张北海如此不悔地回忆自己参与六十年代"保钓"从此半辈子人生悒悒流亡说的：恋爱失败总比没恋爱过强。我一直记得张北海讲这话时的脸上表情。

博尔赫斯曾正色地说："读书是一种经验，就像，姑且比如说，看到一个女人，坠入情网，穿过大街。阅读是一种经验，一种千真万确的经验。"这说的当然是文学的阅读，大概只剩文学的阅读，还能是"千真万确"的，好像你在大街碰到真实的人、从此展开一段无可替换生命经历那样的经验，其他以概念思维书写而成的书籍很难这样，不管它是《资本论》或是《纯粹理性批判》。也因此，我们面对现代人的如此隔绝、人人像个岛屿的处境，求助于一般书籍，希冀得到解答找到方法，通常总是失望而返，我们很容易弄到一堆言之凿凿、甚至有心理学临床证据有社会统计学数字支撑的答案，却感觉每一个答案都和我们擦身而过，恍然若失，而且即便我们乐意听从配合，它们却总是衔接不上我们的经验，完全无法实践。于此，本雅明敏锐到一种地步地指出如此困境的真正核心："事实上，所谓的劝告，也许比较不是针对一个问题提出解答，而是针对一段（正在发展中的）故事，提出如何继续的建议，如果我们要人给我们一份劝告，那么我们便得先叙说我们自己的故事。而且更基本的是，如果一个人要得到有益的劝告，那么他先要找到适当语言来表达他的处境……编织在实际生活体验中的劝告，便成为智慧。"

是啊，不真的是要"一个"答案彻头彻尾换一种人生，没有谁做得到这样或真的打算这样，而只是我此时此刻这个人生要如何继续而已；困难也不在于有没有解答，尽管我们往往错觉如此，困难在于我们得如何先讲清楚自己的处境，人生命中有太多麻烦很难概念式地提炼出来，化成单纯干净的问题形式来发问，它只能在连续性的、完整的具体经历中明灭恍惚地呈现并且被领受。

追根究底些来说，这我们得怪上帝，一如诺斯替教派讲的那样，因为我们不幸有一个相当笨的上帝，他老兄在创造时未善尽自身职责，包括没把我们的心、头脑和嘴巴顺利连成一线，我们能感受的，远远超过我们能思考的，又远远超过我们能讲得出来的。

可感的世界真的比可知的世界大太多了，概念思维只在可知的世界进行，概念式的问题也只在可知的世界中发问，正是因为如此，我们才常听说，问题比答案重要，问对问题答案自然就跑出来了，原因在于从问题到答案，在可知的世界之中，就只是推理演绎一条坦坦大道而已，跑都跑不掉。由此，我们知道柏拉图那段乍听荒诞神秘的认识论主张极可能是讲得通的，柏拉图以为，人的所有知识都只是记忆，我们此生此世忘掉了它，然后在生命中不假外求地重新认真地想起它来，回忆的方法便是逻辑和辩证法云云。

至于窄迫的可知世界之外，那个广漠、芜杂的可感世界怎么办？那些在生命时间流淌中新的、偶然的、持续碰触你肌肤侵入你感官的东西怎么办？它无法清晰到可用语言直接表述，又独特到无法进行概念抽取，因此建立不起命题，无法演绎无法辩证无法用既有"记忆／遗忘"封闭模式包藏起来。对这些异质的东西，柏拉图的想法很简单，当然也有点赖皮，他把它们全驱逐出去，认为它们全是低劣的、琐细的、不重要的而且有碍于我们对真理的专注寻求。另一方面，我们也晓得柏拉图要把诗人文学家悉数逐出共和国，只留一点工具性的、是非分明的假东西好"有益人心"，这两样柏拉图生命中最重大的驱逐作业绝非偶合，它们是同一件事，也为了建构同一个东西——柏拉图的概念性封闭认识体系，也就是他的理想国。

柏拉图预设了一个纺锤形的思维模型，在所有烦人的杂渣清理殆尽之后，各种概念性学问乍看不同各自努力，但最终全指向同一个好东西，也许偏理性气味的叫作真理，也许更广阔些把道德、信念、价值也全收拢进来叫作至善，稍后还得到宗教神圣加持、干脆推到极致成为至大无外至小无内的神或上帝，当然也可以俚俗易懂些就代称为"罗马"，条条大路通罗马的"罗马"。在当时，我们不能不说，这真的是极其动人的思维乌托邦版本，它应许一个看似不远的终点逗引我们如诗人说地平线逗引飞翔的雁群，让思维挥别早期人们素朴的一时一地经验世界，快速、锐利且野心勃勃各自朝某一个方向或说深处进展，铸造成一个一个不同的学科，用各自抽象的、专业的概念语言捕捉适合各自渔网孔目大小的隐藏真理，当时人类的思维图像，遂有点像科学家想象的宇宙生成大爆炸图像，从一个完整不分割的总体经验核心爆炸开来，碎片各自向着四面八方快速飞去，并形成一个一个独立的星系——今天我们走进任一家大小像回事的书店，仍抬眼就看到这个星系简图，标示着学科星系名称的书架各据一方，指引着我们找书选书并缅怀昔时。

然而，就生命整体而言，柏拉图这个纺锤形的、大家放心很快会在道路末端济济一堂融洽相会的预言很显然彻底落空，无限而且开放的世界，让每一门学问彼此越前进就越分离，如天文物理学红位移现象所透露的那样，而空间和时间的持续扩大隔绝又复造成此语言的歧异发展，越来越无法对话，甚至连分享彼此的思维成果都困难无比；另一方面，可知的世界又太小了，思维把自己限定其中；很容易就走到了极限撞上演化的"右墙"。人类这一段昂首奋进的思维历史真相是，差不多得到十八世纪笛卡尔、斯宾诺莎的最鼎盛时刻，各种撞墙的不祥声音也就开始传了出来（比方说莱布尼茨的单子，独特、不可分割不可化约的存在，休谟的大怀疑论及其回头全面检查感官和经验，甚至，顽固封闭的宗教亦有卡尔文教派号称"最终辩神论"的上帝不可知主张和预定说，好荷兰小孩般堵住千疮百孔的神学漏洞，恢复上帝的自由和无限），往后，几乎每一门学科都陆续思索自身的极限问题及其定位，只赋予自己有限的门标，构筑防御性的壁垒，比方说经济学宣告价值中立、科学不处理人的情感和信念，甚至放弃追问事物的原因、法律只管外部行为不看人心云云,他们甚至把严守自身的专业分际称之为"高贵的义务"(有点儿像我们把战败撤退称之为"转进"),凡不知道的都当保持沉默。

同时,我们也不难注意到,在思维方法上,曾经雄踞最中心位置的逻辑学三段论而今安在哉?演绎让位给归纳到今天又让位给爱因斯坦简直无法忍受的统计和几率("上帝总不会跟我们掷骰子吧?"),数学这个曾经是最高贵最纯净的概念性学问地位一落千丈(我们是否也留意到数学自身由最早期以等号为主体的最严格因果关系,逐步发展为去认识数字之间、概念之间的各种更松弛、更复杂甚至更偶然关系,如大小、性质、规律、对应、近似乃至于联想云云,这我们从数学符号的发明历史就可读出来),都向着同一个方向变化,传送给我们相同的讯息。

概念思考的如潮退却,留下了太多的空白,它们不会因为你不处理而消失,或者该更严酷来说,它们不但不会因为我们宣告不可知、没有明白立即的答案就从此停止折磨我们,相反地,它们只会因为我们束手无策而变得更迫切更猛烈,像死亡就是其一,概念思维从不能妥善处理死亡,死亡被认定是言语边际之外的东西,是永恒而纯粹的疑问,是我们生命之外黑暗甬道里的事,但在我们真实人生里,它仍高悬我们头上,静静等在我们眼角余光之处,如影随形追蹑我们的足迹,并在我们无力防御的睡梦翩然来临。曾经,在很久很久之前，人们如弗雷泽所说的用神话来驯服过它（即便是柏拉图，在记忆苏格拉底死刑定谳的对话，苏格拉底赖以抵抗死亡的仍是神话），如今我们只能靠药物和健身房跑步机来拖延它。今天，是人类历史上最怕死的时代，原因还不在于我们过得最好、有最多要保护的东西因此死不起，而是无力处理的恐惧，否则我们也不会同时又是自杀率最高、仿佛生无可恋的沮丧时代。

总而言之，这些概念思考扔下来的空白，不是幻觉不是我们吃饱撑着想太多，它们全真实到一种地步，该说时时袭来还是干脆讲就是我们生命的基本处境（所以米兰·昆德拉笼统称之为人"存在"的问题，是小说独特的询问和动身冒险），在没有神、没有普遍真理、了不起的论述各自成立却彼此冲突、人人说着只有自己少数人才听得懂但片面性话语的这个幽黯的历史时代，谁负责思索那些大家都宣称与我无关的空白？谁去寻求大家都可能听可能讲的共同语言？谁还肯去和人类仍忍不住做着的无限之梦对话并试着表述它抚慰它呢？

一如米兰·昆德拉，卡尔维诺说的也是："过分野心的构想在许多领域里都遭到反对，但在文学却不会。只有当我们立下难以估量的目标，远超过实现的希望，文学才能继续存活下去，只有当诗人和作家赋予自己别人不敢想象的任务，文学才得以继续发挥功能。因为科学已经开始不信任一般说明和未经区隔、不够专业的解答，文学的重大挑战就是要能够和各类知识、各种密码罗织在一起，造成一个多样化、多面向的世界景象。"

为人类做着无限的梦

> 在广阔的星空下面，
> 挖座坟墓让我安眠。
> 我乐于生也乐于死，
> 我的死是出于自愿。

这四句诗是史蒂文森《安魂曲》的前四行，这么简单，却有着一种千真万确的幸福感，尽管他讲的是死亡，还有人的生之艰难，和你我日日所面对的、困惑的、烦恼的、害怕的并没不一样。

终究，我想柏拉图是不对的，至少是不太对劲的。生命的难以穷尽，固然如卡尔维诺也讲的那样，可以也必须是人一种兴高采烈的野心目标，但也得同时是生活中每一时每一刻无法删除无法拒绝的感受，很难是柏拉图相信的，仿佛是额外的、分离的、独立的"一个"目标，而且也不会那么干净洁整，真实的东西很少长这模样，矿石如水晶（卡尔维诺用它隐喻过那种忽必烈式的概念思维方式）还有可能，但凡有生命的真实之物却不如此，真实之物如德·昆西说的，"不是向心凝聚，而是有棱有角、有裂纹的真实。"因此，它既在路的末端，但同时也近在咫尺，像没药的香味，像微风天坐在风帆下；像荷花的芬芳，像酒醉后坐在河岸上；像雨过后的晴天，像人发现他所忽视的东西；像人被囚禁多年，期待着探望他的亲人……唱这首死亡之歌，说看见死亡如今就如此具象在他眼前的埃及人，显然比柏拉图说得对也说得好。

谜在哪里？不会在明晰的概念语言上，化为概念语言那一刻就只能是已知的了，所缺的只是一番苦功甚至体力劳动的演绎推理而已，真正的谜永远只包藏在实物里头，有厚度有内容有三维不同面向的实物才有足够地方藏得住它。无限数量的实物存在，让我们整个世界、整个人生就像博尔赫斯为我们描绘的那样，是个巨大的美丽之谜。美丽正在于它的不可解，但这是人"稍后"看待它的温柔心思，困惑、混乱乃至于不幸才是它之于我们的第一时间感受，才是它真正的本质，然而，"对一个诗人来说，万事万物呈现于他都是为了转化为诗歌。所以不幸并非真正的不幸，不幸是我们被赋予的一件工具，正如一把刀一件工具一样，一切经验都应变化为诗歌，而假如我们的确是诗人的话，假如我的确是一个诗人，我将认为生命的每时每刻都是美丽的，甚至在某些看起来并不美丽的时刻。但是最终，忘记把一切变得美丽。我们的任务，我们的责任，即是将情感、回忆，甚至对于悲伤往事的回忆，转变为美，这就是我们的任务。而这一任务的巨大好处在于，我们从不将它完成，我们总是处于完成这一任务的过程之中。"

不幸是真实而且和我们生命绑在一起的,无法分离开来予以消灭("生灭灭已,寂灭为乐"那种佛家概念解决之方,是连生命亦一并取消,和自杀无有不同,这只有是巨大不堪负荷的苦难者可做如此主张,并不适用我们一般人),但文学可以溶解它消化它。在此,我个人独独更钟情于小说的是,今天诗歌可能更接近本雅明说的那样只书写"生命中无可比拟的事物",小说还好,它是文学中最谦卑最体贴的一种,它距离我们普遍的生命现场最近,保留了最多生命实物素材的样态让我们得以交换感受,还有它所使用的语言,即巴赫金所说的"杂语",进入我们可参与的语言稠密地带,因此,它仍是可传述的可指指点点的,一如我们今天在咖啡馆中仍可听到寻常人等大肆谈论甚至批评《尤利西斯》或《生命中不能承受之轻》,但少有人胆敢对《纯粹理性批判》或《一般理论》置一词,这更意味着,小说仍能为我们说出自己的故事,表达我们的处境,把"劝告"编织在实际生活体验中,让阅读成为一种千真万确的经验。

至此,我们终于可以把约翰·厄普代克这段美丽的话给讲出来了,老实说,在写这篇文字之前之中,我一直耿耿一念的,甚至应该说处心积虑的,想找一个最对的时间出手——你得为它鸣锣开道,为它先酝酿成某种合适的氛围,好让它不损伤力量,让它恰如其分地熠熠发亮。

厄普代克讲:"博尔赫斯、加西亚·马尔克斯和卡尔维诺同样为人类做着无限之梦……其中又以卡尔维诺最温暖最明亮，并且对于人类的真实有着最多样、仁慈的好奇。"

这里，真正要大家看的当然是前一句的"为人类做着无限之梦"，后面涉及比较的赞语并没那么要紧——尽管我个人以为这话其实很敏锐也很公平。三人之中，加西亚·马尔克斯极可能是更专注同时也是更好的小说家；博尔赫斯则最潇洒最本色，让他心无挂碍地一人只身探入最幽微深奥的所在，捕捉那些生命中最恍惚、文字语言最抓不住的东西，因此他的创作显得难懂，他开拓的那个世界可能更合适跟在他身后的小说书写者而不是一般人，因此萨瓦托称他为"作家的作家"；相形之下，卡尔维诺是最同情我们这些普通人的一个，他因此得分心做较多的事，又是探险者又是柔和的解说人，他是最好的一个朋友，真的是温暖而且明亮。

当然，每一个认真的小说读者，都可以而且读书学剑意不平地为这纸"无限之梦"的三人名单，续上自己钟爱的名字，纳博科夫、康拉德、普鲁斯特、契诃夫、格林、托尔斯泰、梅尔维尔、马克·吐温、吉卜林、昆德拉云云。还有，噩梦一定也是人类无限之梦顶重要的一部分，如博尔赫斯坚持的那样，那就一定有陀思妥耶夫斯基、福克纳和爱伦·坡，也就带出了但丁和歌德，带出了莎士比亚，再上溯荷马乃至于辉煌的史诗和神话，当然也可以旁及像费里尼这样直接诉诸影像来做大梦的人；有费里尼，那就更没完没了了……

这是地瓜藤般一个拉着一个、可一路填空下去的名单，这样，固然让我们损伤了一小部分厄普代克原先话里的特殊意指，以及对我们当代此时此刻的具体关怀，但却让我们精神为之一振以为补偿，原来我们的世界并没我们以为的那般荒枯，就好像数星星的卡雷尼奥，他大概不费心去想，那些遥远的星星本体是否有已然熄灭、爆炸或永远沉睡者，对他而言，这 7882 颗星星此时此刻都还清清楚楚闪着光芒，包括那两颗一闪而过的流星。

各学科学门壁垒分明，"巴别塔现象"已成为人人朗朗上口近乎廉价感慨的此时此刻，唯独在文学的世界里，我们仍能听到博尔赫斯毫不气馁的话："我个人以为，所有的作家都是在一遍又一遍写着同一本书。我猜想每一代作家所写的，也正是其他代作家所写的，只是稍为不同而已。"

既然如此，我们就让这一切在博尔赫斯这首名为《海洋》的十四行诗中结束，希望那朗朗的声音能传送耳中：

> 在我们人类的梦想（或恐怖）开始
> 编织神话、起源传说和爱情之前，
> 在时间铸造出坚实的岁月之前，
> 海洋，那永在的海洋，一向存在。
> 海洋是谁？谁是那狂放的生命，
> 狂放而古老，齿啃着地球的
> 基础？它既是唯一的又是重重大海；
> 是闪光的深渊，是偶然，是风。

那眺望大海的人惊叹于心，
第一次眺望如此，每一次眺望如此，
像他惊叹一切自然之物，惊叹
美丽的夜晚、月亮和营火的跳荡。
海洋是谁？我又是谁？那追随
我最后一次挣扎的日子会做出答复。

13 作为一个读者

在船队起锚离开蒙波克斯前,他对他的老战友洛伦索·卡卡莫作了一次拜访,意在赔礼道歉。只是这时候才知道卡卡莫病情很严重,前一天下午他所以从床上起来,是专门去问候将军的。尽管疾病已严重地危害了他的健康,他还得强打精神挺着身子、大着嗓门说话,而同时,他却不断用枕头擦着眼眶里涌出的与他精神状态无一丝共通之处的泪泉。

两个人一起感叹自己的不幸,为人们朝三暮四和胜利后的忘恩负义感到痛心,并一起发泄对桑坦德的激愤,这是每当他们两人碰到一起时必谈的话题。将军很少这样直言不讳。在一八三一年的战役里,洛伦索·卡卡莫亲眼看见了将军和桑坦德的一场激烈争吵,当时桑坦德拒绝服从越过边界第二次解放委内瑞拉的命令。卡卡莫仍然认为那次事件是将军内心痛苦的起源，而历史的进程只不过使之加剧罢了。

……

洛伦索·卡卡莫看见神情忧伤且已无任何御敌之力的将军站了起来，他感到将军和他一样，对往事的回忆甚于年龄对他产生的负担。当卡卡莫把他的手握在两手中间时，发觉两个人都在发烧。

《迷宫中的将军》书中，老朋友卡卡莫就只出现这一场，毕竟，死亡已靠太近了，时间迫促，马格达莱纳河不合昼夜持续往大海奔去，两个人最终只来得及见这一次。

奇怪在传闻的习焉不察之中，爱情总被视为一个重要到不惜用永恒来形容的文学主题，却很少人把友谊与之并比。这首先可能是个通俗印象，或者说是阅读者通俗需求的投射，我们用爱情的有色眼镜去看书，并在书中寻找其足迹，我们于是也就一直找到，尽管比方说《伊利亚特》这一个十年战争故事之中，帕里斯王子和海伦毁灭式的恋爱只是书前的前提而已，其实，书中愤怒自闭的英雄阿喀琉斯和偷他铠甲冒他之名出阵战死的帕特洛克罗斯这两个人之间的友情，分量都比那两个已偷情完毕的男女要紧。

如果，今天我们把电影当成更进一步的通俗化（它确实是），事情就更清楚了，帕特洛克罗斯只会是一个拍完一场戏就下去领红包的配角，已成文学不朽象征但可惜拒绝谈恋爱的孤寂卡珊德拉亦可有可无，但绝世美女海伦一定是从选角开始就全球瞩目甚至炒作的焦点，她必定是女主角，绝大部分时候，女主角的最重要工作，正是来谈恋爱的。

在《堂·吉诃德》这本书事情还要更清楚些，我们看这一趟拉曼查愁容骑士的冒险故事，当然是吉诃德先生和他随从桑丘·潘沙的友谊，然而，在我们年轻时候拍成的电影《梦幻骑士》中，杜尔西内娅（即爱朵纱）仍轻易越过了桑丘，当时，是由最美丽的伊丽莎白·泰勒蓬头垢面但不改国色演出的，她有一对明迷但星芒闪烁的眼睛，还有一个至今再没见过，最美丽曲线的额头。

进一步来说，通俗的需求总带着童稚式的粗疏和重口味，一如小孩总要问谁是好人坏人一般，这显示了爱情在文学中总是个最戏剧性、最颗粒清楚的点，是不寻常的事，因此，在现代小说愈发向一般性、非戏剧性倾斜时，爱情其实不是而且愈来愈不可能是小说的重要主题（要不要认真点数一下哪些重要现代小说是写爱情的？除了加西亚·马尔克斯逆向行驶、摆明了来干脆让他们一谈七十年谈个够的《霍乱时期的爱情》？），爱情要不就王谢堂前燕般被通俗文学所快乐接收，要不就躲在诗里头，诗的唯我性格和激情有着青春期的清晰征候，仍合适谈恋爱，也合适讲出我们正常时候讲不出口的恋爱语言，难怪有那么多人年轻求偶时都写诗，包括一堆日后重要无比的小说家，常成为他们日后再不肯提起、想回收销毁的记忆。

作为一个读者　　331

博尔赫斯是个要我们多想友谊的人，他说："我想友谊或许是生活的基本事实。正如阿道弗·比奥伊·卡萨雷斯对我说过的那样，友谊有优于爱情之处，因为它不需要任何证明。在爱情问题上，你老是为是否被爱而忧心忡忡，你总是处于悲哀、焦虑的状态，而在友谊中则不必如此。你和一个朋友可以一年多不见面，他也许怠慢过你，他也许有过躲开你的企图，但如果你是他的朋友，你知道他也就是你的朋友，你不必为友谊而操心。友谊一旦建立起来，它便一无所求，它就会发展下去。友谊有着某种魔力，某种符咒般的魔力。我要说，在我那最不幸的国家，有一种美德依然存在，那就是友谊的美德。……实际上，当诗人爱德华多·马列亚写出一本名为《一段阿根廷热情史》的好书时，我自忖，那本书写的一定是友谊，因为这是我们真正拥有的唯一的热情。然后我就把书读下去，发现那不过是一个爱情故事，这让我颇感失望。"

即便在诗里头，我们知道李白也仍是个写友谊远远多于爱情的人，他是个浪漫而且很热情的人，但甚少关涉情爱，对女性不狎昵，偶尔写闺情，亦只是个兴味盎然的旁观者，他的情感干干净净，时间的单位总是很大很长，没有那种动物性的只知当下欲念，连暗示都没有，他焦虑的是生途悠悠的时间，但从不质疑情感，像博尔赫斯所说的那样，友谊对他有种符咒般的魔力。

加西亚·马尔克斯也是浸泡在友谊中的人，双鱼座的他会在生活中恋慕而且过度依赖他美丽而且因为嫁他不得不更理性坚强起来的妻子梅赛德斯，但他仍是那种请了假就跟朋友耗一起的人，在他得到诺贝尔奖后不得不躲起来、甚至避居到北边的墨西哥去时，据悉他日常最大的耗费便是打长途电话："我是加博啊……"——加博是朋友喊他的方式，是哥伦比亚加勒比地区加夫列尔的缩减昵称，今天，全哥伦比亚的人也都亲爱地喊他"我们的加博"，看来举国之人后来都以他的朋友自居。

玻利瓦尔将军和卡卡莫的相聚，加西亚·马尔克斯说，总是一起回忆往事，这绝对是对的。具体的话题也许恰恰好是"一起感叹自己的不幸，为人们朝三暮四和胜利后的忘恩负义感到痛心，并一起发泄对桑坦德的激愤"，但其实就只是回忆而不是什么国事天下事的历史反思检讨云云。这是友谊另一个很奇怪的特质，它如本雅明说的新天使总是面向着过去，总是在回想，而且回想的永远就那几桩特定往事不嫌烦地一说再说，以至于像个乏味的仪式一般（尤其对跟过几次的冷眼旁观者老婆大人而言），却没仪式的目的和证明意义；更奇怪的是，人的往事中总有过多不堪至极的、想起来背脊发凉一身冷汗的可怖成分，是人单独一个时回忆不起的，但只有在朋友你一嘴我一嘴的回忆时完全不会，它的符咒魔力中包含了一种奇异的宽容，既宽容朋友，亦镜子般一并宽容自己，因此它最禁得住人世沧桑乃至于炎凉。朋友之间，尤其是年少朋友，人生之路会走向再没交集，甚至心智程度会

作为一个读者　　333

在十年二十年呈现巨大落差，生活态度和方式亦天南地北，但那几桩往事仍在，就依然能见面，依然不少喝酒话题。

孔子和那位烂人般的原壤关系大概就是这样，他们是年少朋友——世界上，少有东西能像友谊那么耐用耐磨的。

最后这一次话题，我想借用友谊来看人与书的关系，来看阅读，我以为这种情感方式是最贴切的，作为一个读者，你和书之间是友谊，而不是爱上它。

以友谊待之

翁贝托·埃科的小说《玫瑰的名字》开了博尔赫斯一个并不高明的玩笑，借用了他盲人以及图书馆长的双重身份，把它写成了小说中热病的、像守护圣物般守护书的秘密、而且不惜杀人的老僧侣豪尔赫——这真是个一点也不知心不会心的玩笑，要说博尔赫斯身上最少什么，那便是这种拜物教式的浅薄激情，他是个自由无比的无神论者，包括他对书籍。

友谊是生活的基本事实，是自在的、用不着证明的，因此，友谊碰到最尴尬的状态便是，有些人，尤其是有些太自大或太自卑的人，以及因为太自卑所以得把自己弄得更自大的人，总不智地用爱情的方式来猜想它甚至处理它，让它变得戏剧性、变得不平等、变得斤斤计较而且时时担惊受怕，也因而，把爱情动辄而来的分手也一并带了进来。

还有，在我们这个更加不幸的社会里，我们的虚无倾向也像洪水溢堤了一般淹入生活的基本事实之中，以至于所有原本自在的、无须再证明的东西都高度神经质地被怀疑，因此，比起博尔赫斯的阿根廷，我们似乎就连友谊的美德都不再拥有，如今单纯干净的友谊也一定要被抹上某种同性的（尤其是雄性的）、帮派的、动辄要以生死相互保证的特殊气味涂料才安心或说甘心，以至于友谊还得靠共谋做些不理性的、甚至是背德的恶事才堪确认。最近，夏铸九教授告诉我"挺"这个流行闽南语动词的意思，那就是"盲目的支持"，说得好，这样的情感方式流行，说明了"盲目"这个特质办在我们社会里如火如荼流行，就像那首咖啡馆里常可听见的老情歌：《烟雾迷蒙你的眼》。

活在这个只会讲"爱"、不懂还不承认有其他情感方式的奇怪社会中，每天在现实生活中已够让人厌烦了；如果在书籍的美好世界中，也得色情狂一般爱过来爱过去，这就让人有某种无可遁逃于天地的沮丧了。

如此沮丧关乎阅读的本质问题，也同时是美学问题，一个喜欢书而且真的还不时打开书来看的人，我想是不应该会有这么糟糕的品位和用字遣词能力的，这恰恰说明了或说暴露了自身是个不及格读者的基本事实。我承认，有些够好的书，或应该讲有些正巧在对的时间出现的对的书，是可能叫唤出人片刻的忘情激情的，像博尔赫斯自承："有时在阅读斯温朋、罗塞蒂、叶芝或华兹华斯的作品时，我会想到，哦，这太美了。我不配读我手上的这些诗。但我也感到恐惧。"我

作为一个读者

也自反而缩愿意承认，有些我们年轻时某一刻喜欢的书，会十年二十年摆书架上积尘，再没打开过任一回，仿佛像抛弃了它们似的，但我们不会憎恨它们，就算有点不堪回首的汗颜之感，也是对着彼时那个程度不佳的自己，跟书无关，书本身仍可以是温暖的——人的激情通常撑不到天亮鸡啼，强烈的爱和强烈的恨或憎恶只适用于极少极少的书，在这么一道至少以十年为时间单位、以百本为数量单位的阅读路途上，那都不是阅读者的"基本生活事实"。

有关这方面，《迷宫中的将军》可能还可以多给我们一点启示。这部小说，正面书写近代拉丁美洲最身影巨大的一个"伟人"（最常识定义下的伟人），如同俄国人写列宁或我们写孙中山，这样我们就知道事情有多困难（那么会写小说、曾让英国的 E.M. 福斯特望之兴叹的俄国人，可有人写列宁小说吗？），在过度壅塞的历史事实和历史情感下，小说家很难有必要的想象编织空间，更难取得更必要的平等，因此，通常能找出的书写策略和书写角度，总是侧面的、一角的，最常见是带点八卦意味地钻入伟人的私密生活尤其是其情欲的一面，既耸动又可借此颠覆取得某种与之平等抗衡的姿态。

我自己也去过北京什刹海边保留下来的宋庆龄故居，合法狗仔队地侵入她的起居室和卧房，我还看了她的书桌和打字机、她的西式调子厨具和老冰箱，还有她院子里的好大鸽子笼，另外就是四面开敞的大窗，可以遥遥看向始终权力沸腾的中南海那头，革命喧嚷的声音也轻易传得进来。这样一个孤寂、曾经有左翼行动信仰和年少习惯却再无事可做的老人，那么长的漫漫时日都在想什么做什么回忆什么希望什么？我晓得宋庆龄一定有她独特的"基本生活事实"，她不是空洞的"国母"，但也不再可能是个平凡人如你我，两端都一样偷懒一样不实，她是宋庆龄，一个独特的人在一个独特的历史位置上，或者说一个独特的历史位置建造出她这样独特的人，她和我们一样吃饭、睡觉，但她和自身的历史命运再分割不开。需要告诉我们宋庆龄也和我们一样得吃饭睡觉吗？

《迷宫中的将军》也写玻利瓦尔的床上事迹，但既不是为写情欲而情欲，也不是那种弗洛伊德式的探索隐喻，那只是玻利瓦尔的基本生活事实，其中最精彩的，当然是那位强悍而且怨言不出口的曼努埃拉·萨恩斯，八年时间，她是玻利瓦尔最火热的性爱伴侣，但在拥有整整三十五个正式情人和不定期飞来的夜行性小鸟的玻利瓦尔生命中，曼努埃拉同时以更沉厚而且家常日子的友谊与他相处，整部小说中听不到她讲任一句自怨自哀的恋爱中人话语，倒是她亚马逊女战神也似的策马战斗身影让人眼睛一亮：

> 曼努埃拉忘了将军的忠告，她确实像回事儿的，甚至有点忘乎所以的，扮演起了全国第一个玻利瓦尔主义者的角色，单枪匹马对政府展开了一场文字宣传战。莫克斯拉总统不敢对她进行起诉，但并未制止他的部长们

这么做。面对官方报纸的人身攻击，她以谩骂相回击，并印成传单，在女奴的护卫下骑着马在皇家大街散发。她手握着长矛，沿着市郊石子路的小巷追击那些散发攻击将军传单的人，那些每天早晨出现在墙上的侮辱将军的口号，她用更激烈的辱骂覆盖上。

官方组织的宣传战最后指名道姓攻击她，但她一点也没有畏缩，她在政府里的一些密友给她报信说，在国庆节的某一天，大广场要安装烟火架，架子上挂有一幅将军身着滑稽可笑的国王服装的漫画像。曼努埃拉和她的女奴们不顾警卫队的阻挠，骑着马把烟火架冲个稀烂。于是，市长亲自带了一小队士兵，企图从床上把她捉走，而她则手握两支上好膛的手枪等候着他们。

还有，忠实而沉静的仆人何塞·帕拉西奥斯则是另一种表现形态的友谊。整部书中，他没一处如曼努埃拉或将军其他随行老战友般，为归于颓败的南美解放大梦负隅顽抗或哀伤，他甚至不参加任何大事谈论，以至于我们几乎弄不清他追随玻利瓦尔是否包含着解放大业的这部分心志，还是只忍耐玻利瓦尔异想天开冒险习性、永远在私底下帮他收拾家当和善后的那一种无悔朋友。

然后，便是我们所引述将军和卡卡莫最终握手那一幕，两个病人："发觉两个人都在发烧。"

一种更精致的情感

"发觉两个人都在发烧。"——这里我们要说的是阅读的精致部分，这是很容易错失的，尤其是最为可惜的，它明明已经准确找上你了，却往往因为我们自己的某种多疑、某种胆怯、某种不当的戏剧性庸俗想象而复归流失，复归虚无。

恋爱中人，有一种绝对已达折磨程度的大麻烦，那就是他总是被要求同时还不智地也要求对方得说出来。恋爱，在某个意义上，和多疑是完全可互换的同义词，它永远不信任可感觉到的，它只相信它可听到的，仿佛人身上再不存在其他更精致或至少不同方式、不同捕捉对象的感官似的，这真是糟糕，因此，我总想象恋爱之为物是Discovery频道上像热带野兔一类的长一对大型耳朵的小动物，极度没安全感，极度神经质到随时准备落跑了事；而且，还不仅仅只相信听到的，甚至还变本加厉只相信可证明的，正因为这样，恋爱尤其到得今天才蔚为如此庞大一个工业体制，刺激景气带动繁荣和就业，不信你去查查光是一年两天的中式西式情人节创造出多少商机就可一目了然。这个证明的渴求，于是总给恋爱髹上一层虚荣的色泽，千古如此，太多文学作品尤其是诗歌做过这个心痛的指控，尤其是那些满心是爱却没足够财力好证明自己在爱的不幸之人。

也因此，恋爱这个词连同它独特的情感方式最好不要引喻误用，不当心就会出事造成灾难的。恋爱最好只保留给某个年龄的男男女女,保留给那些轮到在生物演化中负担着传种存续此等沉重大事的人,就像纳税的五月底佛灭日或年满十八岁服兵役一样,每个人一生中总有些不幸的义务不得不去履行,除此而外,我们是自由的不是吗?所有生物学者都可以告诉我们,人的世界之所以如此多样、精致、富创造力,就生物性关键来看,在于他幼年期和老年期的延长,这是生命漫长演化之路一个美丽的意外,让人得以脱开沉重而且单一的演化铁链,抬起头看别的东西做别的东西思索并梦想别的东西。

宗教中人不当窃占恋爱一词,告诉我们神爱我们,还把《雅歌》这样的男女恋爱篇章拿来比喻人和神的交往关系,人于是倒了大霉,几千年下来每天每时被要求证明,所以亚伯拉罕就得把老年得子的独生儿以撒绑上柴堆举办烤肉宴;政治中人也学着窃占恋爱一词,强要我们没事得跟国家民族谈恋爱(形象上有点猥亵感,好像你跟某一个家具或剪刀铁锤在谈恋爱),警觉些的人就知道惨了,接下来便是如萆径盗匪般不是要钱就是要命,问题是强盗基本上容许你哭丧着脸甚至事后咒骂他或报警抓他,爱你的国家民族还要求你扮出笑脸,是你心甘情愿。

我最近听到最会心以至当场笑出来的提议出自一位剑桥念书回来的年轻朋友之口,他认真地说要不要考虑立个法,每讲一次"爱台湾"就罚三百块钱。

所以,同样的错就别一犯再犯了——不要跟你的书谈恋爱。书，不管作为一种知识智慧载体，或作为物质性的纸张、粘胶、油墨、塑胶膜还有装订的细线，都不是合适的恋爱对象，把恋爱保留给应该独占它的老婆或女友，这样对两造大家都好，你的生活也比较可能得着安宁。

跟你的书保持友谊就够了，很多人也许不信，但友谊真的是比恋爱远远宽广而且精致的情感。它的宽广和精致是相互为用的，这是因为如本雅明讲的，它基本上是在某种心智松懈的状况下进行的，太过强烈的情感总同时是紧张的、偏执的、排他的，颜色上它趋向于大红大绿的简单分别，它的目标也总是"过大"的而且还是已知的，因此，与其讲它在搜寻什么，不如讲它其实只是要证明些什么，它不会留意到事物的细微变化乃至于更微妙的渗透，事实上细节只令它不耐，就像碎石乱草总绊住一个急急赶路之人的脚一般；它也一定厌恶意外，不认为会带来惊喜、带来什么始料未及的好事情，意外对它而言只意味着困顿、厄运以及迷失——

阅读当然不可以这样子，阅读者自身这么清晰，另一端书的世界就黯淡下去了；阅读者自己的身影如此巨大，又怎么可能进得了事物细微的缝隙之中恢恢游刃有余？阅读者只想找特定的一张脸、听特定的一种声音，他的耳朵就自动把其他所有的声音给过滤掉、让其他所有的有意思没意思脸孔从他眼前略过——今天，我们经常会慨叹世界变得粗糙了，从抽象的事物到看得到的具体建物器皿什么的，可这不完全是事实，有很多东西其实仍是它原来的模样，月亮仍旧准时

作为一个读者　341

升起，竹子也仍然和苏东坡看它时没差别，叶芝的诗也和他写成那会儿一字不易，甚至于，生物学家一定敢拍胸脯告诉你，就连我们的身体结构也没改变，我们的每一种感官功能仍和三千年前乃至十万年前一个样，真正变粗糙的，其核心之处极可能是我们的心志、我们的情感方式。

来看卡尔维诺所为我们引述里欧帕第《随想》一书中的这段文字，看看"光"这玩意儿是否仍如爱因斯坦相信的那样自在如亘古，看看它如何精致地照临、穿透、反射在不同物体的不同间隙孔缝之中，看看它微妙而且生动的模样：

> 在看不到太阳或月亮，也无法辨识光源时，所看到的阳光或月亮的光；这样的光的反射，以及它所衍生的各种物质效果；这样的光穿透过某些地方之后，被阻挠而变得不明确，不易辨识，仿佛穿过竹丛，在树林中，穿过半掩的百叶窗等等同样的光在一个光没有进入或直接照射的地方或物体上，而借由光直接照射的地方或物体反映并漫射出来；在从内或从外观看的走道上，在回廊等光线与阴影交融的地方，仿佛在一个门廊下，在一个挑高的回廊下，在岩石与山沟间，在山谷中，从荫蔽山腹所见的，山顶闪闪发亮的山丘上，譬如，彩色玻璃窗的光线在物体上反射后，再经由彩色玻璃所形成的投影；简而言之，所有那些借由不同的物质和最微细的状况而进入我们的视觉、听觉等等的物体，以一种不稳定、

不清晰、不完美、未完成或不寻常的方式存在。

当然,并不是只有光这个亘古不易的东西可以如此微妙精致,其实我更想引述的是比方说像纳博科夫的《洛丽塔》或普鲁斯特的《追忆似水年华》,国内则是朱天心的《漫游者》,那才是人心,人的情感、回忆乃至于所有感官纤细到如在空气中震颤的样态,只可惜原文太长,技术上构成困难。

然后,是莫泊桑一段意图描述日出颜色却陷入烦恼的文字:

> 朝霞是粉红色的,一种深玫瑰红。怎么表达它呢?我说它像鲑鱼肚的肉红色,如果这种色调稍微亮一点。当我们面对着所有的色调联系带,而我们的双眼又试图一一地从一种色调过渡到另一种色调时,我的确真实地感到我们缺乏词汇,我们的目光,或确切地说,近代的目光,可以看无限的有细微差别的色调系列。这种目光区别着色彩中的一切细微差别间的联结处,区别这些细微差别中所呈现的各个色调等级的递减程度,区分出一切在邻近色调等级、光线、阴影和每天各个不同时刻的影响下所产生的细微变化。

这里,莫泊桑又一次讲出了所有诚实的书写者,尤其是其中的文学书写者,都说过或至少不止三番两次忍不住想说出的真话，也佐证了我们实在不宜用对待情人的苛刻方式去对待书——人看到的、感受到的永远比我们可以说出来的要多很多，也精致很多，你硬要逼他讲出来才算数，或说你只肯相信语言直接讲得出来的那部分，那我们错过的可就多了。事物的精微只留在它完整具体呈现的情况下，语言的表述不等于它，因此也没能力重现它，语言只能指示它，或说提示它，唤起我们在心中尽力重现它的具体完整模样，所以让·雅克·卢梭在《论语言的起源》书中才说："对眼睛说话比对耳朵说话更有效。"所以我们才讲所有的语言文字都是隐喻，更因此我们总是在我们愈熟稔、愈完整精密掌握某一物某一人时，我们会变得愈难开口说出它来，不是没得讲，而是你意识到不管怎么说，你遗漏的东西总是比讲出来的更多。很多人讲过这个吊诡现象，这里我们回头用加西亚·马尔克斯的话，在《番石榴飘香》这部访谈录之中，加西亚·马尔克斯侃侃回答了上百个问题，便只有这绝无仅有的一个问题，也就是被问到有关他老婆梅赛德斯时，他说了这么两句话："我对梅赛德斯实在太了解了，以至于我简直不知道在现实生活中她究竟是什么样子。"

　　加西亚·马尔克斯认识梅赛德斯时她才十三岁，如《百年孤独》书中奥雷里亚诺上校认识他妻子的年纪，又过了十多年才结婚，访谈当时他们已结婚二十五年了。有趣的是，反倒是当然不可能如加西亚·马尔克斯那么了解梅赛德斯的问话人门多萨，如此毫无困扰地描述梅赛德斯，我们阅读的人也感觉他介绍得很准确很呼之欲出:"确实,梅赛德斯在各种灾难面前,特别令人钦佩的是,在生活历经坎坷的关键时刻,总是镇定自若,表现出花岗岩般的坚强。她敏锐地,然而冷静地观察一切,有如她的埃及先祖(父系的)注视尼罗河的潺潺流水。当然她也酷似加勒比地区的妇女;她们在加西亚·马尔克斯笔下,机智地把握着现实,在权力之后形成了一股真正的权威力量。"

话说回来,在《迷宫中的将军》书中,我个人以为,真正惊心动魄的情感揭示之处,还不在于书中那几场其实都很精彩的情爱,而是玻利瓦尔和卡卡莫握手那一幕——"当卡卡莫把他的手握在自己两手中间时,发觉两个人都在发烧。"

声音·节奏·颜色·象征

从这个角度来,我们大概就可深一层知道他们为什么总是讲诸如此类的话了。像博尔赫斯,总说他是个读者,然后试着写点什么;或像卡尔维诺,他居然画出一道界限,把读书的人和制造书的人切开来,劝诫我们小心不要越过这条线,甚至一步也不要踩进出版社,以免失去了纯粹的阅读乐趣。

我想,现在我们大致懂了,这不仅仅是因为书籍的制造(从书写到编辑、印制以及往下的全部商业行为)是苦役、而阅读者是舒适悠闲大爷的好逸恶劳建议,更严肃的差别可能在于,作为一个书籍的制造者,你只能在语言文字的相对狭窄层面工作，唯有一个读者可和书保持友谊，享受那些说出来写出来的，还享受那些说不出来写不出来的，他用心智阅读，还可以用感受阅读，没有人会逼他讲出来，更没有人逼他证明，他不必舍弃不必搁置更不必在寻思说理的过程中倒过头来狐疑自己千真万确的感受，他拥有书的全部，更好的是他还可以保有书的全部。

我们其实知道的，并非所有好东西都能转化成所谓的"意义"，一如我们生活中的快乐哀伤有其更自在更体贴遂也想起来不免有更神秘来源一般，某种转折、某种柳暗花明，我们真实贴在皮肤上却只能说它是无来由的，其实并不真的全无来由，而是它说不清个道理，而且和意图确认它的意义反思脱钩。书籍中，特别是文学书籍中，这样无法诉诸意义也无法以意义捕捉的好东西俯拾可得。本雅明不无嘲讽地指出，从广阔的传说故事到封闭性的现代小说中，便落入"意义思索"的窠臼之中，从而苍天不语大地无言，我们遂再听不见其他所有无所不在的声音，我们还把已经在我们心中叮叮作响的声音给驱赶出去。

一方面因为小说和散文通常太长，不好引述，我们只好用诗；一方面也因为我们常用"诗意"这样的词语来表述某些意义之外的美好感受，甚至我们会用"诗意"来讲某部小说某篇散文尤其是其中某个片段，正是某些跳跃在文字之间之上的好听声音或美好象征捉住了我们的眼睛和耳朵，我们说不出来又要告诉别人，只好"伸手指头去指"——比方说中国历史上五言绝句诗写得最好的王维,"独坐幽篁里,弹琴复长啸。深林人不知,明月来相照",或"空山不见人,但闻人语响。返景入森林,复照青苔上",你说它什么意义(除了后代那些笨拙而烦人的禅学解说之外)?它毋宁就是声音、颜色和象征,在一切成形的意义之先;李白真正的好其实也这样,他不像杜甫那样总停下来苦苦思索意义,他只是奔驰如马,是卡尔维诺热爱的那样,快、轻盈、奔驰到忽然长出了翅膀飞走(难怪中国人把快跑的马上升为在风雷声中飞起来的龙),李白的声音和节奏的确是中国最好的,没人可做到像他那样,他的声音和节奏如长河直下,就是在这里他奇特地捉住了时间,给了时间色泽和汩汩流走的可听见声音,于是他又是中国古来最会书写时间的一个人,他的诗中永远有一个空茫无垠的时间背景。

"愁来饮酒二千石,寒灰重暖生阳春。山公醉后能骑马,别是风流贤主人。头陀云月多僧气,山水何曾称人意?不然鸣筝按鼓戏沧流,呼取江南女儿歌棹讴。我且为君槌碎黄鹤楼,君亦为吾倒却鹦鹉洲。赤壁争雄如梦里,且须歌舞宽离忧。"——读李白的诗你总忍不住要把它念出来,顾不得它究竟在跟你讲些什么。

我们并不总是读到意义,而是如博尔赫斯美丽的话:"发现那些东西总是在把一只铃铛敲响",所以博尔赫斯说他也努力想写出一首既美丽又什么含意也没有的诗,这首诗名为《月亮》,题给他的红颜知己兼晚年的眼睛玛丽亚·儿玉:

那片黄金中有如许的孤独。
众多的夜晚，那月亮不是先人亚当
望见的月亮。在漫长的岁月里
守夜的人们已用古老的悲哀
将她填满。看她，她是你的明镜。

只可惜我们这里无法用原文来读它听它，掉落了太多原来的声音、节奏、颜色和象征，但即使这样，还是好得不得了不是？

阅读者的书写

然则，幸福的读者为何总是要同时是个不幸的书写者呢？不再说博尔赫斯，不再说卡尔维诺，就先讲渺小如唐诺我个人，干吗总喋喋个没完呢？

就绝大部分书写者而言，阅读和书写可以分离为两件不同（但绝非不相干）的事，书写有着不同于阅读的冲动或说驱赶力量，它是某些人的独特技艺，如列维－斯特劳斯讲的是他在芸芸世界和漫漫生命中总得要有的双脚站立位置，或讲得更不幸点，那是他生命中难能遁逃的一种苦役形式，是某种神秘的"命运"，好的时日里是书写叮叮敲响召唤着他，在困厄枯竭的时日则是，除了这个他还能做什么？

分离的部分大致如是，而联结的地方又是如何呢？

我自己是这么想的,也是这些年来的真实经验。书写,尤其是在阅读之后、因阅读而兴的书写,对阅读有着我不晓得是否仅此一种的积极意义,那就是思考,一种异乎寻常的、生活中再难以做到的最精纯思考——在阅读过程之中,当然还是有甚多东西得想的,但阅读如流水有自身的节奏和行进路径,往往并不方便喊暂停(我忽然想起谁讲的,好开玩笑的冯内古特是吧?说某人遇上抢匪厉声"要钱还是要命?"他正色回答:"哦,这是个非常严肃的问题,我得认真思考一下。")特别是牵涉到不同书籍所交集的同一话题。在这里,书写是阅读的暂时驻留,把此一焦点放大,逼迫自己不分神地想下去,而书写,写过的人都知道,又是个带点神秘性的极特别思考方式,我相信是人的高度专注、甚或是把自己逼到绝境所叫唤出来的奇特力量,它做的不仅仅是把你已知的、存在意识层面的芜杂东西整理出秩序而已,它会带来某些始料未及的新发现(多寡有运气的成分),或者说把某些原来徘徊在意识底下的东西,如水落石出般上浮到意识层面来,把"不知道"的变成"知道"的。这是书写此一苦役过程最棒的报偿。

我这个想法,我以为在博尔赫斯的一番话中得到证实。当时他被问到有关马塞多尼奥·费尔南德斯这位作家的事,博尔赫斯说:"马塞多尼奥·费尔南德斯,一个天才——这天才不总是体现在他的作品中而常常在他近乎无声的谈话中闪现出来。你如果没有头脑你就没法同马塞多尼奥说话……马塞多尼奥以他的宁静使我们大家受益，甚至我，也变得机智了许多。他说话声音很低，但他无时无刻不在思考。他不考虑出版。我们背着他出版他的著作。他只把写作当成一种思考的方式。"

另一个和阅读直接联结的书写理由，我以为是某种社会公益心情（当然，有很多公害是始源于诚挚的公益之心，如哈耶克说的那样，这我们得小心）、是某种文字共和国公民的应尽义务。柏拉图在他《理想国》书中以那一则著名的"洞窟寓言"揭示过此一义务，要那些有幸看到好东西、真东西的人得回头来告诉告诉其他人，不管你多不情愿；内地的小说名家阿城则直接称之为"报恩"，赋予了此一义务劳动一个"受人一滴涌泉以报"的道德理由以及庞大的利息计算。

阿城的情形是这样子的——一定有人觉得奇怪，阿城是马塞多尼奥那样的作家，他私下书写不辍，却鲜少发表出版，而且书写笔调愈来愈简，文字中的副词形容词如北方深秋的枝叶凋零一空，只余名词和动词，像他《遍地风流》一书那样，但有趣的是，他的《常识与通识》一书，却一反他的此一书写走向，语调温柔、详尽、悠长，不厌其烦地事事细说从头。我是《常识与通识》台湾繁体字版的编辑，当面问过阿城何以如此，阿城谈起启蒙史家房龙，以及他《人类的故事》这部书，房龙当年就是这样跟他讲话的，打开他的阅读世界，今天，他一样用房龙的语调和声音讲话，讲给如昔日自己的下一辈年轻小鬼听，这是报房龙当年的恩。

因此《常识与通识》的书写，不是个人创作，甚至不知道该不该署名、该不该主张所有权，书写者动了笔，却是述而不作，如佛经阿难的"如是我闻"，我是这么听说的，取诸阅读世界，还诸阅读世界。

从这里，我们便可以回答有关此类述而不作文字的常见狐疑了——比方说我一位也写很好小说的老朋友吴继文，不止一次好心地劝诫过我或说期许我，很想哪天看到我把文章中披披挂挂的他者话语给冲刷干净，没有加西亚·马尔克斯，没有博尔赫斯、卡尔维诺云云，"说自己的话"。我含笑领受教诲，唯不改其志，像个冥顽没救了的人。

不晓得哎，我始终对于所谓人要有一己"创见"这说法觉得怪怪的，很难单独地、孤立地把它当一个人生目标。我以为，人的思维，乍看悠闲随意，汗都可以不流一滴，也一定是自由的，不为势劫，但其实最根本处仍是认真的、严肃的，而且有着某种联系于现实的急迫性和激烈性，是被某个真实的困惑所引发并驱赶，即使做白日梦的胡思乱想时刻亦复如此。因此，有意义的目标在于你想的对不对、好不好、深不深入、准不准确、有没有想象力或究竟还有没有其他可能性，哪有那个美国时间去检查这是否是你独创、第一个讲，只有来者不见古人？

如果再加进读者身份、加进作为一个读者的报恩心情、加进了作为一个读者对自己书写文字所有权的不确定，那更是仅存的疑虑当场一扫而空了——如果博尔赫斯就是讲得比你好，好这么多，为什么非坚持用"自己的话"来说呢？引述，除了美学考量，我以为还有一个有意思的功能性着眼，那是作为一个读者才晓得的。我个人的经验，而且绝不会只是我个人的独特经验，一定是普遍性的，通常在我们顺利打开某人写的某本书之前，总是先三番两次听过他名字和这个书名，累积了一些相关的细碎讯息，尤其是在另外的书上或文章中读到过并惊异过他的某一句或某一段神采奕奕话语，再构成了美丽的诱惑，像列维-斯特劳斯之于我就是如此，知道他这个人和读他书整整相隔了六年之久。了解这个"前阅读"的必要程序和基本心理，我们就晓得该怎么做了，我完全承认我个人是有意识的引述，而且往往还过度引述，甚至已到破坏文章流水节奏的地步了，但我渴望有些好的名字、好的话不断会被看见，放一个叮叮作响的美丽声音在也许哪个人不经意的记忆角落里，就像太多人为我做过的那样；我希望我的书写有很多可能的岔路、有列维-斯特劳斯所谓的洞窟，或可让某个人如爱丽丝般摔进去，惊异地发现自己到了一个更美丽而且根本不是我提供得起的世界。

这绝对比什么"创见"都让人愉快，愉快多了。

真的，书写有时会让人变得自大唯我，唯阅读永远让你谦卑，不是克己复礼的道德性谦卑，而是你看见沧海之阔天地之奇油然而生的谦卑，不得不谦卑。也因此，阅读和书写的最终关系是，一个阅读者不见得需要书写，他大可读得更快乐更自由，但一个书写者却不能不阅读，这才救得了他。

"我们是谁？我们每一个人，岂不都是由经验、资讯、我们读过的书籍、想象出来的事物组合而成的吗？否则又是什么呢？每个生命都是一部百科全书、一座图书馆、一张物品清单、一系列的文体，每件事皆可不断更替互换，并依照各种想象得到的方式加以重组。"这段我们已然引述过一次的话，出自卡尔维诺《未来千年文学备忘录》的最后一回演讲的卷末，是他对我们以及下一个至福千年人们的谆谆叮嘱。

所以，什么是自己的话呢？我们是谁？

最终，我想让这个没完没了的话题暂时终止在某个美好的名字、美好的文字尤其是声音里头，于是我依然选用博尔赫斯，是他名为《一本书》的这首诗，诗中，被他挑中的书之代表是莎士比亚的《麦克白》，由此，我们又发现了另一道美丽的岔路不是吗？

> 物中之物，难得有一件
> 可以用作武器。这本书一六〇四年
> 诞生在英格兰，
> 人们赋予它梦的重载。它内装
> 喧哗与骚动、夜色和猩红。
> 我的手掌感到它的沉重。谁能说
> 它也装着地狱：大胡子的
> 巫师代表天命、代表匕首，
> 闪射出阴影的律法，

古堡中氤氲的空气
将目睹你的死,优雅的手
能够左右大海的血潮、
战斗中的刀剑和呼号。

静寂的书架上,那静默的怒吼
沉睡在群书中的一册之内,
它沉睡着,有所期待。

附录一

从狩猎到农耕

——我的简易阅读进化史

找书像不像一场狩猎呢？可能挺像的吧，感觉上，尤其是其间最兴奋和最沮丧的那些片刻。我没办法那么肯定，不因为我没找过书，而是因为我没打过猎，这辈子活到今天很惭愧最接近的经验是小学时在宜兰河钓鱼，也许真正该去问的是海明威那样的人。

我所说阅读行为中最兴奋的一刻，是打算开始找书却还没真正开始行动的这段时间。有看过电影《兰博》或至少知道吧？整部杀过来杀过去不稍歇的神经影片中，最沉静却也最让人屏息的，不就是单人杀戮机器兰博整装待发那一幕吗？我们看着他系上头带，肩上交叉挂好两长排子弹，腰边没忘插把蓝汪汪锯齿尖刀——后来以他为名的兰博刀，再掂量掂量手中那挺重机枪云云，你晓得接下来马上有大事情要发生了，满满是风雷。后来更好的香港电影，王家卫的《阿飞正传》,片头片尾也都是这样的戏,阿飞型的年经小鬼对镜梳头仔细打理自己一身行头。不同的狩猎配备,不同的狩猎对象,这些香港无聊年轻人想打下的不再是飞鸟走兽,而是飞鸟走兽般的某个女孩,以及因此可能粉身碎骨的城市夜晚不回头冒险。

找书,当然前提是你心中有事,有瞻望有疑问,所有行动因尚未发生,因此只能是想象,正因为还停留于想象,所以什么都可以发生,暂时还不必领教现实的严酷撞击,不打折,不磨损,不挫败。每只狮子都应声倒地,每个女孩都招之即来,每本书都静静躺在灯火阑珊处等你伸手去取,而且每一张干净的书页里都记着你要的答案,并准备好洁净你,从此开启你全新的人生。这样所有可能性百分之百的实现,遂让这短暂即逝的瞬间延长下来而且璀璨夺目。

阅读是很美好而且很容易的,如果不用真的付诸行动去找书去读书的话——我的意思是说,即便今天现实世界中有关阅读的不好消息持续传来,但我个人依然坚信,我们缺乏的并不是隔段时日就想找本书来读的如此善念,我们只是一次又一次阵亡于付诸实战的种种困难,我乐观地以为,这两者是大有分别的,意念的火花若时时仍在,我们要对付的敌人于是只剩一半了,尽管很不幸这一半比较巨大,是难能撼动、不随我们意志而转的冷硬现实。

来到现实,沮丧的时刻于焉来临。

我们冷静一下自己回头来问,既然狩猎如此迷人,如此武勇豪情，为什么人们舍得让它从人类历史舞台上退下来？为什么从主角降为龙套？为什么人们甘愿把自己奴隶般牢牢绑在土地上头也不抬地耕作？甘愿像《圣经》中耶和华的诅咒般辛苦流汗而放弃如鹰飞翔的自由游猎呢？

这本来不用特别回答，因为从狩猎采集进入农耕是人类历史铁一般无法回头的普遍事实，但这里我们还是再抄一次人类学家列维-斯特劳斯的报告，这是《忧郁的热带》书中他在巴西内陆南比克瓦拉人社群中的亲身经历：

> 家庭食物来源主要是依赖妇女的采集活动。我常和他们一起吃些令人难过的简陋食物，一年里有半年时间，南比克瓦拉人就得靠此维生。每次男人垂头丧气地回到营地，失望又疲惫地把没能派上用场的弓箭丢在身旁时，女人便令人感动地从篮子里取出零零星星的东西：几颗橙色的布里提果子、两只肥胖的毒蜘蛛、几颗小蜥蜴蛋、一只蝙蝠、几颗棕榈果子和一把蝗虫。然后他们全家便高高兴兴吃一顿无法填饱一个白人肚子的晚餐……

也就是说，狩猎是极不稳定的食物供应方式，纯粹以狩猎维生的大多数时间总是处于饥饿状态，不管是契诃夫小说里没土地可耕种的可怜旧俄猎户，或非洲草原上的狮子——阅读是不是也这样呢？很不幸是的，现实总不吝于浇我们各式各样的冷水，你要的书可能太少人读，对不起书店不进货，可能早已绝版（如加西亚·马尔克斯的访谈集《番石榴飘香》），可能根本未译成中文（如格林的《没有地图的旅行》），可能书找到了却不符你原初的想象，没有你渴求的答案（太多次这样了，需要举例吗？），可能有答案但你就是读不懂如同天书（如量子力学）云云。

不只如此，还有时间差的问题。我指的是，阅读意念的火花不定什么时间来，偏偏大多梦一般在夜阑人静的孤独时分找上你，却往往无法延烧到明天日出之时，你要不要保护这珍贵的火种不灭呢？那你当下就得供应它易燃的书页好持续烧下去甚至就此蔚为燎原大火，没办法等你到书店重开大门再弯弓射箭一番。

更不只如此，还有狩猎目标不确定的问题。我个人一再的经验是，你想找想看的书，通常只有在极特殊的情况下，它才是特定的、独一无二的、恰恰好就是那本书；正常状况下，你遵循自己心中大疑想找到的那本理想大书，在现实世界的书架上，系散落成几十上百本不同的书籍，这本书里两句、那本书里一段的纷杂形式。瞄准开枪三原则："看不到不打，打不到不打，瞄不准不打。"因此，你很难再是神气射日的后羿，毋宁比较像狼狈的屈原，上天入地地去问去翻找搞得自己形容枯槁。

凡此种种。人类历史不得不进入无趣的农耕时代，我的阅读亦然。

农耕时代，人们不再饿着肚子苦苦追逐并等待一只大鹿三天两夜非君不吃；阅读的农耕时代也是这样子，我得贪婪地耕作采集，宁杀错不放过地看到大约可以是自己食物的书就攫取购买，今天有事没打算读它，但谁晓得下星期下个月或明年某个晚上我会心血来潮想看呢？饥饿时时可能袭来，你得预先为它做准备。

也因此，阅读者自己书架的景观跟着丕变，而成为如今我们熟悉的仓廪模样了。不只我个人，我所知道的每一个阅读者，没有谁看完过他手中全部存书的，包括可称之为读书机器的昔日瓦尔特·本雅明。爱书如痴的本雅明反问，谁家天天把珍藏的全部名贵瓷器拿出来用呢？我环顾自己凌乱、积尘、四下散落如暴风雨肆虐过后的家中存书，实在不好说这些是名贵骨瓷，而是，如列维-斯特劳斯说的，有布里提果子，有肥胖毒蜘蛛，有蝗虫，有蜥蜴蛋，有蝙蝠……

有读过且一读再读的，有读了一半因故停下来的，有翻了几页算了的，有根本还没看的，有心知肚明这辈子大概不会去读它的云云。换句话说，通过一而再再而三的地毯式搜刮，我得承认有不少书直接可称之为"买错了"，只能扔在那儿任它腐朽。

买错书懊不懊恼呢？很奇怪，几乎完全不会，一方面大概因为书价相对于其他生活花费是低廉的，而且错误到此为止不会衍生麻烦（想想你买错一部电脑、一辆汽车、一幢房子、一个老婆的物质代价及从此缠身不休的梦魇）；另一方面，我自己早已跟自己讲清楚，书没那么容易理解穿透，阅

从狩猎到农耕　359

读前的种种相关讯息当然是有意义的，可是真正的理解却得在绵密的相处过后才见分晓，因此，买书是有几率问题的，没有一个购书的统一场理论可完全消除掉它，换句话说，书的上帝是跟我们掷骰子的。

或者这么讲，你也看或至少知道棒球吧？我很喜欢的一本美国棒球书《史上最烂的十支球队》一开始就讲，棒球是一种和失败相处的游戏，想想看，一支当年世界冠军的球队少说还是得输掉六七十场比赛；一名千万年薪而且一定进入棒球名人堂的伟大打击手，每十次打击，就有七次是失败而归的——因此，棒球最严酷的真义不在于胜利，而在于失败，如何面对、承受、理解、料理失败，并和失败相处生活下去。

失败可让聪明的人反省，但我要说的不是这个，我要一再强调的是，买错书（不管此一结果带不带来反省）应该作为阅读找书的前提。不见兔子不撒鹰的精准要求之人，或许会是个成功者，但抱歉绝不会是在阅读的领域之中，只因为阅读的真正主体，永远是在不确定的状况下发现各种可能性，而不是找一个排他的、唯一的明确解答。拒绝犯错，也同时就彻底消灭掉成功。事实上，我个人干脆这么算，这辈子读书，我可不可以给自己一笔买错的预算，诸如银行或企业的呆账准备之类的？我给自己五百到一千本宽裕的犯错空间，以五十年岁月折算一年是十到二十本，每本书估价三百元，如此一生的总额是十五万到三十万元整。我不晓得别人怎么想这笔钱，我自己觉得意外地少，还远远不够买错一部简配汽车的价钱。如此计算结果令我精神抖擞，顿觉得自己富裕阔绰得不得了，天底下再没多少你不敢放手一买的书了。

至此，我成了个快乐的农夫。

会夜深忽梦少年事地想念自由无羁的狩猎日子吗？当然会的。会再付诸实践吗？当然也会的。不同的是，正如屠格涅夫笔下的猎人和契诃夫笔下的猎户不同一样，屠格涅夫的猎人，是温饱有余，有大把土地、庄园、农奴、仆佣在手的贵族老爷，打猎是乐趣，以及野味，而不是有一家子嗷嗷待哺的老老小小等食物下锅。

而且，因为台湾如今的书店都是大小、规格大致相当的中型连锁书店，又讲究坪效，因此从南到北自西徂东摆出来的书就是那些，你在这家书店找不到的书，在另一家大概也不会有——对书的狩猎人而言，这无疑是个枯竭的猎场，打不到什么令人惊喜的珍禽异兽。

贵族老爷的新猎场在哪儿呢？到大洋洲那些美丽小岛海域去钓芭蕉旗鱼，或到非洲去旅行云云——我自己如今的书籍猎场，便有着这样听起来令人生厌的有钱有闲阶级味道，它是英国天下第一书街的查令十字街；或近些，上海北京各家大型书店；或更近些，网上的亚马逊书店，托电磁波快速飞翔之福，按几下鼠标即可，好像狩猎也进入了按键战争的不公平时代了。

能够的话，我还是比较不喜欢亚马逊书店这样的猎场，尽管它反而有更多书籍内容之外的资讯可参考。我是老时代走过来的猎书人，我喜欢书店现场，买书时能摸得到书页，感受到书籍沉厚的重量，并且在走出书店后的第一时间就能翻开其中一本来读。

刚过去的干爽秋天，我才又刚完成一次这样的北京上海猎书之旅，足足寄回来六大包书，当然，最想看的那几本我留在旅行包里，用卡尔维诺的话是，你携带着它，把它当成自己独特的负担，而且在旅行告终之前，甚为满意地便已经读完了它。

附录二

书街，我的无政府主义书店形式

我想，我跟书店的关系后来变得挺麻烦的，同时拥有着如电池正负两极的身份——压迫者与被压迫者（听起来好像陀思妥耶夫斯基的小说书名）。

这种时候，你就能再次验证卡尔维诺这个号称有人类大脑最复杂纹路之人（解剖他的医生说的）真是睿智无匹了。在他《如果在冬夜，一个旅人》书中，他不无自省意味地劝我们留在纯粹读者的愉悦世界之中，别跨过界线成为和书籍制造有关系的人，卡尔维诺甚至神经质地要我们别踏入出版社一步，一丝丝可能的风险都不要去冒。

对书店，我是个买书的读者，这当然是花钱大爷的舒适身份；可我也是个出版社的从业人员甚至书写过几本书的人，于是当场卑微下来，不太敢做出任何可能冒犯书店的事。几年前，诚品书店找我演讲，我二话不说领命到场，完全不顾自己不信任口语、不应允公开演讲的自誓。那天，在敦南店地下二楼的下午沉郁空气中，大学时代最喜欢的魏晋南北朝史忽然涌上心头，我遂以一个石勒石虎的往事当演讲开场白——话说某名隐士，终石勒一生不得一见，石虎登基之后却一召即来，石虎也得意也诧异地问何以如此，隐士的回答是，你父亲敬重读书人，我不理他不会得罪他，你就不一样了，你是会杀人的，我不来当场就人头落地了，你说我怎么敢不来呢？

我们必须先假设，诚品和金石堂的老板大人皆是石勒而不是石虎，但愿如此，这样我们有关书店的话题方得以进行下去——其实，我真正想说的是，如果可能，人世间能不能不要有连锁书店这种东西？我是个彻彻底底的书籍无政府主义者，这话说来忐忑，因此是最真诚的。

有温度的书籍贩售之地

最接近书籍无政府主义者的书籍贩售图像，不是一家奄有一切、统治一切、卧榻之旁不容他家书店酣睡的超级大书店，怪物般矗立于一片沙漠之上（或者说它把四周吞噬、夷平、榨干成为沙漠），而是一整道书街的缤纷形式，像我们古老记忆里未废墟化时候的重庆南路，像日本东京的神田神保町，像，是的，天下第一书街的伦敦查令十字街。

书街里没有王，人人任意而行。

我晓得许多人喜欢（我该用缅怀这个不祥的字眼吗？）书街胜过mall型大书店，有太浓厚的浪漫成分；我也承认，太情调太醉翁之意如明清某些好做读书状的文人（如写《四时读书乐》的翁森、如写《幽梦影》的张潮）的确让人轻微恶心。然而，人和书的关系，人和书店的关系，终究是很复杂的，买书也从来不止于是一种银货两讫的纯经济活动或购买行为而已，即使像我这样无趣的、性急的、不随便感伤流连的人。

爱默生讲，书店（他原来讲的是图书馆）是个魔法洞窟，里面住满了死人，是因为我们进去，才将他们从酣睡之中唤醒。我很喜欢这话里面的时间感，丰硕、流动、多层面的叠合碰撞，但最终一切还是得坚定地回到我们活着的此时此刻来——购书乃至于再接着的阅读一定是当下的，死者的复活也只能发生在当下。

再没有任一种寻访书、取得书、阅读书的形式，比书街更准确契合着这样的时间感受了。比方说你人在查令十字书街，走进一家魔法洞窟，出来，再进去另一家……你不停穿梭在不同的时间里，可你也一再返回到天光云影的当下活人世界来，你不仅不会在时间中迷路，而且你让自身像颗鹅卵石般在时间之流中碰撞、切割并打磨，在你尚未真正打开书之前，仿佛你的阅读已提前展开来。然后，不是因为情调关系或要拍照证明自己征服过此地插上旗子，你是真的有点脚酸得坐下来，这时一家咖啡馆变得非常非常必要，不是魔法洞窟里见不得阳光的附设咖啡馆，而是真正的、独立的咖啡馆，空气流动，天好时晒得到太阳，秋冬时节冷得你精神抖擞的咖啡馆，咖啡因对你此刻紊乱且有点发胀的脑袋有安定的治疗效果，你也可趁此确认一下自己买到和还没买到的书，稍稍翻阅并整理合并，像替一个个不同的时间理出一个暂时的秩序方便于携带行走一般，因为这家咖啡馆顶多只坐落在书街的中点，前面还有整整半条街要走——

时间有数不清的、甚至无从分割起的层次，但唯独只有当下、此时此刻是有温度的。书街是这样有温度的书籍展示贩售之处。

疯子的暂时栖身之所

无政府主义的核心是自由，一种24K纯度的自由坚持，因此打死不相信有一个单一的、统一一切的睿智，可由此建构出一个囊括一切的井然秩序。有机体的生命形式不会是对称的，无政府主义者服膺生物学家的如此直观发见。

有关书店对于书籍的理解这事，通常有个迷思，那就是大型的连锁书店，由于规模和资源的缘故，容纳得了专业，因此会比众多纷立的书街小书店更理解书之为物，这当然是错的。

连锁书店确实有其专业的要求和养成，但针对的不是书的内容，而是卖书行为，这两样不同的专业不可混为一谈。

细致点来说，对卖书行为理解的寻求，尽管一开始必须仰赖对书内容的理解，但并不需要太多，很快到达一定程度之后，对书内容的更理解便成为多余而且"不划算"了，两者开始背反，愈是专业地掌握卖书技术，愈会妨碍对书的内容的真正理解，反之亦然。

之所以产生如此的吊诡现象，是因为有个冷酷的原理作用其中，那就是经济学家称之为"边际效益递减法则"这个讨厌的东西——把卖书当纯粹的经济活动，讲求的是效益的极大化，是成本和产出两道曲线交会的最适量那一个点，这是经济学教科书已经写好几百年的最起码道理。翻译成我们书籍世界的人话是，书店对书内容的理解，系属于成本这一侧的，它不允许人穷尽一切所能如一名上瘾读者那样埋头追下去，边际效益递减法则很快会制止他，你愈想比从前多了解一分，所耗用的成本便以更快的速度增加，你要追求对书内容百分之百的理解，成本也就趋近于无限大。

对工具理性所统治的纯经济活动而言，如此无视边际法则存在的行径是疯子才会做的事，连锁书店是书店的高度资本主义形式，它不雇用疯子，喜欢卖书维生的疯子必须自己开店当老板。

而只有书街这个无政府的国度，才有疯子老板们的暂时栖身之地，相濡以沫。

可能性的储藏及其灭绝

我个人曾在一篇谈日本京都的各式工匠技艺文章中谈究极技艺在今天市场经济世界的脆弱性，它不仅必然受制于边际法则，更要命是它很难被一般大众辨识出来。一如一碗究极的荞麦面和一碗中上程度的连锁店荞麦面，像我这样粗糙的人吃不出它们多大差别一样，究极技艺诉求的永远只是少数知心人，因此这样的店家总是小的，诉诸一般大众公约数鉴别能力的连锁店则是负责消灭它们的洪水猛兽——每当你抬头看见又一家连锁店大马金刀冒出来，就得在心中默念有多少家美好小店收起来了。

因此你会想抵抗，螳臂当车地抵抗它一下。

这无关病酒悲秋，也无关于扣帽子式的所谓贵族精英心态，其中有我个人认为的严肃正经不得已理由。我喜欢引用博尔赫斯一句看似没脑子的超级乐观之言："好像未来什么事都可能发生。"这话系在他阅读书籍时如花朵般冒出来，也只有在此书籍世界的土壤里才取得坚实的意义——我不用"希望"这个晃荡荡的词，我喜欢说的是"可能性"，一种几乎已完成、只剩实现的伸手可及希望。书籍正是我们人世间可能性的最大收存仓库、最重要的集散地，书籍以它的轻灵（三四百克重）、廉价（两三百块钱价格）、可亲的装载形式，把人类数千年来思维可及的一切可能性，守财奴般几近不遗漏地捡拾保存下来，是完整可能性的拥有，方让博尔赫斯乐观,让我们面向茫茫未来可精神抖擞得起来。

但就像最近生物学家的可怕警言,说致命病虫害的侵袭,极可能让可可树在二〇〇九年绝种,让美好的巧克力从此绝迹一般。灾难时时可能产生,可能性的致命病毒之一便是单一分类、单一秩序、单一性的规格化和效益要求,这个病毒早已存在并不断伸展扩大,也有足够的耐心伺伏一旁。连锁书店正是仿制它成功统治的样态,以单一观点和秩序来整顿书、严厉筛选淘汰书的强大新武器,用它来占领并且替代那些不同老板、以各个不同价值信念和独特方式向各种可能性试探的老书街琳琳琅琅小书店。

很久了,没什么好消息传来,重庆南路早已沦陷了,神田神保町我两个月前才去,又奄奄一息了点,至于久违的查令十字街好像也在缓缓败退之中。

率先陷落的书街

坏消息倒一刻没停过好像,最近这一年来我个人所听到最坏的消息是所谓的"文化产业",请留意,这里文化只是类别,是大商品目录里不起眼的一栏,产业才是主体,是一切规则的制定者和最终裁决者;而最难听的话,则是顺此逻辑而下的傲慢挑衅之言:"文化人准备好了没有?"准备好什么?准备好自我切割,去掉所有产生不了直接经济利益的东西,好适合市场大神的秩序和要求以蒙其悦纳。

说这话的人原是我们这边的一员,他是我的老友詹宏志,一个曾经比谁都喜欢查令十字街,而且至今犹把"阅读花园主义"此一无政府主张常挂嘴边的好读者。

但吓谁啊?人死不会更死,昔日的牯岭街旧书摊已成今天光华商场色情光碟供应中心,重庆南路像等待拆除重建的废墟,奈何以死畏之?

地理教科书上写,我们看似平静不变的湖泊,其实只是一个暂时性的地理现象;书街也是这样,如果有所谓书籍流通贩售的教科书,我们也一定会读到一模一样的话。

在人类的思维历史上,无政府主义一直被描述为某种天真、不切实际甚至于秀逗的主张,但天真烂漫了几百年,也惨败了几百年,不会不累积出足够的历史世故来——今天,无政府主义已从现实世界的角力场退下来,不再是一种意图付诸实现的正面主张,它只是某种梦想、某种境界、某种绝美的自由图像,悬挂在高高的地方,用来反衬、照见乃至于鞭挞那些必然七折八扣的现实有力主张,不让任一种因暂时的得胜而酣睡,以保卫人类思维和反省的持续。

今天,我个人相信,无政府主义真正的生存土壤是文化性的场域,只因为文化最终源生于自由,不管它是因为悠游自由之中而百花齐放,或是因为自由遭受抑制而壮丽地突围;我甚至愿意武断地讲,以文化为志业的人,不管自觉或不自觉,一定得有一个无政府的灵魂,这是他最后不可让渡的一样东西。

几百年来，在政治上压制无政府主义的那些主张，愈来愈有和无政府主义和解的趋势，它们倾向于把自己的暴力自限于现实权力的场域，不随便侵入文化的世界之中；今天真正的威胁反而来自于它昔日的短暂暧昧盟友，一样号称抵抗政治机制、要求百分之百自由的市场经济。

在文化活动的场域之中，我们的书街系处于最接近市场经济的不利位置，是文化和经济的交壤之地，因此，第一个宣告陷落大概也是不可免的了。

我不愿意垂泪感慨，也没那闲工夫，我当它是更大历史暴风又将吹袭的警讯。

附录三

有这一条街，它比整个世界还要大

乍读这本书稿时，我一直努力在回想，查令十字街84号这家小书店究竟是长什么个模样（我坚信写书的海莲·汉芙不是胡诌的，在现实世界中必然有这么一家"坚实"存在的书店），我一定不止一次从这家书店门口走过，甚至进去过，还取下架上的书翻阅过——《查令十字街84号》书中，通过一封一九五一年九月十日海莲·汉芙友人玛克辛的书店寻访后的信，我们看到它是"一间活脱从狄更斯书里头蹦出来的可爱铺子"，店门口陈列了几架书（一定是较廉价的），店内则放眼全是直抵天花板的老橡木书架，扑鼻而来全是古书的气味，那是"混杂着霉味儿、常年积尘的气息，加上墙壁、地板散发的木头香……"，当然，还有一位五十开外年纪、以老英国腔老英国礼仪淡淡招呼你的男士（称店员好像不礼貌也不适切）。

但这不也就是半世纪之后今天、查令十字街上一堆老书店的依然长相吗？——如此悬念，让我再次鼓起余勇、生出远志，很想再去查令十字街仔细查看一次，对一个有抽烟习性又加上轻微幽闭恐惧毛病如我者，这长达廿小时的飞行之旅，我自以为是个很大的冲动而且很英勇的企图不是吗？

然而，不真的只是84号书店的诱引，我真正想说的是，如果说从事出版工作的人，或仅仅只是喜爱书籍、乐于阅读的人得有一处圣地，正如同麦加城之于穆斯林那样，短短人生说什么也都得想法子至少去它个一次，那我个人以为必定就是查令十字街，英国伦敦这道无与伦比的老书街，全世界书籍暨阅读地图最熠熠发光的一处所在，合此不应该有第二个答案。

至少，本书的译者一定会支持我的武断——陈建铭，就我个人的认识，正是书籍阅读世界的此道中人。一般，社会对他的粗浅身份辨识，是个优美、老英国典雅风味却内向不擅长议价的绝佳书版美术设计者，但这本《查令十字街84号》充分暴露了他的原形，他跳出来翻译了此书，而且还在没跟任何出版社联系且尚未跟国外购买版权的情况下就先译出了全书（因此，陈建铭其实正是本书的选书人），以他对出版作业程序的理解，不可能不晓得其后只要一个环节没配合上，所有的心血当场成为白工，但安静有条理的陈建铭就可以因为查令十字街忽然疯狂起来。

这是我熟悉、喜欢、也经常心生感激的疯子，在书籍和阅读的世界中，他们人数不多但代代有人，是这些人的持续存在，且持续进行他们一己"哈萨克人式的小小游击战"（借用赫尔岑的自况之言），才让强大到几近无坚不摧的市场法则，始终无法放心地遂行其专制统治，从而让书籍和阅读的世界，如汉娜·阿伦特谈本雅明时说的，总是在最边缘最异质的人身上，才得到自身最清晰的印记。

在与不在的书街

《查令十字街84号》这部美好的书，系以一九四九年至一九六九年长达廿年流光，往复于美国纽约和这家小书店的来往信函交织而成——住纽约的女剧作家买书、任职"马克斯与科恩书店"的经理弗兰克·德尔负责寻书寄书，原本是再乏味不过的商业行为往来，但很快的，书籍击败了商业，如房龙说"一个马槽击败了一个帝国"（当然，在书籍堆叠的基础之上，一开始是汉芙以她莽撞如火的白羊座人热情凿开缺口，尤其她不断寄送鸡蛋、火腿等食物包裹给彼时因战争物资短缺、仰赖配给和黑市的可怜英国人），人的情感、心思乃至于咫尺天涯的友谊开始自由流窜漫溢开来。查令十字街那头，他们全体职员陆续加入（共六名），然后是德尔自己的家人（妻子诺拉和两个女儿），再来还有邻居的刺绣老太太玛丽·伯尔顿；至于纽约这边，则先后有舞台剧女演员玛克辛、友人金妮和埃德替代汉芙实地造访"她的书店"，唯遗憾且稍稍戏剧性的是，反倒汉芙本人终究没能在一切落幕之前踩上英国，实践她念念不忘的查令十字街之旅。全书结束于一九六九年十月德尔大女儿替代父亲的一封回信，德尔本人已于一九六八年底腹膜炎病逝。

一样产自于英国的了不起小说家格林，在他的《哈瓦那特派员》中这么说："人口研究报告可以印出各种统计数值，计算城市人口，借以描绘一个城市，但对城里的每个人而言，一个城市不过是几条巷道、几间房子和几个人的组合。没有了这些，一个城市如同陨落，只剩下悲凉的记忆。"——是的，一九六九年之后，对海莲·汉芙来说，这家书店、这道书街已不可能再一样了，如同陨落，只因为"卖这些好书给我的好心人已在数月前去世了，书店老板马克斯先生也已不在人间"，这本《查令十字街84号》于是是一本哀悼伤逝的书，纪念人心在廿年书籍时光中的一场奇遇。

但海莲·汉芙把这一场写成书，这一切便不容易再失去一次了，甚至自此比她自身的生命有了更坚强抵御时间冲刷的力量——人类发明了文字，懂得写成并印制成书籍，我们便不再徒然无策地只受时间的摆弄宰制，我们甚至可以局部地、甚富意义地击败时间。

书籍，确实是人类所成功拥有最好的记忆存留形式，记忆从此可置放于我们的身体之外，不随我们肉身朽坏。

也因此，那家书店，当然更重要是用一本一本书铺起来的查令十字街便不会因这场人的奇遇戛然中止而跟着消失，事实上，它还会多纳入海莲·汉芙的美好记忆而更添一分光晕色泽，就像它从不间断纳入所有思维者、纪念者、张望者、梦想者的书写一般，所以哀伤的汉芙仍能鼓起余勇地说："但是，书店还是在那儿，你们若恰好路经查令十字街84号，代我献上一吻，我亏欠它良多……"

这是不会错的，今天，包括我个人在内，很多人都可以证实，查令十字街的确还在那儿，我是又过了十多年之后的八十年代、九十年代去的，即便84号的"马克斯与科恩书店"很遗憾如书末注释说的，没再撑下去，而成为"柯芬园唱片行"，但查令十字街的确还好好在那里。

一道时间大河

查令十字街，这个十字不是指十字街口，而是十字架的意思，事实上它是一道长约一公里许的蜿蜒市街，南端直抵泰晤士河，这里是最漂亮的查令十字街车站，如一个美丽的句点，往北路经国家艺廊，穿过苏活区和唐人街，旁及柯芬园，至牛津街为止，再往下走就成了托登罕路，很快就可看到著名的大英博物馆（大英博物馆一带又是另一个书店聚集处，但这里以精印的彩色大版本艺术书为主体）。

老英国老伦敦遍地是好东西，这是老帝国长而辉煌的昔日一样样堆叠下来的，如书中汉芙说的（类似的话她说了不止一回）："记得好多年前有个朋友曾经说：人们到了英国，总能瞧见他们想看的。我说,我要去追寻英国文学,他告诉我:'就在那儿!'"

然而,和老英国其他如夕晖晚照荣光事物大大不同之处在于,查令十字街不是遗迹不是封存保护以待观光客拍照存念的古物,它源远流长,但它却是 active,现役的,当下的,就在我们谈话这会儿仍孜孜勤勤劳动之中,我们可同时缅怀它并同时使用它,既是历史从来的又是此时此刻的,这样一种奇特的时间完整感受,仔细想起来,不恰好就是书籍这一人类最了不起发明成就的原来本质吗?我们之所以丧失了如此感受,可能是因为我们持续除魅的现实世界已成功一并驱除了时间,截去了过去未来,成为一种稍纵即逝却又驻留不去的所谓"永恒当下"——有生物学者告诉我们,人类而外的其他动物和时间的关系极可能只有这样,永恒的当下,记忆湮渺只留模糊的鬼影子,从而也就产生不来向前的有意义瞻望,只剩如此窄迫不容发的时间隙缝,于是很难容受得了人独有的持续思维和精致感受,只有不占时间的本能反射还能有效运作,这其实就是返祖。

更正确地说,查令十字街的时间景观,指的不单单是它的经历、出身以及悠悠存在岁月,而是更重要的,就算你不晓得它的历史沿革和昔日荣光,你仍可以在乍乍相见那一刻就清晰捕捉到的即时景观,由它林立的各个书店和店中各自藏书所自然构成——查令十字街的书店几乎每一家一个样,大小、陈列布置、书类书种、价格,以及书店整体氛围所透出的难以言喻鉴赏力、美学和心事。当然，书店又大体参差为一般新书书店和二手古书店的分别，拉开了时间的幅员，但其实就算卖新书的一般书店，彼此差异也是大的，各自收容着出版时日极不一致的各色书籍，呈现出极丰硕极细致的各自时间层次。

不太夸张地说，这于是成了最像时间大河的一条街，更像人类智认思维的完整化石层，你可以而且势必得一家一家地进出，行为上像进陈列室而不是卖场。

相对来说，我们在台湾所谓的"逛书店"，便很难不是只让自我感觉良好的溢美之词。一方面，进单一一家书店比较接近纯商业行为的"购买"，而不是带着本雅明式游手好闲意味的"逛"，一本书你在这家买不到，大概另一家也就休想；另一方面，"逛"，应该是不完全预设标的物的，你期待且预留着惊喜、发现、不期而遇的空间，但台湾既没二手书店，一般书店的书籍进退作业又积极，两三个月前出版的书，很可能和两三千年前的出土文物一样不好找。

连书店及其图书景观都是永恒当下的，在我们台湾。

永恒当下的灾难

海莲·汉芙在书中说到过她看书买书的守则之一，对我们毋宁是极陌生到足以吓人一跳的，她正色告诉德尔，她绝不买一本没读过的书，那不是跟买衣服没试穿过一样冒失吗？当然我们没必要激烈如这位可敬的白羊座女士，但这其实是很有意思的话，说明旧书（广义的，不单指珍版珍藏之书）的购买、收存和再阅读，不仅仅只是囤积居奇的讨人厌行为或附庸风雅的恶心行为而已。这根源于书籍的不易理解、不易完整掌握的恒定本质，尤其是愈好、内容愈丰硕、创见之路走得愈远的书，往往远远超过我们当下的知识准备、道德准备和情感准备，我们于是需要一段或长或短的回身空间与它相处。好书像真爱，可能一见钟情，但死生契阔与子成说，执子之手与子偕老的杳远理解和同情却总需要悠悠岁月。

因此，从阅读的需求面来说，一本书的再阅读不仅仅只是可能，而是必要，你不能希冀自己一眼就洞穿它，而是你十五岁看，二十岁看，四十岁五十岁看，它都会因着你不同的询问、关注和困惑，开放给你不一样的东西，说真的，我努力回想，还想不出哪本我真心喜欢的书没有而且不需要一再重读的（你甚至深深记得其中片段，意思是你在记忆中持续重读）；也因此，从书籍取得的供给面来看，我们就应该聪明点给书籍多一点时间、给我们自己多一点机会，历史经验一再告诉我们，极多开创力十足且意义重大的书，我们当下的社会并没那个能力一眼就认得出来，不信的人可去翻阅大名鼎鼎的《纽约时报》历来书评（台湾有其结集成书的译本），百年来，日后证明的经典著作，他们漏失掉的比他们慧眼捕捉到的何止十倍百倍，而少数捕捉到的书中又有诸如塞林格的《麦田里的守望者》或钱德勒的《长眠不醒》被修理得一无是处（理由是脏话太多云云）。一个社会，若意图在两星期到一个月内就决定一本书的好坏去留，要求书籍打它不擅长的单败淘汰赛，这个社会不仅自大愚蠢，而且可悲地一步步向着灾难走去。

一种只剩永恒当下的可悲灾难。

部分远大于全体

便是这个永恒当下的灾难启示，让我们得以在书籍暨阅读的世界中，推翻一项亘古的数学原理——这是柏拉图最爱引用的，全体永远大于部分，但我们晓得事实并不尽然，短短的一道查令十字街，的确只是我们居住世界的一个小小部分，但很多时候，我们却觉得查令十字街远比我们一整个世界还大，大太多了。

最是在什么时候，我们会生出如此诡异的感觉呢？特别当我们满心迫切的困惑不能解之时。我们很容易在一本一本书中一再惊异到，原来我们所在的现实世界，相较于既有的书籍世界，懂得的事这么少，瞻望的视野这么窄，思维的续航能力这么差，人心又是这么封闭懒怠，诸多持续折磨我们的难题，包括公领域的和私领域的，不仅有人经历过受苦过认真思索过，甚至还把经验和睿智细腻的解答好好封存在书中。

从形态上来看，我们眼前的世界往往只有当下这薄薄的一层，而查令十字街通过书籍所揭示的世界图像，却是无尽的时间层次叠合而成的，包括我们因失忆而遗失乃至于根本不知有过的无尽过去，以及我们无力也无意瞻望的无尽未来。

看看小穆勒的《论自由》和《代议制政府》，这是足足一百五十年前就有的书，今天我们对自由社会和民主政治的建构、挫折、一再摔落的陷阱以及自以为聪明的恶意操弄，不好端端都写在书里头吗？

看看李嘉图的《政治经济学原理》，这是两百年前的书，书中再清晰不过所揭示的经济学最基本道理和必要提醒，我们今天，尤其手握财经权力的决策者，不还在日日持续犯错吗？

或者看看本雅明的《发达资本主义时代的抒情诗人》，这又是半个世纪以前的书，而今天，我们的大台北市才刚刚换好新的人行步道、才刚刚开始学习在城市走路并试图开始理解这个城市不是吗？

还是我们要问宪法的问题（内阁制、总统制、双首长制，还有神秘的塞内加尔制）？要问民族主义和民粹主义的问题？问生态环保或仅仅只是整治一条基隆河的问题？问男女平权？问劳工和失业？问选举制度和选区规划？问媒体角色和自律他律？或更大哉问地问整体教育和社会价值暨道德危机等等问题？

是的，如海莲·汉芙说的，书店还是在那儿。

全世界最便宜的东西

而查令十字街不仅比我们眼前的世界大，事实上，它做得更好——查令十字街不仅有着丰硕的时间层次，还呈现具体的空间分割；它是一道川流不息的时间之街，更是一个个书店、隔间、单一书籍所围拥成的自在小世界，让闲步其中的人柳暗花明。

我猜，这一部分原因有历史的偶然渗入作用而成，比方说，老式的、动辄百年以上的老伦敦建筑物，厚实坚强的石墙风雨不动地限制了商业流窜的、拆毁一切夷平一切的侵略性格，因此，小书店各自盛开如繁花，即便是大型的综合性书店，内部格局也曲折回旋，每一区块往往是封闭的、隔绝的，自成洞天，毋宁更像书籍层层架起的读书阅览小房间而非卖场；而且，美国的霸权接收，让英文不随老帝国的坠落而衰败，仍是今天的"准世界语"，仍是普世书籍出版活动的总源头和荟萃之地，因此，你一旋身，才两步路便由持续挣扎的东欧世界出来，却马上误入古怪拼字，但极可能正是人类最远古家乡非洲幽暗世界，如同翁贝托·埃科在《玫瑰的名字》书中最高潮的惊心动魄一幕——第七天，威廉修士和见习僧艾森终于进入了大迷宫图书馆中一切秘密埋藏所在的非洲之末。

一个无垠无边的智识世界，却是由一个个小洞窟构成的。

我尤其喜欢查令十字街的一个个如此洞窟，一方面，这有可能正是人类亘古的记忆存留,是某种乡愁,像每一代小孩都有寻找洞窟打造洞窟置身洞窟的冲动,有某种安适安全之感,而读书,从阅读、思索到着迷,最根柢处,本来就是宛如置身一己洞窟的孤独活动;另一方面,我总时时想到列维－斯特劳斯的话,这些自成天地般洞窟的存在,提供我们逃避的机会,逃避什么样的压迫呢?逃避一种列维－斯特劳斯指称的大众化现象,意即一种愈发一致的、无趣的、再没性格可言的普世性可怖压迫(正是社会永恒当下的呈现),而这些动人的洞窟,正像《爱丽丝漫游奇境》的树洞,你穿过它,便掉落到一个完全异质、完全始料未及的世界里去。

于是,我遂也时时忧虑我们最终仍会失去属于我们这一代的查令十字街,如同汉芙早已失去她的查令十字街一般,我们的杞忧,一方面是现实中断续传来的不利讯息(如商业的腐蚀性只是被减缓,并没真正被阻止),更是人面对足够美好事物的很自然神经质反应,你深知万事万物持续流变,珍爱的东西尤其不可能一直存留,如朝露,如春花,如爱情。

但你可以买它——当然不是整条查令十字街,而是它真正赖以存在、赖以得着意义的书籍,市街从不是有效抵御时间风蚀的形式,书籍才是,就像汉芙所说:"或许是吧,就算那儿没有(意指英国和查令十字街),环顾我的四周(意指她从查令十字街买到的书)……我很笃定,它们已在此驻足。"

从事出版已超过半辈子之久,我个人仍始终有个问题得不到满意的答案:我始终不真正明白人们为什么不买书。这不是全世界最便宜的一样东西吗？一个人类所曾拥有过最聪明最认真最富想象力最伟大的心灵，你不是极可能只用买一件看不上眼衣服的三千台币就可买下他奇迹一生所有吗（以一名作家，一生十本书，一书三百元计，更何况这么买通常有折扣）？你不是用吃一顿平价午餐的支付，就可得到一个美好的洞窟，以及一个由此联通的完整世界吗？

汉芙显然是同我一国的，她付钱买书，但自掏腰包寄食物还托朋友送丝袜，却仍觉得自己占便宜，在一九五二年十二月十二日，她说的是："我打心里头认为这实在是一桩挺不划算的圣诞礼物交换。我寄给你们的东西，你们顶多一个星期就吃光抹净，根本休想指望还能留着过年；而你们送给我的礼物，却能和我朝夕相处、至死方休；我甚至还能将它遗爱人间而含笑以终。"而在一九六九年四月十一日的最终决算，她仍得到"我亏欠它良多"的结论。

美国当前最好的侦探小说家，同样也住纽约的劳伦斯·布洛克也如此想，他在《麦田贼手》一书，通过一名仗义小偷之口对一名小说家（即塞林格）说："这个人，写了这么一本书，改变了我们整整一代人，我总觉得我欠他点什么。"所以——买下它，我指的是书，好好读它，在读书时日里若省下花费，存起来找机会去一趟查令十字街，趁它还在，如果你真的成行并顺利到那儿，请代我们献上一吻，我们都亏欠它良多……